A NOZ
DE OURO

Série As Aventuras de Jack Brenin

A Noz de Ouro
(VOL. 1)

O Portal de Glasruhen
(VOL. 2)

A NOZ DE OURO

CATHERINE COOPER

ILUSTRAÇÕES DE
RON COOPER e CATHERINE COOPER

Tradução
Maria de Fátima Oliva Do Coutto

Rio de Janeiro | 2012

Copyright © Catherine Cooper 2010
Todos os direitos reservados.

Título original: *The Golden Acorn*

Capa: Silvana Mattievich
Ilustração de capa: Emil Dacanay, D. R. ink
Editoração: FA Studio

Texto revisado segundo o novo
Acordo Ortográfico da Língua Portuguesa

2012
Impresso no Brasil
Printed in Brazil

Cip-Brasil. Catalogação na fonte
Sindicato Nacional dos Editores de Livros. RJ

C788n
Cooper, Catherine
A noz de ouro/Catherine Cooper; ilustrações de Ron Cooper e Catherine Cooper; tradução Maria de Fátima Oliva Do Coutto — Rio de Janeiro: Bertrand Brasil, 2012.
266p.: 23 cm (As aventuras de Jack Brenin)

Tradução de: The golden acorn
ISBN 978-85-286-1558-6

1. Histórias de aventuras. 2. Literatura infantojuvenil inglesa. I. Cooper, Ron. II. Coutto, Maria de Fátima Oliva Do, 1951-. III. Título. IV. Série

12-1661
CDD: 028.5
CDU: 087.5

Todos os direitos reservados pela:
EDITORA BERTRAND BRASIL LTDA.
Rua Argentina, 171 — 2º andar — São Cristóvão
20921-380 — Rio de Janeiro — RJ
Tel.: (0xx21) 2585-2070 — Fax: (0xx21) 2585-2087

Não é permitida a reprodução total ou parcial desta obra, por quaisquer meios, sem a prévia autorização por escrito da Editora.

Atendimento e venda direta ao leitor:
mdireto@record.com.br ou (0xx21) 2585-2002

A Ron
por existir

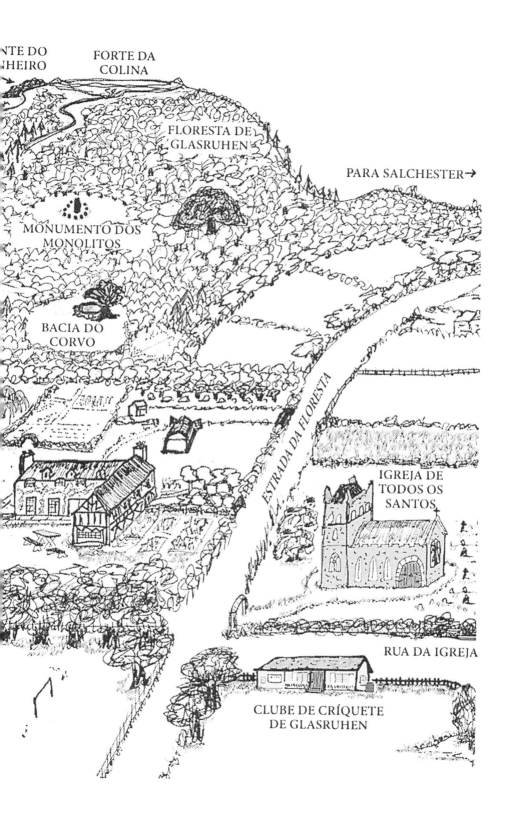

SUMÁRIO

Prólogo	"O Eleito"	11
Capítulo 1	A noz de ouro	15
Capítulo 2	Apresentações	25
Capítulo 3	A floresta de Glasruhen	36
Capítulo 4	Livro de Sombras	47
Capítulo 5	Perguntas e respostas	60
Capítulo 6	Gnori	71
Capítulo 7	Addergoole Peabody	82
Capítulo 8	A história de Camelin	94

Capítulo 9	Preparativos	107
Capítulo 10	A Bacia do Corvo	116
Capítulo 11	Aulas de voo	128
Capítulo 12	No túnel	141
Capítulo 13	Reuniões	154
Capítulo 14	O voo	166
Capítulo 15	Más notícias	177
Capítulo 16	O abrigo de Westwood	188
Capítulo 17	A busca	200
Capítulo 18	Rumo ao passado	213
Capítulo 19	Revelação	225
Capítulo 20	Ladrão	236
Capítulo 21	O que foi perdido	247
Agradecimentos		261

NASCIDO NO DIA DA CELEBRAÇÃO DE SAMHAIN*

PRÓLOGO

Impaciente, Nora bateu a varinha na mesa da cozinha antes de falar com Camelin.

— Eu sei que estou com a razão. Jack Brenin é *O Eleito*.

— Não pode ser; ele é muito pequeno e magro. *O Eleito* deveria ser forte e valente.

Nora pensou por um tempo antes de voltar a falar.

— Ele é um Brenin.

— Bem, tem que existir um Brenin melhor do que esse.

— A profecia é bem clara e esse Brenin nasceu na noite certa, no lugar certo e na hora certa. Desde que nasceu vem sendo observado pelas árvores, que parecem muito satisfeitas por ele ser *O Eleito*.

— As árvores podem estar enganadas — sussurrou Camelin para evitar ser ouvido. Sabia a rapidez com que as palavras podiam viajar de uma árvore para outra. Caso Arrana, a hamadríade** anciã, ouvisse seu

---

* Samhain — dia em que se comemora o Ano-Novo dos Bruxos, no dia 31 de outubro no Hemisfério Norte e em 1º de maio no Hemisfério Sul. (N.T.)
** Hamadríade — ninfa dos bosques que nasce e morre com a árvore da qual lhe foi confiada a guarda e de onde jamais pode sair. (N.T.)

comentário, estaria metido numa baita confusão. Ela vivia no carvalho mais antigo, no coração da Floresta de Glasruhen, e estava sempre *muito* bem-informada.

— Aposto que ele vai nos ajudar. Caso contrário, estaremos todos perdidos. Ele é a nossa última esperança e o tempo está se esgotando.

— Se ele é a nossa última esperança, estamos fritos.

Enquanto Nora andava de um lado para outro na cozinha, a varinha mágica começou a crepitar e fagulhas vermelhas escaparam de sua ponta.

— Precisamos de ajuda. Vou escrever para Elan; ela precisa vir para cá.

Enquanto Nora escrevia, Camelin curvou a cabeça. Sabia que ela tinha razão. O tempo voava; Arrana morria pouco a pouco. Era a única hamadríade que restara na Terra e, sem a sua proteção, os espíritos das árvores da floresta acabariam desaparecendo, sobrando apenas árvores ocas. A não ser que encontrassem alguém disposto a ajudá-los a descobrir um meio de abrir o portal para o Outro Mundo e a trazer novas hamadríades, o tempo deles na Terra também terminaria. A cada ano Arrana enfraquecia mais um pouco. Só alguém muito especial aceitaria os desafios que surgiriam pela frente. Camelin continuava de cara feia. Jack Brenin não o deixara nadinha impressionado.

— Ele não é o tipo de menino que se importa com a vida ou com a morte do espírito de um carvalho velho.

— Se ele passar no teste, é porque se importa.

Fez-se um longo silêncio. Nora acabou mexendo no bolso, dali retirou uma linda noz de ouro e a pousou cuidadosamente sobre a mesa.

— Ponha isso onde o menino possa ver; é a única maneira de termos certeza.

— Aposto que ele vai chutá-la. Ontem eu o observei chutando latas e pedras. Que tipo de ajuda pode nos oferecer? A jornada à nossa frente pode ser perigosa; perigosa demais para gente como Jack Brenin.

A noz de ouro

— Leve a noz. Se ele avistá-la e apanhá-la, saberemos que é *O Eleito*.

Camelin a fitou emburrado. Relutante, pegou a noz de ouro e deixou a cozinha em busca de um bom lugar para se esconder e ficar à espreita. Talvez fosse necessária uma longa espera. Não estava nada satisfeito. Nora talvez tivesse razão, mas Jack Brenin estava muito longe de qualquer imagem de herói.

A NOZ DE OURO

— Ei, pirralho! Nem pensar! Larga a bola! — berrara um dos garotos do meio do campo de futebol para Jack, quando ele se preparava para chutar.

Jack vinha observando os meninos jogarem durante a última meia hora. Ninguém o convidara para participar. Ninguém prestara atenção nele, pelo menos até aquele momento. O tamanho do goleiro correndo em sua direção deveria tê-lo feito pensar duas vezes, mas já era tarde demais: seu pé já fizera contato com a bola.

— Por que fez isso? — berrou o goleiro.

— Só estava tentando ajudar. Será que eu posso jogar uma partida?

— Não. Desapareça, você não é um dos nossos.

— Eu moro aqui.

— Desde quando?

— Desde ontem.

— Se eu pegar você aqui de novo, vai se arrepender.

Quando o goleiro deu as costas para voltar ao jogo, empurrou o ombro de Jack com toda a força, atirando-o no chão. Lágrimas brotaram em seus olhos; antes nunca tivesse vindo. Socou a grama com os punhos. Não era justo; ele não pedira para ficar com o avô. Não conhecia *ninguém* ali.

De onde caíra, Jack observou os meninos. Sabia que era melhor ir embora. O jogo ainda não recomeçara. Ouviu uma gritaria quando todos correram na direção de um garoto alto com sangue jorrando pelo nariz. Jack começou a se sentir desconfortável; os garotos se voltaram e olharam em sua direção. Um deles apontou; o outro gritou "peguem ele" e, em seguida, todos começaram a gritar. A bola que chutara devia ter atingido o garoto alto bem no rosto. Por um momento, ao vê-los correndo em sua direção, Jack ficou imóvel. Conseguiu se levantar e correr o mais rápido possível para o portão. As lágrimas queimavam-lhe o rosto. Meio tropeçando, meio correndo, esgueirou-se para a alameda atrás do campo de futebol. Gostaria de ter sua bicicleta naquele momento, mas não fora possível trazê-la para a casa do avô. Os meninos se aproximavam, as vozes estavam cada vez mais altas. Não queria nem pensar no que poderia acontecer se o pegassem. Jack sabia que não tinha muito tempo para voltar à segurança da casa do avô. Ao virar a esquina, procurou um lugar onde se esconder. Desesperado, viu um espaço na cerca. Às vezes ser pequeno tinha lá suas vantagens. Enfiou-se por entre os arbustos, rastejando pela grama, e se espremeu debaixo das moitas. Torcia para que não o tivessem visto. Ficou paradinho na extremidade oposta da cerca. O coração batia tão alto que tinha certeza de que eles seriam capazes de ouvi-lo.

— Ele tem de estar aqui em algum lugar.

Jack reconheceu a voz do goleiro. Os meninos começaram a procurar entre os arbustos. Podia ouvir os passos se aproximando. Estavam quase no lugar onde Jack mergulhara na cerca viva.

— Acha que ele passou por aí?

Jack encolheu-se o máximo que pôde e prendeu a respiração.

— Só se for maluco. Ninguém entra na casa da Nora Lelé. Se ela o encontrar no jardim, acaba com ele.

A noz de ouro

Jack assustou-se com o nome Nora Lelé, mas não se atrevia a sair do esconderijo. Eles estavam muito perto. Um deles tentou afastar as moitas, mas, em vez de expor Jack, soltou um grito e recuou apertando as mãos.

— Ai! Agora minhas mãos e meu nariz estão sangrando; esses espinhos são fatais.

— Ele que fique com a Nora. Da próxima vez a gente pega ele. Vamos voltar para o jogo.

Os outros concordaram com o goleiro, mas ninguém se mexeu. O garoto alto com o nariz e as mãos sangrando ainda tentava espiar por entre as folhas.

— Se ele conseguiu entrar, vai ser atravessado pelos espinhos. Talvez sangre até morrer.

— Azar o dele.

Os meninos começaram a rir e o goleiro gritou pela sebe.

— Ei, duende, pode me ouvir? Nora Lelé vai pegar você. Não fique muito tempo aí ou pode nunca mais sair

Jack tapou as orelhas, mas ainda podia ouvir a voz do goleiro.

— A bruxa velha transforma as pessoas em pedra.

Jack prendeu a respiração; não ousava se mover. Quanto antes voltasse para casa, melhor. Os meninos foram embora e finalmente a gritaria cessou. Jack esticou-se para escutar. Estava encolhido, desconfortável e assustado. Não queria encontrar Nora Lelé, mas também não queria voltar ainda para a alameda. Não sabia se os meninos tinham mesmo ido embora. Decidiu esperar um pouco, pelo menos até seu coração parar de bater tão forte. Olhou de novo para a cerca viva, coberta de espinhos compridos e afiados, onde havia se escondido. Examinou rapidamente as mãos e as pernas. Não tinha sangue, apenas uma sensação de que as palmas das mãos pinicavam. Quando coçou, pontinhos vermelhos começaram a aparecer; devia ter encostado numa urtiga.

Do esconderijo, olhou ao redor com cautela. Encontrava-se nos fundos de um jardim muito grande. A distância, uma casa velha, meio parecida com a do avô. O sol que batia em seus olhos o impedia de enxergar direito. Um súbito movimento o assustou: alguém vinha em sua direção. Jack recuou ainda mais, encolhendo-se entre os arbustos, e voltou a prender a respiração. Gostaria que o coração parasse de bater tão forte. Morria de vontade de esfregar as mãos — elas não paravam de coçar —, mas não ousava se mexer. Seria Nora Lelé? Se fosse encontrado estaria em maus lençóis, pois obviamente invadira a propriedade. Jack procurou um lugar por onde escapar. Foi então que notou as estátuas, um monte delas, mais do que a maioria das pessoas tinha em seus jardins. As pernas começaram a tremer ao se lembrar das últimas palavras do goleiro. A figura alta era definitivamente uma mulher. E estava tão perto que Jack poderia estender a mão e tocar na barra do vestido comprido e esvoaçante. Ele fechou os olhos e torceu para não ser visto.

— Saia daí, Jack Brenin. Sei que está escondido debaixo da minha cerca viva de abrunheiros.

A voz da mulher era severa, mas não soava zangada. Como sabia o nome dele? Não fazia sentido tentar continuar se escondendo. Saiu rastejando e tentou parecer arrependido ao ficar de pé. Diante dele estava uma senhora muito alta. Parecia bem mais velha do que o seu avô. Tinha várias mechas de cabelos grisalhos entremeadas com os castanhos. Quando Jack levantou a cabeça, foi possível ver que as mãos de dedos compridos e finos eram lindas. Esperava que a mulher alta que o olhava soubesse o quanto ele lamentava estar em seu jardim.

— Você se machucou?

— Só as mãos.

— Deixe-me ver.

Jack mostrou as palmas das mãos.

— Sinto muito... — começou ele, mas a mulher o interrompeu.

— Siga-me. Tenho a solução perfeita para urticária.

Jack não sabia o que fazer. Não queria ser indelicado, mas não fazia ideia de quem fosse aquela mulher. Não tinha certeza se deveria segui-la. E se fosse uma bruxa?

A noz de ouro

— Não vou machucar você. Apesar do que aqueles meninos disseram aos berros, posso lhe garantir que essas estátuas não foram feitas de gente.

Sorriu para Jack.

— Sou Eleanor Ewell, mas todos me chamam de Nora. Seu avô não vai se importar de você estar aqui.

— A senhora conhece o meu avô?

— Claro, e seu pai também. Fomos vizinhos a vida inteira.

— Mas a senhora sabe meu nome?

— Sei tudo sobre você, Jack Brenin. Agora me siga e deixe que eu cuide de suas mãos.

Jack a seguiu obedientemente. Ao caminharem para a casa, ele teve tempo de olhar ao redor. O jardim era imenso. Estavam numa trilha que os conduzia ao redor de vastos canteiros de flores. Jack podia ouvir o canto dos passarinhos. Passaram por um chafariz em formato de folha, um pequeno gramado, uma mesa para piquenique e uma casa grande de passarinhos. A cerca viva fechada, espinhosa, parecia rodear o jardim inteiro. Perto da casa, um pombal cilíndrico branco, empoleirado no topo de um poste grosso, com um telhado alto de palha. Sob as árvores, tapetes de jacintos e, ocasionalmente, trechos cobertos por flores brancas. Ao passarem sob um sombrio arco de árvores, ele sentiu o cheiro característico de alho.

Jack se perguntava que tipo de coisas Nora sabia sobre ele. Saberia que o seu pai, que ela conhecera, era um arqueólogo e trabalhava em Atenas? Que eles tinham morado na Grécia desde que ele tinha cinco anos? Não se lembrava de Nora. Tinha certeza de que, se a tivesse encontrado antes, não a teria esquecido. Também não se lembrava direito do avô. Como o pai pudera mandá-lo para a Inglaterra? Ele fora obrigado a deixar o colégio que adorava e a casinha branca no alto da colina. Provavelmente nunca mais voltaria a ver os amigos. Não queria morar na casa velha e decrépita do avô. Também não sabia se o avô queria mesmo que ele ficasse. Seus pensamentos foram interrompidos quando Nora parou diante de uma imensa porta de madeira em arco.

— Este é o meu herbário.

— Herbário?

A porta rangeu quando Nora a abriu.

— O lugar onde preparo minhas poções e remédios.

No aposento iluminado, pairava um odor estranho. Prateleiras lotadas de garrafas e botijas cobriam a parede do chão de pedra irregular até o teto baixo. Tudo havia sido etiquetado numa letra corrente pequena. Maços de flores e ervas secas pendiam de ganchos. Perto da porta, uma estante cheia de livros, dos mais diversos tipos e tamanhos, encadernados em couro. Um grande guarda-chuva e uma vassoura num enorme vaso de plantas do outro lado da porta. Jack parecia ter recuado no tempo. Nada havia de moderno naquele cômodo, nem mesmo luz elétrica. Castiçais com velas já usadas, de todos os formatos e tamanhos, encontravam-se espalhados pelo aposento. Nora apontou a comprida mesa de madeira, coberta de tigelas e frascos, com quatro cadeiras de espaldar alto de cada lado.

— Sente-se. Vou dar um jeito nessas mãos agora mesmo.

Diante de Jack, sobre a mesa, havia um grande livro quadrado. Parecia pesado. As bordas das páginas eram irregulares, como se tivessem sido rasgadas em vez de cortadas. Na capa, entre duas árvores iluminadas pela lua, podia ler as palavras *Livro de Sombras* escritas numa linda caligrafia prateada. Nora apressadamente pegou o livro e o guardou numa das estantes, antes de apanhar uma jarra marrom-escura na prateleira superior. Tirou duas colheradas de uma substância verde gosmenta, espalhou-as sobre duas gazes e trouxe tudo para onde Jack encontrava-se sentado.

— Vire as mãos!

Jack estendeu as palmas das mãos e Nora amarrou os pedaços de gaze nelas. A substância gosmenta verde era maravilhosamente refrescante. Em segundos a sensação de coceira e ardência tinha cessado.

A noz de ouro

— Melhorou um pouco?
— Melhorou sim, obrigado.
— Uma mistura de labaça e de folhas de alecrim sempre funciona.
— Eu não sabia — comentou Jack educadamente, tentando parecer interessado.

Nora deu uma gargalhada. Sorriu para Jack.

— Ficaria surpresa se soubesse. Agora, me conta, por que aqueles meninos estavam perseguindo você?

Jack explicou e terminou pedindo desculpas por ter atravessado a cerca. Nora balançou a cabeça e sorriu quando ele terminou.

— Você é sempre bem-vindo aqui, Jack. A cerca viva sabe disso, caso contrário não teria deixado você entrar.

Jack não fazia ideia do que ela dizia. Talvez os garotos tivessem razão e ela *fosse* mesmo lelé.

— Lamento o que aconteceu com a sua mãe — continuou.

Muitas pessoas tinham dito isso a Jack desde que a mãe morrera. Se a mãe ainda estivesse viva, sua vida não teria mudado tão drasticamente. Não era justo. Ele devia estar passando suas férias de meio do ano na Grécia com os amigos. Entretanto, decidiram que ele deveria ir morar com o avô na Inglaterra. O pai achara uma boa ideia Jack passar as últimas semanas do semestre na escola local. Assim teria a chance de fazer novos amigos antes de começar o ensino médio em setembro. Chegara no dia anterior e até aquele momento nenhum dos garotos que encontrara tinha se mostrado muito amigável. Tomara que não fossem para a mesma turma!

Nora observava Jack intensamente, como se lesse seus pensamentos. Ele não sabia direito o que dizer.

— Acho melhor eu ir embora.
— É, acho que já foi o bastante por um dia. A brotoeja vai sumir totalmente se conseguir manter esses curativos por mais uma hora.

Jack sorriu agradecido.

— Venha. Vou lhe ensinar um caminho mais curto para a sua casa.

Mais uma vez ele seguiu Nora através do vasto jardim. Não falaram até chegarem do lado oposto às estátuas.

— Você gosta?

Jack não sabia o que dizer. As estátuas eram brancas e todas as mulheres usavam vestidos esvoaçantes. Ele observou com atenção a mais próxima. Tinha um rosto adorável e as orelhas levemente pontudas.

— Elas parecem tristes — respondeu.

— São ninfas — explicou Nora.

— Como Eco e Daphne?

— Você entende de ninfas?

— Minha mãe me contou sobre Eco e Narciso e de como Daphne foi transformada num loureiro. Eram suas duas histórias favoritas.

Jack engoliu em seco, tentando conter as lágrimas. Nora lançou-lhe um sorriso amigável.

— Outro dia podemos conversar sobre as ninfas. Vamos, já estamos chegando.

Pararam diante de uma extensa e muito alta cerca viva. Ele achou ter ouvido Nora sussurrar algo antes de se curvar e apontar na direção dos arbustos espessos. Um pequeno vão surgira. Jack não tinha certeza de tê-lo visto ali antes.

Ela voltou-se e sussurrou no ouvido de Jack:

— Siga o caminho através dos teixos e vai chegar ao jardim do seu avô. Sempre que quiser me visitar, volte pelo mesmo caminho. Espero vê-lo de novo.

Jack entrou no espaço arqueado que formava um túnel. O caminho estreito estendia-se ao longe através de densas árvores. As delicadas folhas dos teixos em formato de agulha pareceram estremecer quando ele esbarrou o braço nelas. Voltou-se para dar tchau, mas Nora tinha ido embora. Nem conseguia mais ver o buraco. Nada a fazer senão seguir o caminho.

Não demorou muito para chegar ao outro lado. Saiu no sol, nos fundos do jardim do avô. Jack não tinha certeza se voltaria tão cedo à

A noz de ouro

casa de Nora por entre as árvores. Mesmo que quisesse, provavelmente não encontraria o caminho. Os teixos tinham se colado como num passe de mágica e a trilha por onde passara parecia ter desaparecido por completo.

Jack suspirou ao caminhar na direção da casa. A ideia de passar o resto da vida ali não o animava nem um pouco. Saíra para tentar jogar uma partida de futebol e acabara passando a tarde com uma velha. Ela tinha sido gentil, mas havia algo de estranho nela. Nunca conhecera ninguém assim antes.

Depois de escapar por pouco dos garotos, mostrava-se relutante em retornar ao campo de futebol. O avô não o esperava de volta tão cedo. Talvez fosse melhor não ter de explicar o porquê de suas mãos estarem enfaixadas. Decidiu voltar e tentar o caminho oposto.

As sebes eram espessas e altas dos dois lados da trilha. Impossível enxergar através delas. O cheiro de terra recém-mexida significava que a plantação de legumes do avô ficava do outro lado da cerca. Podia ouvi-lo assobiando em algum lugar a distância. Fazia calor, estava abafado e Jack desejou ter trazido alguma coisa para beber. Um leve farfalhar às suas costas o fez virar-se rapidamente. Achou ter visto alguém agachado atrás de uma árvore. Seria um dos garotos? Jack sentiu-se pouco à vontade. O ar estava parado. Preparou-se para correr. Talvez essa não tivesse sido uma boa ideia. Quem sabe os garotos estavam atrás das árvores, prontos para atacá-lo? Ficou parado, indeciso sobre a atitude a tomar. Deveria prosseguir ou voltar para a segurança do jardim? Será que a sua imaginação lhe pregava peças? Afinal, não devia ter nada atrás da árvore. Só havia um jeito de descobrir: ir até lá e dar uma olhada, mas Jack não se sentia corajoso o suficiente para isso. Decidiu voltar para casa. Ao virar-se sentiu uma forte pancada na parte de trás da cabeça.

— Ai!

Algo duro batera nele e caíra na grama. Jack esfregou a cabeça. Virou esperando ver as caras zombeteiras dos meninos, mas tudo permanecia vazio. O que poderia ter batido nele com tanta força e quem poderia tê-lo atirado? Havia muitos seixos e pedras no caminho; podia ter sido qualquer um. Jack ficou imóvel, atento. Nenhum som, exceto o leve farfalhar das folhas. Pela terceira vez naquele dia podia ouvir o próprio coração palpitando. Não gostou de estar sozinho ali. Tinha a sensação de estar sendo observado. Da próxima vez que saísse para dar uma caminhada iria com o avô.

Prestes a se virar e sair correndo, viu um brilho. Algo debaixo da cerca cintilava ao sol. Inclinou-se e afastou a grama. Um pequeno objeto brilhante estava caído no chão. De onde viera? Jack olhou ao redor antes de apanhá-lo e examiná-lo mais de perto. Era uma noz de ouro, meio diferente das que já tinha visto. Era lindamente entalhada, grande, pesada e quente em sua mão. Jack guardou-a no bolso e depois tentou achar outras.

APRESENTAÇÕES

Jack não era de acordar cedo. Deitado na cama estranha, torcia para que as últimas semanas de sua vida não tivessem passado de um pesadelo. Desejava desesperadamente estar de volta ao seu quarto na Grécia. Suas esperanças foram por água abaixo ao ouvir o avô preparando o café da manhã no andar de baixo.

A primeira coisa que viu ao finalmente abrir os olhos foi o conteúdo do seu bolso na mesinha de cabeceira. Sobre as duas ataduras emboladas, manchadas de verde, o objeto brilhante que encontrara. Bufou. Então os acontecimentos da véspera *tinham* realmente acontecido. Aquilo que Nora passara em sua mão surtira efeito.

O dia hoje seria melhor do que o anterior? Virou-se de lado e cobriu a cabeça com o lençol. O encontro com Nora permanecia gravado em sua mente. Ele não contara nada ao avô; não tivera vontade. Decidira que ela não passava de uma velha esquisita; melhor evitá-la. Podia entender o porquê de os meninos a chamarem de *Nora Lelé*.

Os pensamentos foram interrompidos quando o avô o chamou do andar de baixo.

— Apresse-se, Jack. O café da manhã está pronto e você tem uma visita.

Bufou novamente e, relutante, saiu da cama. Não tinha certeza se a novidade da visita o agradava. Melhor saber quem era antes de descer. Não fazia ideia de quem poderia ser ou de quanto tempo demoraria. Foi até a janela e afastou um pedacinho da cortina. Franziu os olhos à luz forte do sol. Árvores cercavam o jardim do avô: as árvores de Nora. As chaminés que conseguia ver além do jardim pertenciam à casa dela também. Não seria fácil evitar Nora. Antes de descer, olhou-se no espelho e tentou pentear o cabelo escuro rebelde, mas ele assumiu seu próprio estilo. Suspirou ao colocar as ataduras no lixo e guardou a noz no bolso.

Ao entrar na cozinha, viu uma menina de cabelo castanho comprido sentada à mesa conversando com o seu avô. Tinha a pele de um tom de oliva como a sua e sardas no nariz e nas bochechas. Olhou para Jack e sorriu.

— Jack, esta é Elan, sobrinha de Nora.

— Ah, hum, oi — foi tudo que conseguiu dizer.

Sentia as bochechas arderem. Não fazia ideia do que dizer para ela.

— Vou passar um tempo com a minha tia e ela perguntou se você gostaria de aparecer para tomar chá com a gente hoje à tarde.

Jack lançou um olhar desesperado para o avô. Não estava acostumado com esse tipo de coisa. Garotas não o convidavam para tomar chá, principalmente não aquele tipo de chá que imaginava, com xícaras de porcelana de verdade e sanduichinhos. A simples ideia de retornar à casa de Nora causou-lhe um arrepio na espinha.

— Não vou poder. Vou ao clube de críquete com meu avô hoje à tarde.

Jack ficou satisfeito por ter uma boa desculpa.

— Que absurdo! — exclamou o avô. — Só precisamos arrumar umas cadeiras para o jogo. Terminaremos em pouco tempo.

Jack sentiu novamente as bochechas arderem.

A noz de ouro

— A que horas querem que ele apareça?

— Assim que tiverem terminado — respondeu Elan, abrindo um sorriso para Jack. — Nora quer mostrar uma coisa para você.

— E-e-eu... é... não... — Mas antes que conseguisse inventar outra desculpa, Elan já saíra pela porta da cozinha. Voltou-se ao chegar ao final do jardim e acenou antes de desaparecer pela cerca.

— Elan me contou que ontem você conheceu Nora.

Jack concordou com um aceno de cabeça.

— Eu tenho que ir?

— Seria indelicado recusar. Você deve ter causado boa impressão. Não é todo mundo que é convidado para a Casa Ewell.

— O senhor não pode ir comigo?

— Quando terminarmos no clube, caminharemos juntos até o portão de entrada, mas depois você está por sua conta.

Depois do almoço, Jack caminhou pela alameda, mas dessa vez com o avô. Ao passarem pelo campo, os mesmos garotos jogavam futebol. Jack se manteve bem escondido atrás do avô para não ser visto. Aproveitou a chance para olhar à sua volta enquanto seguiam para o clube de críquete. Uma alta colina surgia acima da sebe na direção para a qual se encaminhavam. Em alguns pontos, as árvores tinham crescido juntas, formando uma espécie de arco, um túnel verde, que fornecia alguma sombra para se proteger do sol vespertino. Não demoraram a alcançar o portão do clube.

Ao entrarem, Jack reparou num grande pássaro preto sentado em cima do relógio do pavilhão. O pássaro inclinou a cabeça de lado e grasnou bem alto.

— Isso é uma gralha?

— Grande demais para ser uma gralha, parece mais um corvo — respondeu o avô, destrancando o galpão onde guardavam as cadeiras.

Na meia hora seguinte, Jack ajudou a levar as cadeiras para o pavilhão e arrumá-las em fileiras para o jogo da tarde. Só conseguia levar uma de cada vez. Morria de calor e de sede ao terminar.

— Vá até a cozinha e diga às senhoras quem você é, elas vão lhe dar o que beber. Pode até ganhar um pedaço de bolo. Vou verificar se as cabines estão limpas.

Jack entrou no pavilhão. Podia ouvir o tinido de xícaras e pires vindo de um lugar no fundo. Tinha dado uns dois passos quando sentiu uma pesada mão.

— Peguei você! — exclamou o homem, segurando Jack. — Estou por aqui com você. Quero ver o que tem nos bolsos.

Jack foi levado até o fim do corredor e jogado dentro da cozinha. Não ousava olhar ao redor e sabia o que achavam que ele tinha feito. Tentou dizer ao homem quem ele era, mas a voz saiu num chiado agudo. A essa altura o homem falava com as senhoras na cozinha.

— Peguei ele, peguei em flagrante. Estava entrando sorrateiramente. Aqui está o ladrão.

As duas senhoras voltaram-se e encararam Jack.

— Muito bem, garoto, esvazie os bolsos — ordenou o homem, soltando Jack.

— Não roubei nada. Eu estava ajudando o meu avô.

— Boa desculpa.

De repente Jack foi invadido pela culpa. Lembrou-se da noz brilhante em seu bolso. Tinha sido roubada? Como convenceria o homem de tê-la encontrado?

— Continuo esperando — rosnou o homem, agora com as mãos estendidas diante de Jack.

Se corresse, o julgariam culpado. Nada havia a fazer senão esvaziar os bolsos. Jack colocou um lenço amarrotado, um pedaço de barbante, metade de um pacote de balas de menta e a pesada noz nas mãos do homem.

A noz de ouro

— Passa o resto.
— Não tenho mais nada.
Jack baixou a cabeça. Lágrimas brotavam em seus olhos.
— Talvez tenha havido um engano — começou a dizer uma das senhoras. — Tem certeza de que ele é o ladrão? Não tem nada valioso aqui.
— Ele é pequeno o bastante para ter entrado pela janela — continuou o homem, apontando uma claraboia aberta. — Ele estava à espreita no pavilhão. Afinal, o que veio fazer aqui? Deve estar aprontando alguma, se querem a minha opinião.
— Eu estava ajudando o meu avô, Sam Brenin.
— Sam Brenin? — exclamou o homem.
— Por acaso ouvi o meu nome? — perguntou o avô, entrando na cozinha.
Jack correu para ele.
— Eles acham que sou um ladrão, mas não peguei nada. Encontrei a noz ontem.
— O que sumiu? — perguntou o avô.
— Todas as moedas da venda do chá — respondeu a mulher mais velha. — Achamos que devia ter sido uma criança, porque nada mais foi roubado.
— E quando Jack supostamente roubou o dinheiro?
— Deve ter sido no sábado passado à noite. Estava bem ali de tarde e no domingo de manhã tinha sumido — respondeu o homem carrancudo.
— Jack não é o seu ladrão — garantiu o avô. — Ele só chegou aqui nesta sexta-feira. Devolva as coisas dele, Don, e vá fazer alguma coisa de útil.
Relutante, Don devolveu os pertences de Jack, mas não se desculpou ao deixar a cozinha. Jack não entendia o motivo de ninguém ter-lhe perguntado sobre a noz de ouro.
— Pronto, Jack — disse a mulher mais jovem gentilmente, servindo um copo de suco de laranja —, pegue um pedaço de bolo.
O avô sentou à mesa.

— Depois que eu tomar meu chazinho, vamos para a Casa Ewell.
— Posso esperar lá fora?
— Pode, sim. Não vou demorar.

Jack não estava preocupado com o tempo que o avô levasse. Não tinha a menor pressa de chegar à casa de Nora. Foi até umas árvores em frente ao pavilhão e se sentou. Na sombra. A tarde estava muito quente. Ao olhar ao redor, viu uma bola de críquete meio escondida por uma moita de dentes-de-leão. Estava prestes a ir até lá pegá-la quando um movimento súbito, um bater de asas, o distraiu. Pelo canto do olho viu o grande pássaro negro que havia vislumbrado antes. Ele pousou na tampa de uma lixeira debaixo da janela aberta da cozinha do clube. Fascinado, viu o pássaro se debruçar e pegar um sanduíche bem grande. Com o sanduíche no bico, desceu para a grama. Um salto e mais uns dois pulos e o pássaro aproximou-se de Jack com o prêmio. O roubo não tinha passado despercebido e o alarme soou de dentro da cozinha.

— Espante ele, Jack! — gritou a mulher mais velha, aparecendo na janela. — Xô! Espante esse corvo ladrão daqui!

Jack se levantou e começou a abanar os braços correndo na direção do pássaro. Ele não voou e não pareceu nem um pouco assustado.

— Você nunca vai voar desse jeito — disse ele, dando uma bicada no sanduíche —, e não sou um corvo.

Saltitou sem pressa pelo campo, finalmente voando e pousando numa das grandes árvores em frente ao campo de críquete.

Jack ficou paralisado. Não tirara os olhos do pássaro. Estava atônito. Teria sido sua imaginação? Pássaros não falam. Talvez grasnassem, soltassem alguns guinchos, mas não frases corretas. Quem sabe ele não pegara uma virose? Não se sentia quente, mas talvez estivesse com febre. Do pavilhão ainda podia ouvir as mulheres reclamando.

— Botou a cabeça bem dentro da janela, que audácia! Pegou o sanduíche do prato na maior cara de pau.

A noz de ouro

— Nunca vi nada igual — comentou a outra. — Melhor fechar a janela. Ele pode tentar de novo.

Bateram a janela e o avô apareceu na porta.

— Era um cara abusado — riu.

Jack ainda estava preocupado.

— Corvos podem falar? Sabe, vovô, como os papagaios?

— Não tenho certeza. Por que não pergunta a Nora? Ela sabe muito sobre pássaros. Na verdade, sabe muito sobre tudo.

O jardim da frente da Casa Ewell era um esplendor de cores. Flores por todo o lado. Vovô abriu o portão e lhe deu um sorriso encorajador.

— Agora vou indo. Vejo você mais tarde, divirta-se.

Jack hesitou, respirou fundo, fechou o portão e seguiu seu caminho. No muro perto da porta da frente, havia uma placa verde redonda com uma árvore grande incrustada e a inscrição "Casa Ewell" na parte de cima em letras maiúsculas. Jack procurou a campainha, mas só encontrou uma aldrava decorada com três folhas de carvalho e duas grandes nozes. À exceção da cor, a semelhança entre os dois frutos e o que tinha no bolso era inconfundível. O coração começou a bater acelerado; a mão tremeu ao levantar a aldrava.

Elan abriu a porta. Jack sentiu-se um pouquinho melhor por saber que não ficaria sozinho com Nora.

— Entre, a cozinha é por aqui.

Ele seguiu Elan por um corredor escuro. Era uma casa velha como a do avô, cujo chão, paredes e tetos eram todos irregulares. No fim do corredor entraram numa cozinha grande. O cheiro de pão recém-assado ainda impregnava o ar. Nora estava parada perto de um fogão grande, mexendo o conteúdo de uma panela. A luz do sol entrava pela janela iluminando o aposento inteiro. Ele gostava mais dali do que do lugar estranho onde se sentara na tarde anterior. Havia mais estantes cheias do mesmo tipo de livros encadernados em couro que vira no herbário. Duas grandes portas envidraçadas estavam abertas, possibilitando a visão do jardim.

— Antes de tomarmos chá — disse Nora —, queria apresentar você a alguém.

Jack correu o olhar pela cozinha esperando ver outra pessoa.

— Não, aqui não — Elan riu.

— Precisamos ir a Glasruhen. Não fica longe.

Jack demonstrou perplexidade quando Nora prosseguiu.

— Glasruhen começa logo atrás da cerca viva por onde você entrou ontem. É uma floresta muito antiga. Talvez veja e ouça umas *coisas estranhas* hoje à tarde, mas não quero que se assuste. Nada vai machucar você.

Jack não sabia se devia se assustar ao ouvir aquelas coisas estranhas, mas antes de ter tempo de se preocupar, Nora continuou:

— Bem, acho que você tem algo que me pertence.

Jack negou com a cabeça. Jogara as ataduras no lixo; o que mais poderia ter que lhe pertencesse?

— Se não tiver trazido, terá que ir até sua casa pegá-la, porque vai precisar dela quando alcançarmos o coração da Floresta de Glasruhen.

— Não entendo o que está falando — retrucou Jack.

— Por acaso você encontrou alguma coisa ontem à tarde? Deve estar dentro do seu bolso.

Jack ficou sem jeito.

— A noz?

— Isso mesmo. Você a guardou?

Esperançosas, Nora e Elan fitaram Jack. Ele retirou a noz do bolso e a entregou a Nora.

— Não, quero que a guarde por enquanto, mas precisa cuidar dela direito. É a única que temos.

— O que está vendo, Jack? — perguntou Elan.

A noz de ouro

Pareceu uma pergunta idiota, mas Jack respondeu educadamente.
— Uma noz de ouro.
— Eu sabia! — disse Nora, pegando a outra mão de Jack e sacudindo-a vigorosamente. — Sabia que você era O Eleito.
— É? ... Não estou entendendo.
— Existe uma profecia que fala de um menino mortal que pode ver a noz do druida — explicou Nora.
— É você, Jack — continuou Elan. — Nenhum outro mortal pode ver que ela é de ouro.
— Você é O Eleito. Eu sabia. Você foi *escolhido* — continuou Nora.
— Escolhido para quê?
— Para me ajudar — disse, da porta, uma voz que Jack acreditou reconhecer.

Ao se virar, ficou boquiaberto. Ali na soleira estava o corvo do clube de críquete. Jack olhou para Nora e em seguida para Elan. Elas também podiam ver e ouvir o pássaro falante?
— Ele é de verdade? — perguntou nervoso.
— Claro que sou — crocitou o pássaro.
— Acredito que vocês dois já se conheçam — disse Nora.

O corvo gralhou bem alto enquanto andava pelo chão de pedra. Bateu as asas ao passar por Jack, mas sem mexer a cabeça o fitou com os olhos cor de azeviche.
— Deixe que eu apresente você a Camelin.
— Não vejo sentido em apresentações — resmungou Camelin. — Ele não vai ficar por aqui tempo suficiente para ajudar. Olha só como as pernas dele tremem!
— Camelin, já chega — repreendeu-o Nora. — Desculpe, Jack. Camelin às vezes não raciocina direito e pode parecer muito mal-educado. Não está acostumado a visitas, mas eu tenho certeza de que vocês dois vão se dar muito bem.

Um som zangado veio da direção de Camelin e Jack, sem nenhuma convicção, tentou dar um sorriso.

— Nora mandou Camelin colocar o fruto onde esperávamos que você o visse — explicou Elan. — Você passou no teste ao apanhá-lo.

Jack franziu o cenho e encarou Camelin. Podia apostar que Nora não sabia que a noz tinha sido atirada em sua cabeça. Desconfiava que o pássaro falante tivesse agido assim de propósito.

— Podemos conversar quando voltarmos de Glasruhen, depois que Jack tiver sido apresentado a Arrana.

— Se acha que eu sou mal-educado, espere até conhecê-la — resmungou Camelin.

— Ah! — exclamou Jack, com ar preocupado. — Quem é ela?

Nora lançou um olhar de reprovação na direção de Camelin e voltou-se para Jack.

— Arrana é uma hamadríade. Ela mora no mais antigo carvalho no coração da Floresta de Glasruhen. Já está muito velha e nem sempre gosta de ser perturbada por visitas, principalmente corvos com garras afiadas, mas tenho certeza de que ela vai gostar de um menino bem-educado como você, Jack.

Camelin começou a resmungar novamente.

Jack fitou Nora, incrédulo. Sua mãe costumava lhe contar histórias sobre ninfas e dríades, mas eram apenas mitos, não pertenciam ao mundo real. Ele gostaria de voltar para a casa do avô, mas não ia conseguir pedir licença naquele momento; afinal chegara havia pouco. Ele não tinha certeza se podia ir à floresta. O avô o deixara visitar Nora e Elan, mas não sabia nada sobre o corvo falante. Deveria ter contado ao avô. Se tivesse contado, não estaria metido nessa confusão.

— Podemos ir? — perguntou Nora, caminhando em direção ao jardim, sem esperar resposta de ninguém. Jack e Elan a seguiram alguns passos atrás.

— Alguns de nós não precisam atravessar as moitas — crocitou Camelin bem alto. Bateu as asas de modo barulhento antes de voar na direção da floresta.

— Melhor ignorá-lo — disse Elan. — Ele anda sempre rabugento.

A noz de ouro

Ao alcançarem a sebe, Jack se perguntou como iriam atravessá-la. Não havia sinal de portão ou brecha no compacto e espinhento abrunheiro. Nora ficou imóvel. Juntou as mãos e as ergueu num movimento circular. Ouviu-se um leve farfalhar, depois um rangido alto e esquisito. Para surpresa de Jack, a cerca se abriu, criando um túnel tão comprido que não era possível ver o fim. As pernas de Jack começaram a tremer; o coração palpitava forte. Sentiu-se mal. Podia ouvir o corvo voando acima das árvores; sabia que ria dele.

— Tudo bem — sussurrou Elan, apertando a mão de Jack.

Nada estava bem, mas Jack não conseguia abrir a boca para protestar. Obedientemente, seguiu Nora. Ouviu o farfalhar e o rangido quando a brecha na cerca viva voltou a se fechar às suas costas. Estava preso num túnel e não tinha outra escolha senão seguir Nora até as profundezas de Glasruhen.

A FLORESTA DE GLASRUHEN

O túnel era sufocante e lúgubre. Ninguém falou ao atravessá-lo. Apesar de não soprar qualquer brisa, cada árvore por que passavam oscilava e as folhas rumorejavam. A próxima árvore fez o mesmo, bem como a seguinte.

— Elas estão mandando uma mensagem para Arrana — explicou Elan. — Logo ela vai saber que estamos a caminho.

Jack observou a mensagem ser passada de árvore a árvore. Subitamente desapareceu bem no fundo da floresta. Finalmente, as árvores ficaram imóveis.

— Elas podem ouvir o que dizemos? — sussurrou Jack.

— Claro, árvores veem e ouvem tudo, por isso Nora é tão bem informada. O pobre Camelin não pode fazer nada sem que chegue ao conhecimento da minha tia.

Jack teve vontade de perguntar a Elan se Nora era uma bruxa, mas não queria parecer grosseiro. Ele não tinha percebido que ela podia falar com as árvores e com os pássaros.

— Nora é uma Seanchai — explicou Elan, abaixando a voz.

Jack nunca tinha ouvido falar antes de uma *Shawna-Key*. Ele tomou coragem para perguntar o que o vinha incomodando.

A noz de ouro

— Isso é um tipo de bruxa?

— Não! — Elan gargalhou. — Nora é uma druidesa, uma sacerdotisa celta. É guardiã do bosque sagrado, depositária dos segredos, conhecedora da história de cada uma das árvores da floresta. É muito complicado tentar explicar tudo agora. Espere até ter conversado com Arrana.

Jack ficou aliviado por Nora não ser uma bruxa, mas ser uma druidesa era melhor? Elan não parecia se importar. Ele começou a se preocupar de novo. Não tinha se dado conta de que devia falar com Arrana. O que diria? Como poderia sequer imaginar conversar com uma árvore? Era ridículo, mas afinal, até aquele dia, tampouco encontrara um corvo falante antes. Em breve acordaria em sua cama, na casa do avô.

— Agora falta pouco — anunciou Nora.

Nos últimos dez minutos, caminhavam por um terreno íngreme, mas o fim do túnel encontrava-se à vista. Acabava abruptamente no limite de uma densa floresta de maciços carvalhos de caules nodosos contorcidos e galhos carregados de folhas. Jack teve a sensação de estar sendo vigiado por centenas de olhos. As árvores pareciam balançar segundo a própria vontade e ele imaginou poder ver rostos espiando por entre as folhas. Definitivamente podia ouvir sussurros. Aumentaram de volume quando eles começaram a serpentear pelas brechas entre as árvores.

Nora se deteve de repente e tudo ficou em silêncio. Jack olhou à frente, onde, no centro de uma clareira circular, deparou com o maior carvalho que já avistara. Sua copa estendia-se de modo a tocar cada uma das outras árvores que a cercavam. A árvore era esplêndida. Ao caminharem sob os galhos e se aproximarem da base do caule, Jack descobriu que a curiosidade suplantava o medo. Tomado por uma incontrolável necessidade de pôr as mãos na casca de árvore rugosa, hesitou, pois Nora voltara a se deter, e erguendo a mão começou a falar em voz alta.

— Arrana, a Mais Sábia, Protetora e Sagrada de Todas, viemos aqui conversar com você.

— Quando a gente se dirige a uma hamadríade, precisa usar seu nome completo ou elas não percebem que estamos falando com elas — explicou Elan num sussurro. — Nora tem de gritar. Arrana é tão velha que agora passa quase todo o tempo dormindo.

— Nunca ouvi um nome tão comprido assim antes — comentou Jack.

— Nomes são muito importantes e poderosos; pode-se aprender muito com eles. Arrana recebeu seu nome em Annwn antes de vir para Glasruhen.

— An-num. Onde fica esse lugar?

— Às vezes é conhecido como o Outro Mundo.

Jack balançou a cabeça. Tampouco ouvira falar desse lugar.

— Annwn é uma terra em outro mundo, um lugar de paz e felicidade onde sempre é verão. Havia portais na Terra, portões secretos que só podiam ser abertos de determinadas maneiras e em ocasiões especiais do ano. Apenas os druidas tinham o conhecimento e a habilidade necessários para realizar os rituais de abertura dos portões. Cada um possuía um fruto do carvalho de ouro, uma noz de ouro. Sem ela, não podiam fazer a travessia entre os dois mundos. A que você tem no seu bolso é muito especial; foi a única que restou.

Enquanto Elan sussurrava, Nora esperava pacientemente diante do grande carvalho. Nada aconteceu e Jack começou a achar que elas tinham lhe pregado uma peça. Colocou a mão no bolso e sentiu o fruto quente e pesado. O que deveria fazer com ele? Se tudo isso era real, como ele poderia ser *O Eleito*? Ele não era especial; não tinha poderes.

De repente, um movimento. Um suspiro pareceu ecoar em torno da floresta. Fascinado, Jack observou o tronco do sólido carvalho começar a se mover e tremular. A princípio num movimento suave; contudo, rapidamente, tomou impulso até a árvore inteira entrar em movimento e finalmente se turvar. Quando cessou, o tronco retorcido do carvalho havia se transformado na mulher mais linda que Jack já vira em toda a sua vida. Também a mais alta. Ele teve de inclinar a cabeça para trás para

A noz de ouro

ver o seu rosto. O cabelo da cor de cobre descia em cachos lindamente arrumados. Sua pele era morena e lisinha. Deveria se assustar; afinal, não era todos os dias que deparava com uma mulher tão alta quanto aquela, porém, em vez disso, descobriu-se enfeitiçado. Jack não sabia direito como imaginara a aparência de Arrana. Talvez pequena e enrugada, principalmente depois de terem lhe contado que ela era muito velha. Camelin a descrevera como mal-humorada, mas ela parecia afável e gentil. Nada disso era um truque; realmente acontecia. Como deveria falar com ela? Não conseguia sequer se lembrar de todos os seus nomes. O que deveria dizer? Percebeu que a encarava e conseguiu fechar a boca, mas seus pés permaneceram enraizados no chão. Ele não conseguia se libertar do olhar da hamadríade.

— Estava à sua espera — disse Arrana devagar, numa voz profunda e extraordinária que se assemelhava mais a um canto do que a uma fala. — Dê um passo à frente, Jack Brenin, e me mostre o sinal.

O corpo rígido de Jack ficou mole e, de repente, foi invadido pelo medo. Nora não o havia preparado para isso. O que deveria fazer? Olhou primeiro para Elan, depois para Nora, mas ambas assentiram de modo encorajador e sorriram. Deu dois passos hesitantes na direção da gigantesca hamadríade e sentiu-se compelido a se curvar em uma reverência. Ao se erguer, apresentou a noz de ouro na palma da mão trêmula, levantando-a o máximo possível para que Arrana pudesse vê-la.

Um comprido braço esguio e gracioso esticou-se, mas Arrana não apanhou o fruto. Em vez disso, carinhosamente pousou um fino dedo no centro da testa de Jack. Ele imediatamente sentiu sua presença. Ela podia ler seus pensamentos e adivinhar seus sentimentos.

Arrana respirou fundo.

— É verdade! Este é o menino mortal do qual fala a profecia. Agora há esperança para todas nós.

Jack não tinha certeza se ela tinha falado alto ou não. Devia ter protestado. Não era quem pensavam ser: tinham se confundido. Ele não queria acreditar no que via e ouvia, mas o toque de Arrana afastara todo o medo e dúvida um dia experimentados.

— Se falar com o seu coração, eu posso ouvi-lo, Jack — disse Arrana. — Não tenha medo.

— Não estou com medo — respondeu Jack com toda a sinceridade, embora nenhuma palavra tenha saído de sua boca.

— Precisamos de sua ajuda — continuou Arrana. — Você é a nossa última esperança.

— Não sou O Eleito. Apenas encontrei esse fruto na grama.

— Se não o tivesse apanhado não estaríamos conversando agora. Os outros sinais não podem estar errados. Você nasceu no pôr do sol do primeiro dia do ano novo à sombra da Colina de Glasruhen.

Jack foi tomado por um repentino alívio. Seu aniversário era em outubro, e não em janeiro.

— Nosso ano novo começa no Samhain — prosseguiu a voz de Arrana —, quando o sol se põe no último dia do mês de outubro. Em outras palavras, no dia do seu nascimento.

Jack não conseguia falar. Voltara a tremer.

— Precisamos de sua ajuda. O tempo de meu sono eterno se aproxima. Diferentemente das outras ninfas, não sou imortal. Preciso que outra ocupe meu lugar, antes que seja tarde demais e eu desapareça no nada. Sem a proteção de uma hamadríade, esta floresta não sobreviverá. Os druidas vão se dispersar e deixar para trás as árvores ocas. Glasruhen é o único refúgio na Terra onde tudo permanece igual ao passado. Somos eternamente gratas a Eleanor, Depositária dos Segredos, Protetora do *Livro de Sombras*, Guardiã do Bosque Sagrado e amiga de todas nós.

Três dríades saíram de trás das árvores e se detiveram na clareira, os rostos ansiosos e esperançosos observando Jack. Ele podia perceber a aflição no coração de Arrana e ver os olhares de tristeza em cada par de olhos.

— Como posso ajudar? Sou apenas um menino comum.

— Viaje com Camelin para o passado, através da janela do tempo, e encontre o que foi perdido. Eleanor precisa dele para poder reabrir

A noz de ouro

o portal e voltar a Annwn. Apenas a Mãe Carvalho que habita o lugar produz os frutos de carvalho de hamadríade de que ela precisa.

— É impossível voltar no tempo.

— Existe um jeito. Eleanor possui o conhecimento e o poder para tanto, mas sem a sua ajuda ela também em breve morrerá. Todos os anos uma druidesa precisa beber uma poção preparada com as folhas da árvore Crochan,* que cresce apenas em Annwn. Todas as folhas de Eleanor terminaram. Ela precisa retornar. Seu caldeirão precisa ser refeito antes de o ritual poder ser realizado. Temos até o Samhain. O tempo está correndo contra todas nós. Se o portal permanecer cerrado, estaremos todas condenadas.

Jack olhou para Nora. Ela sorriu e voltou a acenar. Podia ouvir o que Arrana dissera? Ele achava que não.

— Jack, você não estará sozinho. Eleanor e Elan vão guiá-lo e Camelin vai lhe ensinar tudo que precisa saber. Você é o Brenin por quem estávamos esperando. De que outra prova precisa? Você tem o símbolo do druida. Quantos outros mortais você imagina serem capazes de ver e ouvir os espíritos das árvores?

Jack não respondeu. Sabia que ninguém acreditaria caso contasse o que tinha visto e ouvido nas últimas horas.

— Antes de decidir, precisa saber que corre perigo. Vai precisar de coragem e força...

— Não estou vendo muito disso por aqui — resmungou Camelin ao descer e pousar perto dos pés de Nora.

O rosto de Jack ficou vermelho, tamanha a raiva pelo pássaro falante. Há quanto tempo estaria ouvindo? Era evidente que ele podia ouvir Arrana. Uma súbita determinação encheu o coração de Jack. Podia não ser muito alto e certamente não era muito forte, mas tinha outras qualidades. Sempre cumpria suas promessas e tentava dar o seu melhor: isso tinha que valer para alguma coisa.

---

* Crochan — palavra celta que significa caldeirão. (N.T.)

— Eu vou ajudar vocês — disse Jack bem alto para que todos pudessem ouvir sua decisão.

Camelin reprimiu um *crááá*; Nora e Elan se abraçaram, e Arrana sorriu. A floresta encheu-se de música, a mais linda que Jack já ouvira. Desejou poder participar. Ele sabia cantar bem, algo de que duvidava Camelin fosse capaz.

Uma vez cessado o canto, Arrana dirigiu-se a todos.

— Essa é a nossa única chance de obtermos sucesso. Todos devem colaborar.

Curvou-se e presenteou Jack com um ramo retorcido. Não muito comprido ou admirável, mas ele o aceitou com uma reverência.

— Isto irá ajudá-lo. Use-o com sabedoria, Jack Brenin. Carregue-o sempre e uma parte de Annwn estará com você. Mantenha-o por perto.

— Obrigado — disse ele solenemente.

— Nós nos encontraremos de novo — disse Arrana, sonolenta, dentro da cabeça de Jack, antes de começar a tremular e desaparecer no tronco do carvalho.

O murmúrio recomeçou; uma a uma as dríades desapareceram dentro das árvores.

Camelin saltitou ao redor dos pés de Nora e grasnou bem alto.

— Por que ele tinha que ganhar uma *varinha*? Apenas o ajudante dos druidas recebe *varinhas*.

— Não entendo — retrucou Jack. — É apenas um graveto.

— Apenas um graveto! Apenas um graveto! — balbuciou Camelin.

— Espere e verá do que esse graveto é capaz.

Nora o repreendeu:

— Camelin, você ouviu Arrana. Ela disse que todos devem ajudar Jack e isso inclui você.

Camelin voltou-se abruptamente e saiu balançando-se como um pato antes que lhe chamassem de novo a atenção. Jack ainda podia ouvi-lo resmungando consigo mesmo ao se afastar voando.

A noz de ouro

— Sinto muito por Camelin ser tão grosseiro — disse Elan. — Ele se sente responsável por muitos de nossos problemas e impotente para fazer qualquer coisa a respeito deles.

— Quando ele começar a ensinar você a voar, vai se sentir importante e deixará de lado o péssimo humor — explicou Nora.

— Vo-voar? — gaguejou Jack.

— Tudo no seu devido tempo — afirmou Nora. — Acho que devemos pegar o caminho de volta para tomarmos o nosso chá. Foi uma tarde e tanto.

Jack sentia-se tonto depois de sua experiência com Arrana. Nora voltara a falar com ele usando enigmas. Por que ele precisava voar? Camelin nunca seria capaz de ensiná-lo a voar. Além do mais, morria de medo de altura. Mesmo que Nora não fosse uma bruxa, se ela achava que ele ia se sentar numa vassoura, estava redondamente enganada. Ele teria que perguntar a ela mais tarde o que ela queria dizer com voar. Naquele momento, precisava saber mais sobre a varinha. Obviamente era muito especial. A cabeça encheu-se de perguntas.

— O que é uma varinha? — perguntou a Elan enquanto caminhavam de volta pela floresta.

— É uma varinha que, depois de você lhe dar poderes com o seu símbolo, se transformará em varinha mágica. Por isso Camelin está tão chateado. Sua varinha é muito especial. É de uma hamadríade de carvalho e contém toda a magia de Annwn.

Jack ficou novamente boquiaberto, só que desta vez nem fechou a boca, de tão ocupado em pensar sobre o graveto de aparência tão comum na sua mão. Apenas quando chegaram a uma clareira e sentiu o sol em suas costas, notou terem usado um caminho diferente. Entraram numa extensa campina de grama, que batia nos joelhos, coberta de altos ranúnculos. Parecia um tapete dourado à luz do sol. Nora deteve-se diante de uma fonte. Um riacho de águas claras como cristal descia da vertente e escorria para a nascente. Pedaços de rocha, cobertos de musgo e estranhos entalhes, rodeavam a fonte. A clareira, quase circular, dava a impressão de que ali existira alguma construção antiga. Nora ajoelhou-se e colocou os lábios na água. A princípio, Jack achou que ela estava bebendo, mas depois notou que ela falava.

Uma profusão de bolhas surgiu na superfície e uma massa de fios de cabelos verdes desgrenhados, entrelaçados a elódeas, galhos velhos e algumas folhas mortas, subiu da água. Sob o emaranhado, um pálido rosto verde com olhos estranhos, oblíquos. A criatura balançou a cabeça lançando gotas-d'água para todos os lados. Jack observou as orelhas pontudas e os braços descomunalmente compridos. A água espumante grudava-se a seu corpo como um vestido. Quando Nora disse que ele poderia ver algumas coisas estranhas na floresta, não mentira. Aquela era a criatura mais estranha que ele já vira.

— O que é isso? — perguntou num sussurro a Elan.

— Uma náiade, uma ninfa aquática.

— Uma náiade! — exclamou. — Mas elas não deviam ser lindas?

— Ela pensa que é — explicou Elan, mas antes que pudesse pronunciar mais uma palavra, a criatura começou a falar com Nora.

— Espero que seja importante — ofegou. — Eu estava muito ocupada e você me atrapalhou.

— Jennet— disse Nora, dirigindo-se à náiade —, Elan está aqui e trouxemos Jack Brenin para conhecê-la.

Deu um passo ao lado para que a náiade pudesse olhar melhor os dois.

— Bem, aí já é outra história. Por que não avisou que eles viriam hoje? — Olhou primeiro Elan e acenou a cabeça, depois se voltou para Jack e falou diretamente com ele. — Venha aqui para eu poder ver você de perto.

Jack aproximou-se, meio relutante, e parou na frente da ninfa enquanto ela o inspecionava. Ficou pouco à vontade quando Jennet não apenas o olhou, mas também farejou o ar ao seu redor. Ao terminar, ela voltou-se e dirigiu-se a Nora.

— Não tem muito o que se olhar nele, não é mesmo?

A noz de ouro

— Concordo — grasnou Camelin. — Ele vai ser de tanta utilidade quanto um bule de chocolate.

Um som terrível saiu de Jennet e Jack só se deu conta de que ela ria quando Nora a fitou zangada.

— Farei o melhor que posso — anunciou Jack em voz alta.

A atitude deve ter agradado Jennet, pois ela voltou novamente a atenção para Nora.

— Ele sabe o que precisa fazer?

— Ainda não, mas falou com Arrana e ela explicou o nosso problema.

— Era só isso o que tinha a me dizer? Você sabe, estou muito ocupada.

— Não — respondeu Nora severamente. — Quero que prometa ajudar Jack, caso ele venha a precisar, e ordene às outras ninfas aquáticas que também cumpram a promessa. Pode começar se encarregando do símbolo que Jack precisa para a varinha que Arrana lhe deu.

Jennet franziu o rosto e estreitou os olhos.

— O que ganho em troca?

A água começou a borbulhar novamente em torno de Jennet, enquanto ela aguardava ansiosa por seu presente. Elan aproximou-se e tirou uma grande bola de gude negra e brilhante do bolso. As bolhas então se transformaram em algo parecido com um minirredemoinho. Jennet esticou um braço comprido e enroscou os dedos verdes e longos em torno da oferenda.

— Isso é bem aceitável — sussurrou, apontando uma das rochas diante da nascente. — Essa será a sua marca. Venha e toque na pedra.

Jack aproximou-se da fonte, tomando cuidado para se manter fora do alcance de Jennet. Descansou a mão direita sobre a rocha fria e coberta de musgo. Um lampejo de luz. A rocha ferveu de tão quente. Ele retirou a mão. O dedo latejava e, ao examiná-lo, o mesmo símbolo brilhava ali também.

— Trate de ter sucesso, Jack Brenin. Contamos com você.

As palavras de Jennet quase se perderam quando uma última explosão de bolhas a engolfou. Então ela sumiu.

— Pegue a varinha — instruiu Nora. — Veja o que acontece.

Jack pegou o graveto com a mão direita. As pontas dos dedos ardiam numa sensação estranha. O graveto retorcido também brilhou. Quase cintilou. Para seu espanto, agora estava perfeitamente liso.

— Não aponte esta varinha para mim — gritou Camelin, pulando para sair do caminho de Jack. — Alguém pode mostrar como soltá-la antes que ele faça algum estrago?

Antes que Nora pudesse passar qualquer instrução a Jack, a varinha ficou ainda mais brilhante. Faíscas voaram. Uma atingiu a ponta da cauda de Camelin e lentamente chamuscou suas lustrosas penas negras.

Jack deixou cair a varinha. Antes de atingir o chão voltou a ser o mesmo graveto retorcido que Arrana lhe dera.

— Eu avisei que ele não ia servir para nada, mas não me dei conta de que seria perigoso. Olha só o que ele fez com as minhas penas!

Jack inclinou a cabeça. Não queria que Camelin visse o seu sorriso. Tinha sido um acidente, diferentemente do fruto que o outro atirara em sua cabeça, então, de alguma forma, foi bem feito. Agora estavam empatados, mas não era um bom começo para duas pessoas que precisavam se dar bem.

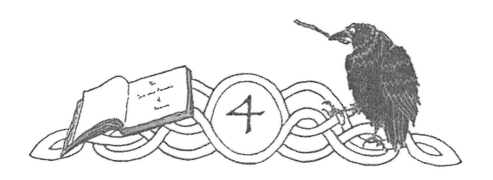

LIVRO DE SOMBRAS

— Pegue sua varinha, Jack — disse Nora afetuosamente. — Depois de algumas aulas, vai se acostumar com ela. Não tem perigo, desde que não a segure com a mão direita.

Jack voltou a ficar boquiaberto, o que pareceu divertir Elan.

— Não seria melhor se ele não a segurasse? — resmungou Camelin enquanto se retorcia tentando enxergar o estrago em sua cauda.

— Se não tem nada de bom para dizer, não diga nada — vociferou Nora.

Camelin soltou um *pufff* alto e voou para a árvore mais próxima.

— Melhor voltarmos para o chá — disse Nora, pondo-se a caminho.

Jack e Elan a seguiam à curta distância.

— Todas as náiades se parecem com Jennet?

— Oh, não! — Elan gargalhou — Não! Ela é bonita se comparada com as outras.

— Por que ficou tão animada com a bolinha de gude?

— Bastava ser qualquer coisa brilhante. As ninfas também gostam de coisas cintilantes. Na verdade, pouco importa o objeto, desde que não reflita.

— Por quê?

— Porque elas não fazem ideia de que não são lindas. Se Jennet visse o seu reflexo, não ficaria muito satisfeita. Ninfas podem causar grandes estragos quando zangadas.

A última coisa que Jack desejava era enfurecer Jennet. Ela não parecia muito feliz, nem mesmo rindo.

— Se um dia precisar de ajuda, chame seu nome pela água, mas certifique-se de ter algo para lhe dar em troca.

— Será que ela ficaria chateada se não gostasse do que eu lhe oferecesse?

— É possível, mas o mais provável seria ela desaparecer e se recusar a subir novamente à superfície. É melhor carregar sempre algo. Nunca se sabe quando pode precisar de ajuda. Camelin tem muito em comum com as náiades. Ele amontoa um monte de coisas no sótão. Qualquer coisa que brilhe ou cintile. A única diferença é que ele gosta de espelhos. Morre de orgulho da aparência.

Jack achava que Camelin e Jennet tinham também outra coisa em comum. Ambos pareciam zangados e mal-humorados.

— Você disse que Camelin tem um sótão?

— É, lá em cima. Dá para ver?

Elan apontou o teto da Casa Ewell que se tornara visível através de uma fresta entre as árvores.

— Aquela janela redonda é a "porta da frente" de Camelin. O sótão é todinho dele. Tenho certeza de que ele lhe daria alguma coisa para guardar no bolso se você pedisse.

Jack preferia não pedir nada a Camelin. Decidiu que mais tarde procuraria nas suas coisas. Devia ter algo que uma náiade quisesse. Melhor se manter prevenido.

Não demoraram muito até alcançarem a cerca viva. Nora se deteve e ergueu os braços. Jack ouviu o farfalhar e o rangido quando a cerca voltou a se abrir. Apesar de já ter visto isso acontecer antes, ainda assim as pernas tremeram.

A noz de ouro

Camelin já estava no jardim. Pavoneava-se de um lado para outro no gramado com uma pequena vareta no bico. Parou ao vê-los, iniciando em seguida um grande floreio no ar. Jack olhou sua própria varinha e se perguntou o que aconteceria se fizesse o mesmo. De qualquer jeito, achou que não teria permissão de usá-la sem supervisão por um tempo, apesar de estar louco para descobrir do que ela era capaz. Esses pensamentos foram interrompidos por um grande ganso branco gingando num canto e cacarejando bem alto. Parou abruptamente e fitou Jack.

— Esta é Gerda — apresentou Nora, quando o ganso esticou o pescoço para examiná-lo melhor. Balançou a cabeça repetidas vezes e começou a cacarejar para Nora. — Ela está feliz em conhecê-lo.

Jack apontou Gerda com a cabeça.

— Ela também pode falar?

— Somente para Camelin e Nora — explicou Elan —, mas entende tudo o que dizemos.

Jack ficou aliviado por nem todos os pássaros do jardim de Nora poderem falar.

— Gerda é o nosso ganso de guarda. Ela ajuda a manter os visitantes indesejados afastados — explicou.

O grande ganso estalou o bico e bateu as asas. Sacudiu as penas, a cauda e cacarejou alto de novo antes de ir se balançando até a pilha de comida que Nora espalhava no pátio.

— Talvez fosse uma boa ideia tentar conhecer Camelin um pouco melhor, depois do lanche — sugeriu Nora.

À menção do seu nome, Camelin desceu num voo rasante e pousou diante das portas do pátio. Apressado, antecipou-se a todos.

— Receio que não tenha nada para você — disse Nora. — Acho que você comeu antes.

Camelin voltou-se e a olhou fixamente.

— Isso não é justo. Sabia que devia ter ido a outro lugar comer meu sanduíche. Eu tinha esquecido que aquele teixo é um fofoqueiro.

— É uma árvore linda — comentou Nora —, muito confiável e sempre se encarrega de me manter informada sobre tudo o que acontece do outro lado da cerca.

— E passa a informação rápido demais! — acrescentou Camelin de mau humor. — Não é fácil ser um corvo quando todo mundo vive metendo o nariz em sua vida.

— Nem pense em pegar a comida de Gerda — avisou Nora quando Camelin começou a arrastar os pés na direção do pátio.

Os temores de Jack não se confirmaram. No chá da tarde, Nora não serviu sanduíches miudinhos nem chá em xícaras de porcelana. Em vez disso, ele saboreou pães fresquinhos com queijo e um copo de *ginger ale* preparado em casa. Depois, Nora pediu que ele fosse ao jardim encontrar Camelin.

— Guardou um pouco de queijo para mim?

Jack fez que não com a cabeça.

Camelin suspirou e lançou-lhe um olhar patético.

— Elas preparam uns sanduíches deliciosos no clube de críquete, sabia? Bem grandes, diferentes daqueles triangulares minúsculos que servem no centro comunitário.

— Você costuma roubar comida?

— Bem, não considero roubo. Gosto de pensar que estou ajudando, sabe? Como se prestasse um serviço de degustação. Se a comida não for boa, eu não como; então já sabem que tem alguma coisa errada.

Jack tentou não sorrir; obviamente a comida era um item muito importante para Camelin.

— Com que frequência você dispensa alguma comida?

— Só aconteceu uma vez. No verão passado, organizaram uma noite mexicana lá no centro comunitário. Ouvi alguém falando de chili

A noz de ouro

e imaginei algo fresco, só que quando dei uma bicada era um bocado apimentado. Passei dois dias com o bico ardendo. Nunca mais como daquilo com pressa.

Jack teve que rir, especialmente quando Camelin balançou a cabeça e fez um barulho demonstrando nojo.

— Desde então não voltei mais lá.

Jack pensou que provavelmente o pessoal devia achar ótimo.

Elan saiu da casa carregando um livrinho quadrado que entregou a Jack.

— É para você.

— Obrigado — agradeceu, admirado.

Era feito à mão, como todos os outros livros que vira nas estantes de Nora, e decorado com duas árvores cujas raízes enroscadas eram feitas de arame de cobre retorcido. No centro, em letras prateadas, o título: *Livro de Sombras*. Era igual ao que ele vira no herbário de Nora, porém menor e na parte inferior constava o seu nome.

— Uau! Para que serve este livro?

— É para você escrever, não com uma caneta, mas com a varinha.

Os olhos de Jack se arregalaram. Finalmente poderia usar a varinha.

— A primeira página está em branco — explicou Elan. — Se você escrever o meu nome ou o de Nora na parte de cima, sua mensagem vai aparecer em nossos livros. Nós também podemos responder a você do mesmo jeito.

— Mas não sei como usar a varinha.

— Quando estiver preparado, segure-a na mão direita, espere até ela se transformar e a instrua a se tornar sua caneta.

— O que eu digo?

— Quando a sua varinha se acostumar com você, nenhuma palavra será necessária. Instintivamente compreenderá o que você quer que faça. Por enquanto, tente *scriptum*. Fique calmo ou então vamos ter uma chuva de fagulhas novamente.

Jack não fazia ideia de como ficaria calmo. Ter uma varinha mágica e aprender como usá-la era incrível. Entregou o livro a Nora e segurou a varinha na mão direita. A ponta do dedo ficou quente e, em seguida, o ramo inteiro começou a brilhar. Não demorou até o galho retorcido voltar a ficar reto.

— Uau! — exclamou Jack.

Ouviu-se um estalido quando faíscas irromperam da ponta da varinha.

— De novo não! — berrou Camelin, saindo apressado da frente.

— Respire fundo — ensinou Nora.

Jack ficou fascinado ao conseguir controlar a varinha. A mão tremia e a varinha balançava de um lado para outro, mas as faíscas tinham cessado.

— Imagine que é uma caneta — encorajou-o Elan.

Jack se concentrou. Visualizou sua caneta e se preparou para dizer *scriptum*, mas, antes de as palavras saírem de seus lábios, a varinha se transformou sozinha.

— Você conseguiu! — gritou Elan, dando pulinhos.

— Parabéns! — congratulou-o Nora.

— Sorte de iniciante — grasnou Camelin.

— Não acredito que eu consegui. Fui eu ou a varinha?

— Foi você — respondeu Nora. — A varinha só obedece ao seu comando.

— Tente escrever alguma coisa para mim — pediu Elan, entrando às pressas na cozinha. — Eu respondo e aí você vai ver como funciona.

Nora passou para Jack o livro aberto. Ele não sabia o que escrever. Colocou o nome de Elan no topo da página e embaixo escreveu...

... Estou fazendo tudo certo?

Observou as palavras penetrarem na página e desaparecerem. Segundos depois apareceu a resposta de Elan...

... Sim... vamos tentar de novo hoje à noite quando você estiver em casa.

A noz de ouro

— Acho que por hoje é o suficiente — disse Nora.

Jack passou a varinha para a mão esquerda. A lisura desapareceu imediatamente. Sabia, mesmo sem olhar, que tinha novamente o galho na mão; podia sentir a casca de árvore áspera sob as pontas dos dedos.

— Se tiver alguma pergunta sobre a tarefa que concordou em desempenhar, basta perguntar ao seu livro — explicou Nora. — Ele também contém a história do Outro Mundo no capítulo sobre "Os Anais de Annwn".

Jack folheou o livro; todo em branco.

— Mas... — começou.

— É mágica, Jack — Nora riu. — Você precisa saber o que fazer antes de ele revelar qualquer segredo.

— Devo usar a varinha? — perguntou, nervoso. Não queria nenhum acidente na casa do avô.

— Não, não pode ser mais fácil — continuou Nora. — Encoste seu dedo no seu nome e o livro vai reconhecê-lo; faça uma pergunta e ele revelará a resposta.

— Se quiser anotar algum segredo, use as páginas de trás. Ficará invisível para quem quer que pegue o livro — acrescentou Elan.

— Fantástico! — exclamou Jack. — Obrigado.

Ele mal conseguia se conter, tamanha a ansiedade. Seria melhor do que um laptop. Teria e-mail, notebook e site de pesquisa, só que ele seria a fonte de energia. Ainda parecia incrível, mas ele vira com os próprios olhos. Realmente funcionara e ele se sentiu confiante de conseguir repetir a operação quando voltasse à casa do avô.

— Camelin vai levá-lo até a cerca viva — anunciou Nora.

Jack preferia sair pela porta da frente; além do mais, suspeitava que Camelin não quisesse atravessar o jardim com ele.

— Volte amanhã — prosseguiu Nora. — Temos muito a fazer antes de você estar pronto para o ritual.

— Ritual?

— Conversamos sobre isso amanhã.

Antes que Jack pudesse fazer outra pergunta, Nora e Elan entraram na cozinha, deixando-o sozinho no jardim com Camelin.

— Por aqui — resmungou Camelin.

A mente de Jack funcionava sem descanso ao caminharem na direção da cerca viva. Estava ocupado demais com os próprios pensamentos para se preocupar em conversar com Camelin. Refletia sobre as outras surpresas à sua espera. Estaria se metendo em algo perigoso? Talvez Camelin tivesse razão e ele não valesse a pena, ou tudo podia não passar de um terrível engano. Talvez a profecia não dissesse respeito a ele. Quem sabe não encontraria as respostas no *Livro de Sombras*?

— Pronto, chegamos — grasnou Camelin.

— Nos vemos amanhã.

— Será que podia trazer um pouco de queijo?

— Não sei se vovô tem queijo.

Camelin pareceu desapontado.

— Vou ver o que consigo — disse Jack educadamente.

— Promete não contar a Nora?

— Prometo, mas ela pode descobrir.

— Não se eu encontrá-lo aqui amanhã. Tenho um esconderijo de comida. Pode ser o nosso segredo.

Camelin já não parecia tão resmungão quando falava de comida.

— Se não tiver queijo, qualquer coisa serve, menos banana. Não gosto de banana.

— Não vou esquecer — Jack riu. — Tchau.

Jack só conseguiu ficar sozinho depois do jantar. Pediu licença ao avô, foi para o quarto e pegou o seu *Livro de Sombras*. O que faria primeiro: escrever para Elan ou tentar obter mais informações acerca de Annwn? Encostou o dedo em seu nome e observou as letras prateadas

A noz de ouro

brilharem. Sem aviso o livro se abriu e as páginas começaram a virar, primeiro devagar, depois mais rápido até o livro ficar imóvel. Uma linda letra floreada começou a surgir.

A Lei e os Anais de Annwn.

Jack tomou coragem para perguntar sobre o Outro Mundo.

— Onde fica Annwn?

Além dos quatro portais do mundo dos mortais.

— Qual é a minha tarefa?

As mãos de Jack tremeram, tomado ao mesmo tempo pelo medo e pelo fascínio. O livro não respondeu de imediato, então ele repetiu a pergunta:

— Qual é a minha tarefa?

Você deve voltar ao passado e encontrar as três placas do caldeirão perdidas. Uma vez o caldeirão refeito, o ritual poderá ser realizado e o Portal Oeste na Colina de Glasruhen voltará a ser aberto.

Esse devia ser o ritual mencionado por Nora.

— Como posso voltar ao passado?

A resposta veio de imediato.

Precisa voar.

— Voar?

Era a segunda vez que ele ouvia essa palavra aquele dia, porém, antes que pudesse perguntar algo mais, o livro se fechou com estrondo. Por mais que tentasse, não conseguiu fazer o livro voltar a abrir além da primeira página. Decidiu escrever para Elan.

... Fiz algumas perguntas, mas acho que quebrei o livro. Não consigo abri-lo de novo.

Não demorou a chegar a resposta de Elan.

... Não está quebrado. Traga-o amanhã e Nora responderá à sua pergunta.

Jack ficou acordado, relembrando inúmeras vezes tudo o que vira e ouvira. Não sabia se queria assumir a responsabilidade dada por Arrana.

Preocupava-se com um possível fracasso. A palavra *voar* o enchia de medo. Havia odiado o voo da Grécia para a Inglaterra. Realmente não gostava de alturas. Tinha de haver um erro; precisaria conversar com Nora sobre isso.

Finalmente acabou pegando no sono.

Uma pancadinha na janela o acordou. A cabeça doía e os olhos se recusavam a abrir. Relutante, saiu da cama para investigar. Ao puxar a cortina, deu de cara com Camelin empoleirado no peitoril da janela prestes a bater no vidro de novo com o bico.

— Bom-dia, flor do dia!

Era óbvio que Jack ainda estava dormindo. Tinha certeza de que Camelin vibrara de alegria por acordá-lo.

— O que quer a essa hora da madrugada? — resmungou Jack, abrindo a janela.

— Trago um recado de Nora. Você está convidado para o almoço, então pode ir para lá logo depois do café da manhã. Ela já pediu ao seu avô e ele deixou.

Jack reprimiu um bocejo.

— Não se esqueça de trazer alguma coisa para mim — acrescentou Camelin.

Sem esperar por resposta, voou na direção da Casa Ewell.

Apesar de cedo, Jack resolveu se levantar em vez de voltar para a cama. Na noite anterior, encontrara duas fendas na lombada do seu *Livro de Sombras* onde poderia acomodar a varinha. Certificou-se de ela estar bem presa antes de guardar o livro na mochila.

Podia apostar que o avô ficara impressionado ao vê-lo entrar na cozinha.

A noz de ouro

— Fico contente ao ver você de pé e arrumado tão cedo. Você foi convidado a passar o dia na Casa Ewell.

Jack estava prestes a dizer que já sabia, mal conseguindo se conter a tempo. Explicar ao avô que um corvo falante já lhe contara a novidade provavelmente não seria uma boa ideia.

— Estou contente por já ter feito uma amiga — disse o avô enquanto tomavam o café da manhã. — Se vai passar o dia fora, posso me dedicar ao jardim. Há muito trabalho pela frente.

Antes de sair, Jack voltou à cozinha. Não encontrou queijo na geladeira. Torceu para Camelin não ficar muito desapontado. Procurou na despensa e encontrou um pedaço de bolo de frutas, que enrolou e guardou na mochila.

— Vejo o senhor depois — gritou para o avô, que já se dedicava à plantação de hortaliças.

O atalho através da cerca não pareceu tão ruim quanto da primeira vez nem foi difícil encontrá-lo. Num minuto encontrou-se parado nos fundos do jardim de Nora.

Antes de dar outro passo, ouviu uma voz rouca, abafada, mas familiar.

— Por aqui.

Olhou à sua volta, mas não conseguiu ver Camelin.

— Aqui dentro.

Jack vislumbrou a cabeça de Camelin por trás das pedras do jardim.

— Que demora! Estou esperando há séculos. Não me diga que esqueceu.

— Não.

Parecia uma pequena caverna, perfeitamente seca. Jack engatinhou para entrar. Podia entender o porquê de ser convidado. Nenhum deles seria visto da casa.

— Que maneiro! — exclamou Jack.

— Aqui dentro é seguro. O que as árvores não podem ver nem ouvir não podem contar. O que trouxe para mim?

— Não tinha queijo, mas trouxe bolo.

Os olhos de Camelin se arregalaram ao ver o tamanho do pacote que Jack retirou da mochila. Tão logo desembrulhado, Camelin atacou o bolo, devorando-o gulosamente. Depois, delicada e lentamente pegou a última migalha até não sobrar nadinha.

— Pode me trazer alguma coisa todo dia em troca das lições de voo — anunciou.

— Você vai mesmo me ensinar a voar?

— De que outro jeito acha que vai conseguir passar pela janela do tempo? Precisamos voar.

— Mas sou um menino. É impossível.

Camelin começou a rir.

— Não vai ser um menino quando voar, seu idiota. Primeiro Nora precisa transformar você num corvo igualzinho a mim.

Jack ficou pasmo.

— Como?

— Ela vai levá-lo até a Colina de Glasruhen e realizar um ritual especial na Bacia do Corvo. Já ouviu falar da Bacia do Corvo, não ouviu?

Jack fez que não com a cabeça. Apenas ouvira falar de Glasruhen no dia anterior.

— Vou logo avisando que vai precisar ficar nu.

— Nu?

— Não vai precisar das suas roupas quando for um corvo.

Camelin riu, saltitando para fora da caverna, e voou.

Jack precisava de tempo para pensar. Por que não tinham lhe contado no dia anterior sobre o ritual? Ele não se importava de ajudar, mas de jeito

A noz de ouro

nenhum viraria um corvo, especialmente um corvo pelado. Recordou tim-tim por tim-tim tudo o que vira e ouvira. Precisava de respostas para suas perguntas. Teria que conversar com Nora. Saiu sorrateiramente da caverna, pegou a mochila e dirigiu-se para a casa.

PERGUNTAS E RESPOSTAS

Jack não sabia o que diria a Nora. Prometera ajuda a Arrana e sabia que dependiam dele, mas não tinha certeza se queria ser transformado em corvo. Claro que não queria voar. Devia haver outra maneira de atravessar a janela do tempo. Nem ao menos sabia onde ficava. Aquela manhã ficara ansioso para sair de casa. Se tivesse raciocinado direito, poderia ter tentado fazer outras perguntas ao livro. Agora se sentia apreensivo.

— Tudo bem? — perguntou Elan. — Nora me pediu para vir procurar você. Quando Camelin chegou, disse que você estava a caminho, mas você demorou tanto que Nora ficou preocupada achando que podia ter se perdido ou mudado de ideia.

Ele devia ter ficado na caverna um bom tempo e não fazia ideia do tempo que ficara parado ali no jardim perdido nos próprios pensamentos. Ficou sem graça. Não queria dizer a Elan onde estivera ou o porquê de sua preocupação. Olhou ao redor.

— É... e-eu achei ter ouvido o barulho de água. Nora tem um chafariz?

— Não, é um rio.

A noz de ouro

— Um rio?

Elan conduziu Jack pelos fundos do jardim que dava para a cozinha até a beira do rio. Detiveram-se perto de um grupo de árvores ocas sob o sol, cujos compridos galhos pontiagudos encontravam-se mergulhados na água. Puxa, era bonito de tirar o fôlego. A água refletia o céu azul brilhante e a luz do sol dançava através das ondas batendo na margem a seus pés.

— Uau! Tem um barco também.

— Nora usa o barco para remar até a ilha de Gerda e levar palha fresca. A pobre Gerda vive sozinha. Seu companheiro morreu faz bastante tempo e ela nunca se recuperou da perda. Nora diz que ela fica muito triste alguns dias.

Ouviu-se um alto grasnido quando Gerda passou com seu andar característico. Jack gostaria de saber se ela ouvira as palavras de Elan. Seu bico estava cheio de compridos talos verdes. Pareceu balançar a cabeça várias vezes numa espécie de cumprimento.

— Nora sempre pede que ela apanhe umas cebolinhas no jardim das ervas. Gerda gosta de ajudar e é ótima em pegá-las com o bico.

— Como ela sabe qual das ervas pegar?

— Nora lhe ensinou tudo sobre as diferentes plantas do jardim.

Parecia incrível um ganso poder entender e seguir instruções, mas Jack tinha de aceitar ser verdade. Não fazia muito estivera conversando com um corvo que podia não só compreendê-lo, mas também responder.

— Onde está Camelin? — perguntou.

— No sótão. Mais tarde vai encontrá-lo. Primeiro Nora precisa conversar com você.

Jack e Elan voltaram para a casa. Ao entrarem na cozinha, Nora picava as cebolinhas e conversava com Gerda, que grasnava feliz em resposta. Nora salpicou as ervas numa grande panela fumegante borbulhando no fogão localizado nos fundos da cozinha. O cheiro de pão fresco novamente pairava no ar. Sentia-se tão à vontade naquela cozinha... Era como a do avô, mas bem mais interessante. O grande guarda-louça atrás da mesa não tinha pratos de porcelana ou enfeites nas estantes. Em seu lugar, havia rochas e fósseis. Na bancada de trabalho, dois enormes pedaços de ametista eram usados como aparador de livros. Gerda saiu gingando pelas portas abertas e se instalou no pátio sob o sol quente. Jack olhou ao redor, porém não viu sinal de Camelin.

— Vou buscar os ovos — anunciou Elan, pegando uma cesta e se dirigindo ao jardim.

Jack achou que provavelmente aquela seria uma boa ocasião para conversar com Nora, já que se encontravam a sós.

— Acho que Camelin talvez tenha razão. Não vou ser de grande ajuda.

— Que absurdo! Claro que vai nos ajudar muito. Ele vai mudar de ideia, você vai ver.

Jack inclinou a cabeça.

— Você disse que daria o seu melhor. O que mais podemos querer? Você conversou com Arrana e concordou em ajudar. Acho que a maioria dos meninos da sua idade não teria se comportado assim.

Jack arrastou os pés. Nora esperava uma resposta, mas ele não conseguiu achar as palavras apropriadas.

— Bem, tem umas coisinhas que preciso contar. Nossa primeira e mais importante tarefa é prepará-lo para o ritual.

— Estou com medo.

— É natural; viu um monte de coisas estranhas nos últimos dias. Tem motivos para se sentir diferente.

— Eu preciso mesmo virar um corvo?

— Não encontrou isso no seu *Livro de Sombras*.

Jack ficou preocupado quando Nora fechou a cara.

— O que Camelin andou lhe contando?

— Nada de mais, só falou que a senhora vai me transformar num corvo e que eu vou precisar ficar pelado.

A noz de ouro

— É, imagino como ele deve ter adorado contar isso. Não faríamos nada para machucá-lo. O ritual é muito rápido. Trata-se de uma caminhada até a Bacia do Corvo ao pôr do sol num dia muito especial do ano.

— Onde fica a Bacia do Corvo?

— Vou lhe mostrar.

Nora pegou um dos livros no guarda-louça e cuidadosamente abriu-o no meio. Desdobrou um mapa desenhado à mão e colocou-o sobre a mesa. Era diferente de qualquer mapa que Jack tivesse visto antes. Não era desenhado em escala e apresentava umas palavras estranhas e símbolos nas margens. Nora apontou o topo da Colina de Glasruhen e deixou o dedo mover-se ligeiramente para baixo.

— Aqui — disse, apontando uma rocha escarpada no mapa. — Há uma fenda natural na rocha. É lá que devemos realizar o ritual.

— Vai ter muita gente? — perguntou Jack, com a preocupação renovada.

— Por favor, não se preocupe. Ninguém vai nos ver e você pode usar minha capa. Duvido que Camelin tenha contado isso.

— Não contou mesmo.

— O ritual é bem simples. Você precisa decorar algumas palavras, mas eu me encarrego do resto. Basta se deitar na rocha e olhar para a água dentro da Bacia do Corvo. Quando enxergar o reflexo da aurora, recite as palavras e toque a água com a testa.

Nora deteve-se.

— A parte mais difícil dependerá de você, Jack. Precisa desejar, de todo o coração, se tornar um corvo ou nada acontecerá.

Nora tinha razão. Seria difícil. A última coisa no mundo que queria era virar um corvo. Mesmo que concordasse com o ritual, nunca seria capaz de deixar sua casa tão cedo e subir até a Bacia do Corvo. O que diria ao avô? Como explicaria aonde ia?

— Não se preocupe — disse Nora, como se pudesse ler seus pensamentos. — Vamos convidar você para passar uns dois dias aqui. Vai dar tudo certo, confie em mim.

— Eu vou precisar voltar até a Bacia do Corvo e repetir o ritual para voltar a ser menino? — inquiriu Jack, tomado por nova e inquietante preocupação. — Eu vou poder voltar a ser o que sou, *não vou*?

— Claro que sim. Quando o ritual terminar, você vai poder tanto se transformar em corvo quanto voltar a ser menino sempre que quiser. Basta encostar sua testa na de Camelin.

— Quando vai ser?

— No próximo sábado.

Jack começou a se sentir mal.

Nora guardou o livro, apanhou um pedaço de papel no armário e o entregou a Jack.

— Anotei uma lista de coisas que precisa saber antes do ritual. Pode perguntar o que quiser ao seu *Livro de Sombras* quando voltar para casa. Guardou a noz de ouro em local seguro? Vamos precisar dela para o ritual.

Jack fez que sim com a cabeça e examinou dentro do bolso. A noz estava lá. Olhou o papel. Ia demorar séculos para responder a todas aquelas perguntas que Nora lhe passara.

— O livro não quis responder a uma de minhas perguntas ontem à noite e depois não consegui abri-lo de novo.

— Foi culpa minha. Não queria que soubesse sobre o ritual de transmutação até termos conversado, mas já posso remover o obstáculo.

Jack pegou seu *Livro de Sombras* da mochila e o entregou a Nora, que o manteve entre as mãos.

— *Cardea* — sussurrou.

Uma luz azul brilhou de dentro do livro fechado.

— Prontinho. Agora pode perguntar o que quiser e vai obter as respostas.

— Obrigado — disse Jack, nervoso. Não tinha certeza de como as respostas o ajudariam a se sentir melhor quanto ao que lhe aguardava. Estava contente por Nora estar convencida de que ele teria êxito. Gostaria que Camelin pensasse o mesmo.

A noz de ouro

Elan entrou carregando uma cesta cheia de ovos.
— Camelin vai descer logo? — perguntou Jack.
— Não, só depois do almoço — respondeu Nora. — Eu o proibi de comer conosco. Mandei-o de castigo lá para cima para refletir sobre o seu mau comportamento. Ele está no sótão, curtindo o mau humor.
— Posso ir até lá conversar com ele? — perguntou Jack.
— Por que não? Elan vai mostrar o caminho.

Jack seguiu a menina pelo corredor. No fim, ela virou à direita e começou a subir uma escadaria íngreme e velha.
— O que ele fez para deixar Nora tão zangada?

Elan se deteve, voltou-se para fitar Jack e começou a rir.
— Hoje cedo Nora preparou uma torta de maçã e a deixou no peitoril da janela para esfriar. Camelin deve ter visto a torta quando saiu para lhe dar o recado. Não resistiu e tirou uma provinha do recheio. Infelizmente, acabou sugando o recheio todinho!

Jack riu imaginando Camelin usando o bico como um eficiente canudo.
— Como Nora descobriu?
— A cobertura da torta desabou. Ela se deu conta de que não sobrara nada dentro e na mesma hora adivinhou onde o recheio tinha ido parar. O buraco no formato de bico na parte de cima entregou Camelin. Ele levou uma tremenda bronca ao voltar. A situação piorou quando ele perguntou se podia comer o resto da massa já que não ia servir para o almoço. Foi mandado para o seu canto e, para sua indignação, Nora deu o resto da torta para os pássaros no jardim. Camelin teve de vê-los comer tudo, mas não teve coragem de descer e roubar mais nada.
— Achei que tivesse alguma coisa a ver com comida — gargalhou Jack.
— É sua grande fraqueza. Na verdade teve outro motivo para Nora se zangar tanto. Em vez de pedir desculpas, ele disse que devia ter comido tudo e que dar o resto para os outros pássaros era um desperdício de boa massa. Ele não gosta dos estorninhos, basicamente porque eles

podem limpar as migalhas da casinha de passarinhos antes de ele chegar lá. Ele não devia ficar chateado, mas o fato de não ter permissão para entrar na casa de passarinho o deixa com dor de cotovelo.

Elan abriu uma porta no alto das escadas.

— Quando chegar à escadinha, chame o nome dele.

— Acho que ele não gosta muito de mim.

— Você sempre pode tentá-lo com alguma comida. Ele não é tão brigão quando está de barriga cheia!

A única coisa que Jack tinha no bolso era um resto de balas de hortelã compradas no aeroporto de Atenas.

Atravessou o ático olhando ao redor, mas não viu sinal de Camelin. De repente, ouviu uma tosse fraca vindo de algum lugar acima de sua cabeça. No fundo do ático, uma escada pendurada, recostada contra uma abertura no telhado.

— Oi — berrou Jack.

— O que você quer? — disparou Camelin. — Se eu não tenho permissão para descer, não vejo por que você tem para subir.

— Pensei que pudéssemos conversar.

— Pensou errado. Estou com muita fome para falar.

— Tenho umas balas de hortelã.

— Normalmente não posso comer doces, mas trata-se de uma emergência. Passe as balas.

Jack enfiou a mão no bolso e tirou as balas. O rosto de Camelin apareceu na abertura.

— Que cheiro bom.

— Não tenho certeza se vai gostar. O gosto é extraforte.

Camelin começou a gargalhar.

— Estou sempre disposto a experimentar algo novo. Melhor subir.

Jack subiu a escadinha e ficou impressionado com a vista que se descortinava. O quarto de Camelin não era o lugar escuro e empoeirado que a palavra "sótão" sugeria, mas claro e arejado. A luz do sol entrava por uma grande janela circular criando uma piscina de luz no chão. No

A noz de ouro

centro, uma cestinha de gato felpuda com uma almofada em cima. O abrigo estava coberto por objetos reluzentes faiscando sob a luz do sol. O telhado baixo significava que Jack precisava esgueirar-se pela abertura e se agachar. Ficou agradecido por não ser mais alto. Ao conseguir entrar no sótão, sua mão tocou algo gosmento. Foi então que notou o chão. Nunca vira tamanha bagunça. Papéis de bala, pacotes de batatas fritas vazios e sacolas rasgadas encontravam-se espalhados por todo lado. O que parecia uma caixa de pizza vazia tinha sido entulhado no canto.

— Pode comer se quiser — ofereceu, acenando para uma bala de goma amarela mordida que ficara presa na mão de Jack. — É sabor banana.

— Obrigado, não quero — disse Jack ao tentar encontrar um jeito de se livrar da bala. Pegou um saco de papel vazio e se limpou.

— E então, cadê as balas de hortelã? — inquiriu Camelin, enquanto rodeava Jack.

Jack ofereceu uma. Em vez de aceitá-la, o corvo agarrou o pacote e se enfiou na cestinha. Rasgou o papel e enfiou as balas no bico. Em segundos saiu da cesta, saltitando feito louco pelo sótão. Estendia as asas, agitando-as na direção do bico.

— Estou pegando fogo! — grasnou.

— Eu avisei que eram extrafortes — comentou Jack ao tentar conter o riso. — Cuspa.

As balas saíram do bico de Camelin como balas de revólver. Passaram raspando pela cabeça de Jack e atingiram a parede de trás. Por um momento, Jack se perguntou se ele não teria sido o alvo.

— Não preciso de mais nenhuma. São piores que chili — disse, arfante. — Vou precisar de uma coisa gostosa depois disso.

— Não tenho mais nada.

— Bem, vou ter que atacar minhas rações para casos de emergência — resmungou, enfiando o bico dentro de um grande cesto de vime e começando a cavoucar.

Ao encontrar o que procurava, andou até a cestinha de gato e se instalou. Jack o observou atirar uma barrinha de chocolate ao leite no ar e pegá-la com o bico. Achou que precisava mudar de assunto.

— Gosto do seu quarto. Sua cestinha de gato parece realmente confortável.

— Não é uma cestinha de gato — retrucou Camelin, indignado. — É uma cestinha de corvos e foi feita sob medida. Veja.

Levantou-se, deu duas voltas e se instalou novamente, só que dessa vez de costas e com as pernas espichadas para o ar.

— O tamanho é perfeito.

Jack teve de se controlar para cessar de rir. Não queria ofendê-lo, mas a visão de Camelin na caminha de corvo era engraçada demais.

— Mais alguma coisa? Porque eu prefiro não ter que me levantar de novo.

— Preciso saber sobre a janela no tempo. Por que não posso subir até ela?

Camelin rolou de rir.

— Você precisaria ser muito alto para conseguir alcançá-la, mais alto do que o maior dos gigantes. Precisamos passar voando através dela porque fica lá em cima, nas nuvens, bem acima do cume da Colina de Glasruhen.

Jack ficou abalado. Péssima novidade.

— Está com medo?

— Estou — admitiu. — Não suporto alturas.

— Ah, essa é ótima! — exclamou Camelin em tom sarcástico. — O único que pode ajudar tem medo de altura. Já contou a Nora?

— Não. Talvez possa ser nosso segredo.

Camelin olhou Jack demoradamente. Acabou concordando.

— Está bem. Podemos negociar. Eu fico de bico calado quanto ao seu segredo se você fizer uma coisinha para mim, mas não pode contar a ninguém.

— Já disse que vou trazer comida e prometi não contar.

A noz de ouro

— Não, isso é outra coisa. A comida é para as aulas. O outro pedido é para o segredo, mas promete não rir? Combinado?

Jack ficou pensando no que concordava em se meter. Fosse o que fosse, Camelin parara de rir; então tinha que ser importante.

— Combinado.

— Quero aprender a ler.

— Você não sabe ler?

— Nem escrever.

— Por que não pediu a Nora?

— Porque ela ia perguntar o motivo e, se soubesse, a resposta seria não.

Jack achou indelicado perguntar a Camelin o motivo, mas o corvo continuou.

— Quero uma varinha de condão. Se não posso ler e escrever, nunca vou conseguir uma.

— Isso não é problema. Eu ensino. Podemos ter aulas todos os dias.

— E não vai contar a Nora?

— Juro. Será o nosso segredo.

Camelin sacudiu a asa e Jack presumiu se tratar de um sinal de despedida. Quando descia a escada, Camelin o chamou.

— Pode contar a Nora que meu estômago vazio me fez perceber que sinto muito ter comido a torta.

— Está bem. Vejo você depois?

— Espero que sim.

Quando Jack voltou à cozinha, deu o recado a Nora. Ela riu.

— Duvido que esteja arrependido e certamente não vai almoçar conosco. Pode ficar sentado lá e morrer de fome por mais um tempo.

Jack tinha certeza de que Camelin não morreria de fome. Nora obviamente não vira o que Camelin escondia na cesta de vime, para as emergências.

Nora começou a servir a sopa fumegante em três tigelas arrumadas sobre a mesa.

— Depois do almoço, gostaria que você fosse à Floresta de Newton Gill para encontrar Gnori. É importante que vá sozinho. Isso o ajudará a entender o que acontecerá a Arrana e à Floresta de Glasruhen se não tivermos êxito. De Newton Gill, pode seguir direto para casa, então leve as suas coisas. Elan vai lhe indicar o caminho e ensinar como voltar para casa.

Jack tomou a sopa devagar. Não tinha a menor pressa de encontrar Gnori, não importava o que isso viesse a ser.

GNORI

Após o almoço, Jack checou se a varinha estava a salvo antes de guardar o *Livro de Sombras* na mochila. Despediu-se de Nora e seguiu Elan até a passagem na sebe, nos fundos do jardim. Ela se desviou para deixá-lo passar.

— Vá para a direita, e não para a esquerda, mas não abandone a trilha. Depois da visita à Floresta de Newton Gill, quando quiser voltar, basta virar de costas e a própria trilha o guiará até em casa.

— Não pode vir comigo?

— Não, você precisa ver e fazer isso sozinho.

— Como vou saber onde encontrar Gnori e o que exatamente estou procurando?

— O caminho vai guiá-lo. Quando não der mais para seguir adiante, é sinal de que chegou ao fim.

Jack quis perguntar a Elan o que deveria dizer ao encontrar Gnori, mas ela já tinha sumido.

— Tchau! — gritou do outro lado da cerca. — Vejo você amanhã.

Jack olhou à sua volta. Seria bom se Camelin estivesse voando sobre a sua cabeça, mas não ouviu nada. Respirou fundo e seguiu em frente em busca da Floresta de Newton Gill. O sol infiltrava-se pelas brechas enquanto caminhava pela trilha. Via as árvores sussurrando entre si. Diferentemente de Camelin, Jack não se importava com o fato de Arrana e Nora saberem do seu paradeiro. Não se sentia sozinho tendo as árvores por companhia.

As mudanças foram tão graduais que Jack nem as notou até um repentino arrepio lhe percorrer a espinha. Embora ainda fosse início de tarde, a luz esmorecia. As folhas tinham desaparecido. Galhos grossos e nus enfileiravam-se de cada lado da trilha e nenhuma das árvores balançava ou sussurrava. Ele não gostou da escuridão. Aquela floresta era diferente da de Glasruhen; nada se movia. Não viu ninfas espionando por detrás das árvores. Quando espreitou as sombras, imaginou ter vislumbrado, em cada tronco, rostos retorcidos, de olhar triste. Seu coração ficou pesado. Não queria seguir adiante.

— Oi — sussurrou.

Prendeu a respiração. Não se ouvia um som sequer.

— Oi! — exclamou em tom mais alto. — Tem alguém aí?

Um galho estalou, fazendo Jack rodopiar. Não tinha certeza, mas o rosto na árvore mais próxima pareceu se mover. Jack estendeu o braço e tocou-lhe o nariz adunco e torto com o dedo. Imediatamente, um par de olhos se abriu. Jack recuou de um pulo.

— Desculpe — disse ofegante. — Não percebi que estava viva.

— Não chamaria isso de viva — lamentou-se a árvore. — Não aparecem muitos mortais por aqui e menos ainda que falem comigo. Quem é você?

— Sou Jack Brenin. Nora me mandou vir aqui procurar a Gnori da Floresta de Newton Gill. Por acaso é você?

— Cruzes, não! Você está na floresta, mas para encontrar Gnori vai precisar seguir adiante. Se não estou enganada, você é o Brenin por quem aguardávamos.

Jack não deveria ter se surpreendido. Tudo e todos pareciam saber quem ele era.

A noz de ouro

— Você tem nome?

— Não mais. Somos Gnarles, todas iguais, madeira morta. Isso é o que acontece conosco quando a hamadríade morre. A Gnori que está procurando ficou oca. Madeira morta. Costumava ser Allana, a Bela.

— Sinto muito mesmo — afirmou Jack. — Eu conheci Arrana, então entendo.

— Sem Allana não somos nada. Quando Arrana deixar de existir, nós também desapareceremos. Todos os druidas abandonaram Newton Gill já faz muito tempo. Agora estamos sozinhas.

Jack ficou triste ao observar uma lágrima descendo pelo rosto enrugado.

— Posso ajudar?

— Duvido. Não resta muita vida em nenhuma de nós. Durante uma época, os druidas costumavam vir aqui e cantar, mas isso foi há muito tempo. Não me lembro da última vez que ouvi alguém cantar.

— Se quiser, eu posso cantar.

Mais olhos se abriram, fitando-o esperançosos. Cantar era algo que não lhe exigia o menor esforço. Fazia parte do coro da escola desde os seis anos. Pensou na música linda que ouvira em Glasruhen; conhecia algumas canções parecidas. Talvez as árvores ocas gostassem de uma delas. Fechou os olhos buscando concentração e entoou a melodia sem palavras. A voz ressoou pura e clara pela floresta. Ao terminar ouviu um profundo suspiro. Cada uma das Gnarles ostentava um sorriso e lágrimas brilhavam em todos os olhos.

— Foi lindo. Você canta tão bem quanto os druidas.

Jack não acreditou, mas ficou contente com o fato de elas terem gostado de sua música.

— Agora preciso ir e encontrar Gnori.

— Promete voltar um dia desses e cantar outra vez para nós?

— Prometo.

— Se pudermos ajudar de alguma forma, basta nos avisar.

Com um profundo suspiro coletivo, fecharam as pálpebras lentamente. Jack seguiu o caminho. Em pouco tempo, encontrou-se de pé diante do que, no passado, tinha sido um grande carvalho, a árvore conhecida como Allana. Impávida, alta e orgulhosa. Seus galhos tocavam cada uma das outras árvores mortas ao redor, mas todas permaneciam estranhamente imóveis. Jack curvou-se em uma reverência, como o fizera diante de Arrana. Aproximou-se e tocou-lhe a casca. Sentia o vazio, o oco; sabia que a árvore estava morta. Foi invadido pela tristeza. Se não tivesse êxito, Arrana se tornaria igual a ela, e a Floresta de Glasruhen inteira morreria. Agora sabia o motivo de Nora tê-lo mandado à Floresta de Newton Gill. Ele não podia permitir que isso voltasse a acontecer. A parte inferior do grande carvalho já começara a apodrecer. Ele olhou o interior. Pelo que viu, estava oco. Tinha de ir para casa: já vira o bastante. Ao se esticar, vislumbrou algo vermelho atrás da árvore. Então este algo se moveu.

— Oi. Tem alguém aí?

— Quem deseja saber?

Jack recuou surpreso. Sentado numa rocha, havia um homenzinho trajando uma roupa verde-escura. Uma pena preta dobrada estava enfiada debaixo da faixa do seu vistoso chapéu vermelho. Um par de óculos apoiava-se no nariz comprido e pontudo. Ele fitou Jack com raiva e, num salto, bloqueou-lhe a saída com sua bengala nodosa.

Jack tentou um sorriso, o que não foi de grande ajuda.

— Não sabia que tinha gente morando aqui.

— Você está invadindo a minha propriedade. Agora esta árvore é minha.

O homenzinho parecia zangado. Ergueu a bengala no ar e a sacudiu.

— Eu recebi permissão para vir aqui — respondeu Jack.

— Bem, se quer passar, precisa me dar alguma coisa. Caso contrário, eu bato em você. Não tem escapatória e não tem ninguém aqui para ajudá-lo.

A bengala passou rente à cabeça de Jack, que recuou outro passo. Seria esse homenzinho estranho como Jennet? Quereria algo brilhante?

A noz de ouro

Jack ficou aliviado por ter guardado um pequeno golfinho prateado no bolso. Costumava ser um chaveiro. Achou que talvez agradasse à náiade caso viesse a precisar de ajuda.

— Alguma coisa brilhante seria aceitável — cantarolou o velho como se tivesse lido os pensamentos de Jack. — Aposto que você deve ter alguma coisa de que eu goste.

Jack tirou o golfinho do bolso.

— Prata, arghhh! Preciso de ouro. Passe já o seu ouro.

Jack não tinha intenção de entregar o único objeto de ouro que possuía para aquele homenzinho furioso. O que podia fazer? O homem parecia muito confiante de que impediria a passagem de Jack. Teria algum tipo de poder especial ou simplesmente confiava na própria força? Ele era diferente de todos os homens que Jack vira. Tinha certeza de que poderia deixá-lo para trás se escapasse da bengala nodosa. Apesar de preocupado, Jack de repente teve uma ideia.

— Tenho uma coisa na mochila que posso te dar.

O rosto do homenzinho enrugou-se. Os olhos se semicerraram ao, impaciente, dar um passo na direção de Jack.

— Tome isso! — exclamou Jack, tirando a varinha da mochila.

Faíscas irromperam numa chuva incontrolável, fazendo o homenzinho pular e gritar. Jack não perdeu tempo. Moveu-se rapidamente para o lado, desviando-se do cajado, e saiu correndo o mais rápido possível. Para sua surpresa, o homenzinho era mais veloz do que imaginara, e Jack ouvia seus passos a pouca distância. Os ramos e galhos caídos no chão estalavam fazendo barulho enquanto percorriam a trilha. Jack viu as árvores piscarem os olhos quando a luz da varinha iluminou o bosque escuro. Ouviu-se um estrondo. Jack olhou para trás. O homenzinho caíra de cara no chão. Com o nariz pontudo enfiado na terra, ele batia os punhos freneticamente. Um galho grande o prendia no chão.

— Suas Gnarles fedorentas! — gritou o homem. — Vou dar uma surra em vocês por causa disso.

Jack olhou para as árvores. Não queria que sofressem por sua causa.

— Não se preocupe, ele não pode machucar madeira morta — explicou a árvore perto de Jack. — Vamos mantê-lo aqui por um tempo. Ele não vai incomodar você de novo tão cedo.

— Obrigado — disse Jack e carinhosamente tocou-lhe o rosto. Guardou a varinha, fechou a mochila e saiu correndo. Cantou para as Gnarles até chegar à extremidade da Floresta de Newton Gill.

Jack tinha a incômoda sensação de que o estranho homenzinho sabia sobre a noz de ouro. Talvez o encontro na floresta não tivesse sido acidental. Devia contar a Nora. Hesitou ao chegar à fenda na cerca viva de Nora, mas, em vez de voltar para a Casa Ewell, decidiu escrever para Elan tão logo entrasse em seu quarto.

Jack levou um choque ao abrir a porta do quarto. Tinha uma visita. Camelin estava à sua espera.

— Você demorou — resmungou. — Tem mais bolo na mochila?

— Não, só o meu *Livro de Sombras* e a minha varinha.

O corvo ficou desapontado.

— Você comeu o último pedaço hoje de manhã. Não sobrou nada. Posso saber o que está fazendo aqui e como entrou?

— Você deixou a janela aberta, que é o mesmo que deixar a porta da frente aberta, então eu entrei.

— Foi Nora quem enviou você?

— Ela acha que eu ainda estou no sótão.

Jack tinha sérias dúvidas a respeito. A esta altura, Nora provavelmente sabia onde ambos se encontravam.

— Achei que podíamos começar as minhas aulas. Não se deve deixar para amanhã o que se pode fazer hoje.

— Primeiro preciso escrever para Elan. É importante.

Enquanto Jack pegava o livro e a vareta, Camelin inspecionava o quarto. Enfiou o bico nas gavetas, olhou debaixo da cama e xeretou dentro do armário de roupas.

— Onde fica a sua cesta?

A noz de ouro

— Cesta?

— Para guardar os suprimentos em casos de emergência.

— Não tenho nenhuma.

— Como assim?

Camelin pareceu genuinamente chocado.

— O que faz quando está com fome entre as refeições?

— Não costumo ter fome.

— Vai ter quando começar a voar. Eu vivo dizendo a Nora que ser corvo é um trabalho que provoca muita fome, mas ela não acredita.

Jack viu a mensagem para Elan sumir na página. A resposta veio imediatamente.

... Vamos investigar.
Nora acha que sabe quem pode ser.
Mandou deixar a janela fechada.

— Agora podemos começar?

Não havia papel no quarto de Jack. Aliás, faltavam muitos de seus pertences ali. Só trouxera uma mala. A coisa mais sensata seria usar a varinha guardada no livro.

— Está bem, vamos começar com o seu nome.

Jack escreveu o nome de Camelin em letras grandes. Debaixo do "C" maiúsculo desenhou um cachorro.

— "C" de Camelin e de cachorro.

— Não gosto de cachorros. Não pode desenhar outra coisa?

— Do que você gosta que comece com a letra C?

— De chocolate. De bolo de chocolate.

Jack riu e desenhou um bolo de chocolate com uma cereja em cima, abaixo da letra "C".

— "A" de amendoim.

Camelin acenou aprovando.

— "M"?

— Macarrão. Adoro macarrão. Menos espaguete, que não é muito fácil de comer.

Meia hora depois, Jack tinha conseguido desenhar uma empada, uma linguiça, iogurte e nhoque, e Camelin conseguiu soletrar seu nome usando os desenhos de suas comidas favoritas como pistas.

— Nora prepara *chop suey* para você?

— Não, não comemos comida chinesa em casa. Mas conheço um serviço de entrega ótimo. Quando aprender a voar, eu lhe ensino. Podemos ir lá um dia desses.

— Você vai lá roubar comida?

— Não, eles me dão. Acham que eu dou sorte. Danço para eles lá nos fundos, onde fica a cozinha, e levam uma bandeja para mim.

— Espero aprender a voar tão rápido quanto você está aprendendo a ler.

— Duvido muito. Você não parece do tipo capaz de voar. Além disso, já confessou que tem medo de altura.

Jack não respondeu. Ao olhar o livro, uma mensagem de Elan apareceu.

— Olhe! — exclamou Camelin ao ver o nome de Elan. — Empada, linguiça, amendoim e nhoque... E l a n... é de Elan.

Jack ficou impressionado. Camelin realmente aprendia rápido.

— O que está escrito?

— Que Nora o está procurando. Precisa de você para um trabalho agora mesmo.

Camelin suspirou.

— Vejo você amanhã — despediu-se Jack de Camelin, já no parapeito. Em vez de voar para a casa de Nora, o corvo precipitou-se em círculos, bem alto, acima das árvores.

— Olhe só isso!

Para surpresa de Jack, Camelin girou num movimento brusco e voou de cabeça para baixo. Voltou a rodopiar e depois decolou cada vez mais alto antes de mergulhar novamente na direção da janela de Jack. Fez uma acrobacia tripla rodopiando ao redor do corpo. Acabou a demonstração pousando tranquilamente num galho próximo.

A noz de ouro

— Isso é incrível! Quanto tempo demorou até aprender a voar assim?

— Nasci com o dom natural de voar, sou um acrobata — afirmou com um sorrisinho malicioso.

Jack observou Camelin alisar as penas. Satisfeito ao não ver nenhuma fora do lugar, voou de volta para casa. Enquanto Jack observava Camelin se afastar, refletia se um dia conseguiria voar daquele jeito. Parecia um bocado divertido.

O avô ainda trabalhava no jardim, então Jack aproveitou para ler a folha de papel que Nora lhe dera. Por uma hora fez ao *Livro de Sombras* as perguntas listadas. Aprendeu mais sobre as ninfas. Existia mais de um tipo e moravam no ar, na terra e na água. As ondinas viviam em fontes, nascentes e rios; Jennet era obviamente uma dessas. Jack não se esqueceria dela tão cedo. Leu sobre os mistérios de Annwn, sobre as florestas, a Mãe Carvalho, a árvore Crochan, só existente em Annwn, e sobre o palácio de vidro da rainha. No fim da última página, encontrou uma lista de pessoas importantes e seus respectivos títulos.

A Seanchai
Depositária dos Segredos e dos Rituais Antigos,
Guardiã do Bosque Sagrado,
Curandeira, Possuidora do Dom da Transmutação e Mulher Sábia.

Só podia ser Nora. Jack reconheceu de imediato alguns de seus dons, mas ela nunca contara nada sobre o da transmutação. Embora devesse ficar surpreso, não ficou. Estava sim era curioso por saber no que Nora poderia se transformar. O outro nome ele não conhecia.

Coragwenelan
Rainha do Povo Feérico,
Guardiã dos Portões de Annwn,
Ninfa Imortal e Possuidora do Dom da Transmutação.

Devia ser uma informação importante ou não constaria do livro nem lhe teria sido exibida. Caso tivesse êxito e o portal fosse aberto, teria de se encontrar com a *Guardiã dos Portões de Annwn?* Seria a Rainha do Povo Feérico tão alta quanto Arrana ou tão linda quanto Jennet? Agora que sabia que Nora possuía o dom da transmutação, não se assustaria se isso acontecesse. Parecia que, quanto mais aprendia, mais o número de perguntas a serem respondidas crescia. Restavam apenas duas outras perguntas na lista de Nora quando o avô o chamou para jantar. Assim que Jack guardou a varinha, o livro se fechou com estrondo. Deixou-os na cama e decidiu continuar a pesquisa depois da refeição.

Durante o jantar, o avô lhe contou tudo sobre suas novas batatas e cebolinhas.

— Passou bem o dia? — perguntou.

— Bem, obrigado — respondeu. Não podia contar quase nada ao avô. Foi então que se lembrou da ilha de Gerda. — Nora tem um lago e um barco. Elan me levou até lá hoje de manhã.

— A casa de Nora é bem grande. Eu fiz alguns trabalhos na horta alguns anos atrás e vi o lago.

— Posso voltar lá amanhã? Eu fui convidado.

O avô lançou-lhe um olhar perspicaz. Jack de repente sentiu as bochechas enrubescerem. Obviamente o avô achava que Elan era sua namorada. Talvez fosse mais fácil deixá-lo pensar isso do que tentar explicar os planos de Nora.

— Pode sim, Jack. Fico contente por você estar se divertindo. Fiquei preocupado que achasse chato morar aqui.

Jack sorriu. Não tivera tempo de se chatear — não desde que a noz de ouro batera em sua cabeça.

Depois do jantar, voltou para o quarto. Assim que entrou, percebeu mudanças. Suas coisas estavam um pouco reviradas, a mochila escancarada e atirada no chão.

Só podia ter sido Camelin. Provavelmente voltara à procura de comida. Culpa sua. Elan avisara para deixar a janela fechada, e ele tinha se

A noz de ouro

esquecido. Melhor fechá-la imediatamente. Ao cruzar o quarto, viu no chão, perto da janela, uma pena preta dobrada. Teria que levar um papo com Camelin de manhã, mas não contaria nada a Nora. Não queria meter o corvo em mais confusão.

Deitado na cama, refletiu a respeito de tudo o que vira e ouvira na Floresta de Newton Gill. Voltaria para visitar novamente as Gnarles. Elas eram tão tristes. Não podia permitir que o mesmo acontecesse em Glasruhen. Teria que tomar cuidado para não se deixar ver pelo homenzinho zangado. Certamente não precisava esbarrar *com ele* de novo. De repente, lembrou-se de que o homenzinho tinha uma pena dobrada na fita do chapéu, uma pena preta, e foi invadido pelo medo. Ouviu uma batida do lado de fora da janela. Pegou a varinha para poder enxergar melhor e puxou a cortina. Engasgou. Duas mãos agarravam-se ao parapeito. Lentamente, um chapéu vermelho, sem a pena dobrada, um rosto zangado e o nariz comprido do homenzinho que encontrara na floresta se tornaram visíveis.

ADDERGOOLE PEABODY

Jack morreu de medo. Felizmente fechara a janela. Pelo menos o homenzinho não poderia entrar. Deveria chamar o avô ou tentar usar a varinha mágica? Transido de pavor, não conseguia se movimentar ou gritar. O homenzinho arreganhava os dentes e gritava. Jack ouviu o ranger dos dentes abafado pelo vidro da janela.

— Vim buscar meu ouro!

Um repentino movimento no céu fez Jack erguer a cabeça. Uma silhueta negra com as asas dobradas girou como um parafuso na direção da janela. O homenzinho fazia barulho demais para notar o ataque vindo de cima. No último momento, antes de ir de encontro à janela, o pássaro se endireitou, fincou o bico na cabeça do homenzinho e, abrindo as asas, voou até uma árvore próxima.

— Camelin! — exclamou Jack.

— Ai! — gritou o homenzinho, protegendo a cabeça instintivamente com as mãos no intuito de tentar conter a dor.

Jack viu a expressão de terror nos olhos do homenzinho ao se dar conta de que soltara o parapeito. Caiu, desapareceu. Gemidos altos se ouviram. Jack sabia que ele tinha aterrissado na moita de azevinho.

A noz de ouro

O avô devia ter ouvido o tumulto. Com o nariz colado na janela, espichou o pescoço, mas perdeu o homem de vista. Tudo mergulhou no silêncio. Jack espreitou a escuridão na tentativa de visualizar Camelin. Sacudiu a varinha buscando atrair-lhe a atenção, mas faíscas começaram a voar para todos os lados. Quando Jack ergueu a varinha, o homenzinho foi projetado para fora da moita dando cambalhotas no ar. Camelin lançou-se e o perseguiu em círculos pelo gramado. O homenzinho parou de correr e olhou para cima. As pernas finas começaram a tremer ao ver Jack abrir a janela. Num segundo, deu as costas e fugiu na maior velocidade pela horta. Camelin voou ao encontro de Jack.

— Abaixe isso antes que cause algum estrago.

Jack trocou a varinha de mão. Tudo escureceu. Alguns minutos se passaram até seus olhos se acostumarem. Camelin pulou para dentro do quarto de Jack.

— Acho que ele estava atrás da noz. Quem é ele?

— Um bogie.

— Hã? Como? Onde? — perguntou Jack.

— Não, um bogie — explicou Camelin, esticando a cabeça na direção em que o homem fugira.

— O que é um bogie?

— Alguém com quem você nunca deveria falar. São duendes que adivinham todos os seus segredos e depois os trocam por algo que desejem.

— Eu falei com ele na Floresta de Newton Gill.

— Espero que não tenha lhe contado nada.

— Acho que não.

— Ainda bem — Camelin riu —, porque eu acabei de contar que você é um grande mago e que se ele aparecer de novo aqui vai ser transformado num brownie.

— Mas... eu não sou um grande mago.

— E daí? Ele não sabe; não gostou do que você fez a ele com sua varinha de condão.

Jack se deu conta de que suas mãos tremiam e ficou contente por estar com a varinha a salvo na mão esquerda.

— O que é um brownie?

— Mas será possível que você não saiba nada? Um brownie é uma espécie de gnomo mais ou menos do tamanho de um bogie, mas tem o temperamento completamente oposto. Os brownies são prestativos, bonzinhos e têm nariz pequenininho.

— Então por que o bogie ficou assustado?

— Porque eles têm muito orgulho de seus narigões. Quanto mais comprido, mais importantes eles se acham.

— Você sabe quem era? Ele tem nome?

— Claro que tem nome. Addergoole Peabody. Um bogie detestável, desprezível, sorrateiro, ladrão.

Jack pegou a pena curva em cima da mesa.

— Encontrei isto mais cedo no quarto, junto com a minha mochila aberta e as minhas coisas todas bagunçadas. Acho que ele deve ter entrado enquanto eu jantava.

— Por isso Elan avisou para manter a janela fechada.

Jack achou melhor não mencionar ter desconfiado que Camelin tivesse sido o autor da bagunça.

— Essa é uma das minhas penas, sabia? Ele se aproximou sorrateiramente e arrancou-a do meu rabo quando eu não estava olhando. Há séculos estou doido para recuperá-la.

— Houve um roubo no Clube de Críquete. Sabe se foi ele também? Acharam que *eu* tivesse roubado o dinheiro do chá.

— Provavelmente. Ele tem invadido um monte de lugares para roubar.

— Como você sabe?

— Já faz um tempo, Nora tem recebido relatórios da Guarda Noturna, alertando sobre o desaparecimento de objetos.

— Guarda Noturna?

A noz de ouro

— São uma espécie de guardas de segurança. Claro que estão sob o meu comando. Quem dá as ordens sou eu.

Jack ficou pensando quem poderia ser a Guarda Noturna. Viu Camelin curvar-se na janela e soltar um assobio baixo e demorado, imediatamente respondido por um som curto e agudo.

— Suba. Pode vir — sussurrou para alguém lá embaixo na escuridão.

Não demorou até uma cara marrom e peluda aparecer na janela. A criatura pulou com agilidade para dentro do quarto de Jack e saltou sobre a mesa. Ficou parado, apoiado nas pernas traseiras, balançando-se graciosamente em seus pés grandes, a cauda comprida arrastando-se.

— É um rato! — exclamou Jack.

— Não é um rato comum. Este é Motley.

O rato inclinou a cabeça para o lado e curvou-se ligeiramente para a frente. Seu nariz e bigodes agitaram-se várias vezes antes de começar a falar rapidamente. Camelin ouvia e acenava enquanto acompanhava a conversa de Motley.

— Por que eu não entendo o que ele diz?

— Porque não é um corvo. Coloque a varinha de volta na mão direita; aí vai conseguir entender.

O quarto se iluminou quando Jack balançou a varinha.

— Não tão claro... não tão claro, se não se importar — resmungou Motley. — Não pode reduzir um pouco o brilho, por favor?

— Desculpe, é nova. Ainda não me acostumei a usá-la.

— Basta pensar em alguma coisa escura — ensinou Camelin.

Jack se lembrou da escuridão da Floresta de Newton Gill e imediatamente o brilho esmaeceu, passando a uma luz pálida.

— Nada mal — comentou Motley. — Ele leva jeito.

— Sorte de iniciante — resmungou Camelin.

Motley ignorou o comentário de Camelin e deu um aceno encorajador para Jack.

— Vamos ao que interessa: meu relatório... Mandamos Peabody passear, ou melhor, você, Jack, quando o expulsou da moita com a sua varinha... A Guarda Noturna o vinha seguindo na tentativa de descobrir onde andava hibernando...

— Eu sei onde fica o esconderijo dele — interrompeu Jack.

Camelin e Motley pareceram surpresos.

— Se isso ajuda, ele disse que sua árvore agora é a Gnori, na Floresta de Newton Gill.

— Nora não vai ficar nada satisfeita — comentou Camelin.

— Madeira morta não fala — explicou Motley.

— Você quer dizer que ele está na árvore morta para que ninguém saiba onde está?

— Acertou — confirmaram Motley e Camelin ao mesmo tempo.

Motley começou a andar de um lado para outro sobre a mesa antes de voltar a falar.

— Camelin... vá e detenha a Guarda Noturna... Aquela floresta não é segura à noite... Vou falar com Nora... Ela precisa saber o que aconteceu.

Camelin tossiu constrangido. Ficou óbvio para Jack quem *realmente* estava no comando.

— Encontro você depois no quartel-general — anunciou Motley.

— Está bem. Até mais — concordou Camelin antes de sair voando na direção de Newton Gill.

— Não posso ficar aqui conversando a noite inteira... Tenho responsabilidades... Rondas para fazer.

Motley pulou com desenvoltura para o parapeito da janela.

— Obrigado — agradeceu Jack, sem outra coisa a dizer.

— Não se esqueça de fechar a janela — guinchou Motley ao descer correndo pela hera que cobria os muros da casa.

Jack se certificou de que a janela estava trancada antes de pôr a varinha sobre a mesa. Sentiu-se muito cansado ao se deitar, mas de tão excitado permaneceu horas acordado.

A noz de ouro

Já era quase uma hora da tarde seguinte quando Jack finalmente acordou. Ouviu o avô gritando lá embaixo, avisando que servira o café da manhã horas atrás. Jack abriu um pedacinho da cortina. O avô continuava ocupado na horta. Caso se apressasse, poderia descer e limpar a mesa do café antes que ele entrasse. Não queria que o avô soubesse que dormira demais. Morria de curiosidade. Alguma outra coisa teria acontecido? Checou seu *Livro de Sombras*; nenhuma mensagem.

Assim que desceu, arrumou a mesa. Fechava a porta da despensa quando o avô entrou na cozinha.

— Bom menino. Lavou e guardou tudo.
— Já está na hora do almoço?
— Eu diria que sim. Trabalhei um bocado hoje de manhã. Uma raposa deve ter vindo aqui na noite passada e derrubou todas as minhas cebolinhas. Levei horas para replantá-las.

Jack sabia exatamente quem estivera no jardim do avô, mas não podia contar.

— Você vai passar a tarde na Casa Ewell?
— Fui convidado.

Depois do almoço, o avô se levantou e retirou um envelope do consolo da lareira.

— Já ia esquecendo. Isso chegou hoje de manhã para você.

O avô entregou-lhe o envelope. Seria do pai? Não, não tinha selo. Havia um cartão dentro.

— É de Elan. Ela vai dar uma festa sexta-feira à noite. Tem uma mensagem aqui dentro para o senhor também.

O avô pegou o bilhete.

— Nora está convidando você para passar o fim de semana na casa dela. Se não quiser, não é obrigado a ir.

— Acho que quero — disse, depois de ter fingido pensar a respeito por um tempo.
— Você precisa levar um presente?
— Aqui diz que é uma festa e não que é aniversário dela.
— Vou preparar um buquê de flores. Aposto que ela vai gostar de lírios-do-vale. Tenho lírios brancos e cor-de-rosa.

Jack agradeceu e subiu as escadas. Dessa vez, o quarto estava como o deixara; nada tinha sido desarrumado. Antes de ir embora, molhou o pente e tentou ajeitar o cabelo espetado. Não funcionou.

O avô tinha voltado para o jardim.

— Já estou indo — avisou, dirigindo-se para a fenda na sebe.

Quando Jack chegou, encontrou Nora e Elan sentadas à mesa da cozinha preparando sanduíches de queijo.

— Camelin não está em casa?
— Ainda na cama. Chegou tarde — Nora riu. — Motley me contou que você deu um baita susto no nosso bogie.
— Não foi de propósito. Aconteceu.
— Bem feito. Assim ele vai pensar duas vezes antes de voltar. Como medida de precaução, dobrei a Guarda Noturna. Saberemos caso alguma coisa se mova além daquela cerca.

Jack ainda estava preocupado com o fato de Peabody ter mexido em seus pertences.

— Acho que ele estava procurando a noz; disse que queria ouro.
— Todos os bogies querem ouro — Nora riu. — Deve ter achado que você seria um alvo fácil. O feitiço virou contra o feiticeiro.
— Mas como ele sabia que eu tinha ouro?
— Na certa não sabia, mas acho que não vai voltar a incomodá-lo tão cedo.

A noz de ouro

Jack esperava que Nora tivesse razão.
— Obrigado pelo convite.
— Vai aceitar? — perguntou Nora.
Jack fez que sim com a cabeça.
— Como se virou com a lista de perguntas que eu entreguei a você?
— Já pesquisei todas.
— Ótimo, porque preciso ensinar-lhe umas palavras para o ritual.
Jack pegou o papel e as leu em voz alta...
Como amuleto para entrar em sua casa,
Trago de um corvo uma pena da asa.
Quando o céu escuro a aurora iluminar,
Peço que me transforme para eu poder voar.
— Vai ter que decorar tudo direitinho — avisou Nora.
— Pode deixar — garantiu Jack.
— Esses sanduíches são para Camelin — explicou Elan.
— Todos?
— Ele adora queijo e Nora precisa de uma pena de sua asa para o ritual. Vamos tentar persuadi-lo a tomar a decisão acertada.
Ouviu-se um *crááá* familiar quando Camelin pousou na cozinha.
— Hummm, esses sanduíches estão com um cheiro delicioso...
— Estão mesmo — disse Nora sem erguer o rosto. — São para Jack.
— Todos? — exclamou Camelin.
— Ele não comeu nada hoje de manhã — explicou Nora.
Camelin engoliu em seco e, cobiçoso, olhou a pilha de sanduíches.
— Eu também não; nem almocei.
Nora fitou Camelin e Jack.
— Vocês dois se dão conta da importância desse ritual, não é? Só temos uma chance para tudo dar certo.
Ambos menearam a cabeça.
— Mal posso esperar para ver Jack transformado em corvo — disse Camelin, soltando uma gargalhada sem desviar os olhos do prato.

— Vamos precisar de uma de suas penas.

— Uma pena? — gritou. — Não tem noção de como as penas são preciosas? Eu ficaria nu sem penas!

— Só precisamos de uma — informou Nora persuasivamente.

— Não quero arrancar nenhuma das minhas penas. Dói e eu me sentiria muito fraco. Precisaria de muita comida para me recuperar.

— Talvez possa comer um dos sanduíches de Jack.

— Preciso de mais de um.

— E nós precisamos de uma pena da asa para ele poder voar.

— Uma pena da asa? Eu precisaria de um prato inteiro de sanduíches para me recuperar da perda de uma delas!

— Aposto que Jack não vai se importar.

Jack tentava abafar o riso.

— Está bem — conseguiu dizer numa voz muito hesitante.

Camelin não perdeu mais tempo com negociações.

— Ai! — berrou, arrancando uma pena de uma das asas e oscilando dramaticamente em torno da mesa. — Ai! Socorro! Estou tonto!

Nora colocou todo o prato de sanduíches de queijo perto dele e apanhou a pena.

— Obrigada. Espero que os sanduíches ajudem a acabar com a vertigem.

— Com certeza!

Nora ergueu a pena da asa e a examinou.

— Vai servir perfeitamente — disse a si mesma antes de se voltar para Jack e Elan. — Enquanto Camelin se recobra, vamos dar um pulo na biblioteca.

Adiantou-se segurando a pena com firmeza; eles a seguiram pelo comprido corredor. Ao abrir uma das portas, Jack ficou sem fala. Nunca vira uma sala daquelas antes, repleta de estantes, todas cheias de livros feitos à mão.

— Nora fez todos eles — sussurrou Elan.

Jack ficou pasmo. Viu Nora abrir um dos volumes e guardar cuidadosamente a pena dentro do livro.

A noz de ouro

— Esse é o livro de que Nora precisa para o ritual.
— O que aconteceu com as placas do caldeirão? Como se perderam? — perguntou Jack.

Elan fitou Nora. Jack percebeu ter falado demais.

— Posso saber?

— Pode, mas prefiro pedir a Camelin que conte o que houve. A história é dele e ele assumiu a responsabilidade pela perda, mas na verdade não teve culpa — explicou Nora.

— Ele se culpa por todos os nossos problemas — continuou Elan.

— Mas por quê, se não foi culpa dele?

— Camelin terá de responder a essa pergunta — comentou Nora.

— Quando confiar em você, sem dúvida vai contar. Agora, que tal um pouco de treinamento com a varinha?

Jack concordou. Certamente estava precisando.

Nora deu uma risada.

— Instalei uma cesta de areia no jardim, por via das dúvidas.

Passaram pela cozinha. Camelin não se encontrava à vista. Tampouco os sanduíches de queijo.

— Ele já deve ter pegado no sono — disse Elan. — Só vai descer de novo na hora do jantar.

— Sabendo que você vai usar a varinha mágica hoje à tarde, definitivamente não descerá — brincou Nora.

Jack viu a cesta perto da casa de passarinho assim que chegaram ao jardim.

— Preste atenção — disse Nora, pegando a varinha.

A madeira retorcida ficou lisa. Mesmo à luz do sol, Jack via a ponta faiscar.

— Quando você apontar a varinha, tente se concentrar. Junte as fagulhas numa bola e depois a envie na direção da cesta... Assim.

Da ponta da varinha mágica de Nora brotou um lampejo azul. Uma pequena bola de luz voou na direção da cesta e, ao pousar na areia, se extinguiu. Nora voltou-se para Jack e deu-lhe um sorriso encorajador.

— Sua vez de tentar.

Novamente faíscas voaram em torno da ponta da varinha, mas não tão erráticas como da outra vez. Ele observou os estampidos das explosões e as reuniu na ponta.

— Muito bem. Agora tente projetá-la — incentivou-o Elan.

Uma gargalhada irrompeu lá em cima. Jack se deu conta de que Camelin espiava do sótão. Determinado a mostrar seu controle sobre a varinha, respirou fundo, mirou e atirou. A bola de luz voou na direção da cesta. Um grande lampejo; um estridente estalido. Jack tinha errado o alvo. A casa de passarinhos balançou e rangeu antes de se partir em duas.

— Ele realmente é dono de um talento natural — crocitou Camelin sarcasticamente.

— Sinto muito.

— Não tem problema. Quando você tiver terminado, eu conserto. Camelin deve estar contente; ele odeia que outros passarinhos se alimentem no jardim. Por que não treina mais um pouco?

Não obteve melhor resultado nas outras tentativas. O mais difícil era concentrar as fagulhas num único ponto de luz. Quase chamuscou o cabelo ao se desviar das faíscas. Deu outro disparo bem alto no ar e por pouco não atingiu a cauda de um estorninho. A bola de luz explodiu tão rápido que o pobre passarinho precisou bater as asas freneticamente para escapar. Jack ouviu a risada de Camelin vinda do sótão.

Depois de meia hora Jack conseguiu atirar as bolas de fagulhas na cesta... quase todas. Voltou para a cozinha com o objetivo de se despedir de Nora e de Elan.

— Acho que não causei mais estragos. Sinto muito ter destruído a casa de passarinhos.

Nora ergueu a mão e apontou na direção do jardim. Fagulhas verdes foram lançadas pela porta através do pátio.

— Pronto, o assunto da casinha está resolvido. Nós nos vemos na sexta-feira. Decore as palavras e não se esqueça de que tudo precisa sair perfeito para o ritual.

A noz de ouro

— Pode deixar, prometo — disse Jack, acenando com a mão.

Jack olhou na direção do sótão. Não conseguiu ver Camelin, porém ouvia seu riso. Aprender as palavras não representaria um problema, mas sim querer ser um corvo. No sábado de manhã, caso não desejasse de todo o coração que a metamorfose ocorresse, nada aconteceria.

Naquela noite Jack não pegou no sono, tamanha a preocupação.

A HISTÓRIA DE CAMELIN

— Estou esperando por você faz horas — resmungou Camelin depois que Jack o deixou entrar no quarto. — Não consegui entrar porque a janela estava fechada.
— Recebi ordens de deixá-la fechada.
— Por onde andou?
— Fazendo compras com vovô; as aulas começam na semana que vem e eu precisava do material.
— Vim para a minha aula, mas estou morrendo de fome e assim não consigo pensar.
Jack riu. Já imaginara que Camelin precisaria de uma guloseima da próxima vez que aparecesse. Foi até o armário, trouxe uma lata velha de biscoitos que o avô lhe dera e tirou uma sacola da mochila. Camelin arregalou os olhos quando Jack balançou a sacola em cima da lata. Um pacote de biscoitos, bolos de chocolate enroladinhos e um sortimento de barras de chocolate surgiram.
— Sirva-se.
Jack esperava que Camelin não comesse tudo de uma vez.
— Tem que durar. Não sei quando conseguirei mais.

A noz de ouro

— Hummm, que cheirinho gostoso.

Camelin enfiou o bico na lata e começou a cavoucar. As penas se abriram. Jack notou uma cicatriz na parte de trás da cabeça.

— Ajude-me a ler isso primeiro antes de eu comer — murmurou Camelin quando enfim se ergueu com um dos bolos firmemente preso no bico.

Jack desembrulhou o bolo e leu as palavras no rótulo.

— Saber o que tem dentro faz parte da diversão — explicou Camelin. — Esse é outro motivo para eu querer aprender a ler.

Durante a meia hora seguinte, fizeram grandes progressos com as letras.

— Isso na sua cabeça é uma cicatriz? — perguntou Jack ao terminarem.

— É, sim.

— Eu tenho uma em cima da sobrancelha. Olhe! — disse Jack inclinando a cabeça para Camelin poder ver a linha fina e vermelha em sua testa. — Foi jogando futebol o ano passado na escola. Como conseguiu a sua?

Por um instante, Camelin permaneceu em silêncio. Jack achou que tinha falado demais. Estava a ponto de pedir desculpas quando Camelin soltou um suspiro profundo.

— Imagino que mais cedo ou mais tarde você vai ter de saber mesmo. Não pode voltar ao passado comigo até saber de tudo, então é melhor eu contar logo.

Jack ficou curioso. Camelin andou de um lado para o outro no peitoril da janeira até voltar a falar.

— Foi um soldado romano que fez essa cicatriz.

— Um soldado romano?... Mas faz séculos que não existem soldados romanos!

— É verdade, mas *foi* um soldado romano que me atingiu. Para ser mais preciso, foi no ano 61 d.C. O imperador queria se livrar dos druidas. Existia um forte por perto, e o soldado ordenou a queima dos Bosques

Sagrados, a morte dos druidas e de todos que tivessem contato com eles.

— Mas... — balbuciou Jack.

— Nora tinha me enviado numa missão importante quando um soldado me pegou.

— Nora? — interrompeu Jack. — Como vocês podem ser *tão velhos*? Por que não fugiu voando?

— Se continuar me interrompendo, nunca vou terminar a história. Nora e eu somos *muito velhos*, e eu não pude fugir voando porque não era um corvo; era um menino.

Jack ficou pasmo. Não considerara a possibilidade de Camelin ter sido nada além de um corvo. Sabia que Nora era velha, mas, segundo Camelin, os dois viviam havia centenas de anos. Como era possível? Por que Camelin continuava um corvo se Nora podia realizar o ritual de transmutação? A revelação lançara mais dúvidas do que esclarecimentos. Enquanto Jack tentava entender o que acabara de ouvir, Camelin continuou a narrativa.

— Fui mandado para recolher as últimas três placas do caldeirão: uma de cada fonte sagrada na Floresta de Glasruhen. No total eram treze placas: Nora tinha as outras dez. Muita gente, ninfas e dríades aguardavam o meu retorno no portal da colina. Quando Nora tivesse reunido todas as placas, iria encaixá-las e montar um caldeirão gigante. Era um caldeirão muito especial; poderoso demais para ser conservado numa única peça, a não ser que estivesse sendo usado pelos druidas para os rituais. Esse caldeirão, com a noz de ouro dos druidas, podia abrir o portal entre a Terra e Annwn.

Parte da história começava a fazer sentido para Jack.

— E o que aconteceu com as placas do caldeirão depois que sua cabeça foi atingida?

— Não sei. Os soldados me deram por morto, e eu teria morrido mesmo, caso Nora não tivesse me encontrado. Ela viu o Bosque Sagrado em chamas e se deu conta de que algo grave acontecera. A única forma

A noz de ouro

de salvar minha vida foi me transformar em outra coisa, algo pequeno que me possibilitasse sobreviver com as poucas forças que me restaram. Não havia tempo para rituais complicados. Ela fez o que pôde e me transformou num corvo. Desde estão sou assim. Como pode entender, foi minha culpa as placas do caldeirão terem sido perdidas; sem elas o portal permaneceu fechado para sempre.

Jack não soube o que dizer. Nada poderia mudar o que acontecera, mas queria que Camelin entendesse o quanto lamentava o ocorrido.

— Você sabe que pode contar comigo — disse em tom solene.

— Agora eu sei. Não teria contado nada disso se não achasse que você é o único capaz de nos ajudar. Passamos momentos difíceis quando os romanos começaram a matar os druidas. A maioria fugiu para a ilha de Mona, sabe? Agora é chamada de Anglesey. Foi um grande erro, pois acabaram massacrados em Mona.

— Nora não pôde fazer nada?

— Nora e Gwillam, o Supremo Sacerdote Druida, tinham um plano. Quem quisesse seria mandado para Annwn em segurança e, uma vez afastado o perigo, poderia voltar à Terra. Quando eu cheguei ao santuário, encontrei Gwillam morto. Resgatei a placa da fonte e corri o mais rápido possível na direção de Glasruhen, entretanto os soldados me capturaram. Eu senti o golpe na nuca e desmaiei.

Camelin parou para respirar.

— Por isso você é tão importante. Precisamos que volte ao passado comigo, descubra o que aconteceu com as placas e as recupere. Só então conseguiremos refazer o caldeirão e voltar para Annwn. Esperamos todo esse tempo pela pessoa certa.

— Arrana disse que Nora morreria em breve se não voltasse para Annwn.

— Nora só pode preparar o elixir de que precisa com as folhas da árvore de Crochan, que só cresce em Annwn. Por isso ela viveu tanto tempo. O elixir prolongou a vida dos druidas para possibilitar que eles cuidassem das árvores e vivessem tanto quanto as hamadríades nas florestas. Ela me deu um pouco do chá quando me transformou.

— Então você vai viver para sempre?

— Só se continuar corvo. Só posso voltar a ser um menino em Annwn. Então vou ser igualzinho a você, mas estaremos fritos se não encontrarmos as placas do caldeirão a tempo.

— As árvores não podiam contar a Nora onde as placas foram parar?

— Os romanos incendiaram os bosques. O fogo traumatiza as árvores, então as que sobreviveram não se lembravam de nada, exceto das chamas.

— Por que você não atravessou a janela do tempo sozinho e procurou as placas que faltam?

— A janela fica localizada bem acima da Colina de Glasruhen Para romper o fino véu entre o presente e o passado, nós dois precisamos voar na direção da janela na mesma velocidade. Só temos uma fração de segundo para passar um pelo outro no ponto exato onde a janela se abre. Não podia fazer isso sozinho. Para funcionar, tínhamos de encontrar um menino nascido no local certo, na hora exata e da mesma idade que eu tinha quando tudo aconteceu... Bem, esse menino é você.

Jack sentia-se ao mesmo tempo excitado e um pouco assustado. Nora tinha razão ao dizer que ele veria e ouviria coisas estranhas. Não tinha se dado conta, até aquele momento, do quanto dependia dele.

— Se tudo funcionar e conseguirmos atravessar a janela, sabe por quanto tempo ficaremos lá?

— Apenas uma fração de segundo no tempo real, eu acho.

— Então, não importa quanto tempo a gente fique no passado, não passaremos tempo suficiente para vovô sentir a minha falta?

Camelin fez que sim com a cabeça. Apesar de todas as informações recebidas, Jack desconfiava que não tivessem lhe contado tudo.

— Tem mais alguma coisa que eu deva saber?

— É sobre a janela. Só ficará aberta durante alguns minutos. Se não a atravessarmos a tempo, vamos precisar esperar outras centenas

A noz de ouro

de anos. Nora só pode realizar o ritual no lugar certo, e aí será tarde demais. Arrana estará morta.

Um silêncio desconfortável pairou no quarto.

— Tenho medo de fracassar.

— Eu também — sussurrou Camelin. — Desculpe se não fui legal, mas você não parecia muito forte e corajoso, e acho que será perigoso quando voltarmos ao passado. Eu estive lá. Sei como são os romanos. Não vai ser fácil.

— Prometo dar o meu melhor.

— Eu sei disso.

Sentaram-se em silêncio. Jack pensou a respeito de tudo o que Camelin dissera.

— Se encontrarmos as placas do caldeirão, como vamos trazê-las?

— Não precisamos trazê-las. Vamos escondê-las num lugar seguro e depois atravessamos a janela do tempo. Quando voltarmos, contamos a Nora e a Elan onde as guardamos, e elas vão lá buscá-las. Essa parte é moleza.

— Mas onde poderíamos guardar as placas para que fiquem a salvo por quase dois mil anos?

— Na água. Vamos jogá-las na fonte ou na nascente mais próxima. As ninfas tomarão conta delas; estarão a salvo.

Jack não conseguia imaginar ninguém tentando roubar nada de uma náiade, especialmente se todas fossem como Jennet.

— De quanto tempo dispomos antes de a janela do tempo fechar?

— Bem, até que enfim uma boa notícia. Ela não fecha do outro lado. Não importa quanto tempo a gente passe lá. Podemos voar de volta quando bem entendermos.

— Puxa, que alívio! — disse Jack, risonho.

Camelin inclinou a cabeça com ar pensativo.

— Eu estava treinando para ser um druida, sabe? Eu era assistente de Gwillam, mas de repente tudo mudou. Gwillam foi morto, e eu me tornei um corvo. Estava com ele havia poucos anos. O treinamento de um druida dura vinte e um anos. Só se aprende a ler e a escrever perto do final; por isso eu nunca aprendi. De qualquer modo, agora sei como é útil saber ler.

— Se é! — concordou Jack. — Vou emprestar uns livros bem legais para você.

Camelin levantou o rosto.

— Na verdade eu estava pensando mesmo era no cardápio de entregas do restaurante chinês. A não ser que você tenha alguns livros maneiros sobre comida.

Jack riu.

— Vou ver se consigo um livro de culinária emprestado. Você vai adorar as fotos.

— Antes que eu me esqueça, Nora mandou um recado. Avisou para não se esquecer de levar a noz de ouro na sexta-feira. Sem ela, não poderá realizar o ritual.

— Gostaria que ela a guardasse. Tenho medo de perdê-la.

— Acho que isso é obrigação sua, sabe? Você é *O Eleito*. Precisa mantê-la a salvo, cuidar dela para provar o seu valor.

— Tem alguma outra coisa que deixou de me contar?

Camelin fingiu se concentrar e depois balançou a cabeça. Nesse instante, o avô de Jack chamou do andar de baixo. O jantar estava pronto.

— Deve estar na hora do meu jantar também; minha barriga está roncando.

A barriga de Camelin sempre parecia estar vazia. Jack ficou pensando se ele também ficaria faminto todo o tempo quando se transformasse em corvo.

— Vejo você amanhã! — disse ao ver Camelin sair voando.

Jack observou Camelin demonstrar novamente sua incrível habilidade: deu um *loop* duplo para trás seguido por um incrível mergulho em espiral. Jack suspirou: seria maravilhoso voar. Como gostaria de não sentir tanto medo...

A noz de ouro

Já era quase hora de dormir quando Jack voltou para o quarto. Pegou a varinha, abriu o *Livro de Sombras* e preparava-se para escrever uma mensagem a Elan quando ouviu um estrondo. Vinha da estufa. Jack ergueu a varinha na janela para enxergar melhor e escondeu-se rapidamente ao ver o avô atravessando o jardim. Outro estrondo, dessa vez na cozinha. Não era o avô; ele ainda estava lá fora. Com a varinha apagada, cautelosamente foi até o patamar da escada. Definitivamente alguém ou alguma coisa entrara na casa. Cuidadosamente desceu na ponta dos pés. Se fosse Peabody, queria pregar-lhe um susto. Encontrou a porta de trás escancarada. Jack vislumbrou a tocha do avô brilhando dentro da estufa. Outro estrondo na cozinha, seguido de um estranho som estridente. Jack se deteve. O que quer que fosse, não estava sozinho. Quando ia pegar a varinha e invadir a cozinha, Motley entrou correndo pela porta dos fundos. Deteve-se apoiado nas pernas traseiras e começou a dizer algo em tom frenético.

— Espere até eu botar a varinha na outra mão.
Motley recomeçou.
— Eles pegaram Orin. Eu disse para ela não vir... Ela não me deu ouvidos... Agora eles a pegaram... Vão transformá-la em chapéu.
Motley parou ofegante, a expressão aborrecida e assustada.
— Quem são eles e quem é Orin?
— Spriggans*... Na cozinha... Eles querem transformar Orin em chapéu. Ah, minha linda Orin... Minha irmãzinha... Nunca deveria ter nos seguido hoje à noite.
— O que são spriggans e por que iam querer transformar sua irmã em chapéu?

---

* Spriggans – criaturas lendárias da mitologia celta, conhecidas por sua feiura. Viviam em ruínas e túmulos e tinham fama de ladrões. (N.T.)

— Não há tempo para explicações... Você precisa salvá-la.
— O que quer que eu faça?
— Traga Orin de volta... Obrigue-os a devolvê-la... Faça o que for preciso... Mas não os deixe descer o buraco com ela.
— Buraco?
— O buraco grande... na cozinha... onde construíram um túnel... Os spriggans são os melhores fazedores de túneis do mundo: vá até lá dar uma olhada.

Motley correu atrás de Jack, que, cuidadosamente, abriu uma fresta da porta da cozinha para ver o que acontecia. Ali, no meio do piso da cozinha, havia um buraco. Jack viu três pequeninas criaturas amarradas como montanhistas. Tinham bocas enormes, e Jack conseguia ver os dentes afiados como agulhas enquanto sorriam um para o outro. As roupas eram imundas. O do meio segurava um lindo ratinho branco de cabeça para baixo, pelo rabo. O último estava metade para dentro e metade para fora do buraco. Na dianteira, o líder da gangue. Em sua cabeça, um chapéu de pelo com uma vela acesa presa num suporte. A vela tremeluziu quando o spriggan gritou com voz estridente. Faziam barulho demais para reparar em Jack.

— Guarde o rato na sacola — ordenou o líder em voz alta e esganiçada.

— Ela é minha — resmungou o segundo spriggan. — Fui eu que capturei ela.

— Ela tem que ir para Ele. Só Ele pode usar branco, mais ninguém.

Motley tremia da cabeça às patas.

— De quem eles estão falando? — sussurrou Jack.

— Do chefe. Ele quer Orin. Spriggans caçam ratos. Fazem os machos empurrarem carretas nas minas... Comem as fêmeas... Churrasquinho de rato é uma iguaria... Usam o pelo macio para confeccionar chapéus. Olha lá o líder... Aquele suporte de vela é um rabo retorcido de rato... Seu chapéu costumava ser Rolph... um dos membros da Guarda Noturna.

A noz de ouro

Jack olhou a bonita ratinha branca. Não podia deixar que terminasse como Rolph. Precisava tomar uma providência urgente.

— Não se preocupe, Motley, vou pegar sua irmã de volta.

Jack invadiu a cozinha. Os spriggans congelaram. A luz da varinha os cegou. Ele a segurou bem alto e deixou as faíscas voarem da ponta. Podia ver os spriggans correndo desgovernados quando as brasas atingiram suas peles marrons e curtidas. Orin se revirou e mordeu a mão que a prendia.

— Aiiiiiiiiiii! — gritou o spriggan sem soltá-la.

Jack mirou a varinha cuidadosamente acima de Orin e concentrou a ponta numa bola incandescente.

— Aguente firme, Orin — gritou, observando-a se imobilizar. Via o medo em seus olhos negros. Ele deixou a bola de luz voar na direção do braço do spriggan. Desta vez, a criatura deixou cair o seu prêmio.

— Corra, Orin... Venha para cá — berrou Motley.

— Leve-a para o meu quarto e não saiam de lá — ordenou Jack. — Eu cuido desse bando.

Motley e Orin desapareceram. Jack voltou-se para encarar os três intrusos. O do meio pulava feito louco em volta da cozinha, segurando o braço e gemendo. Arrastava os outros dois. Se fosse tomar uma atitude, tinha de ser já, enquanto ainda estavam confusos e presos pela corda. Ele conseguira expulsar o bogie da moita sacudindo a varinha. Talvez funcionasse de novo com os Spriggans. Determinado a mandá-los de volta para o buraco, Jack apontou a varinha para os pés dos spriggans. Para sua surpresa, as três pequeninas criaturas dispararam pelo chão da cozinha e desapareceram no túnel.

— Feche! — ordenou Jack. O buraco automaticamente sumiu. Ninguém jamais saberia que o chão tinha sido destruído. Jack colocou a varinha no bolso e acendeu a luz quando o avô entrou. A cozinha tinha ficado meio bagunçada.

— Aquela raposa entrou na estufa — resmungou o avô tão logo viu Jack. — Cavou um buraco enorme bem debaixo dos potes de plantas.

Levei um tempão para tapá-lo, mas não posso permitir que continue estragando minhas verduras.

O avô olhou a bagunça e farejou o ar.

— Ela esteve aqui também. Foi culpa minha por ter deixado a porta dos fundos aberta.

— Eu ajudo o senhor a limpar.

— Obrigado, não precisa. Volte para a cama. Eu cuido disso.

Ao entrar no quarto, encontrou Motley e Orin sentados sobre a mesa. Orin parecia abalada. Jack segurou a varinha para poder falar com Motley.

— Eles já foram.

— Vão voltar, mas não hoje... Espero que não se importe... Chamei os guardas... Ainda não é seguro voltar.

Jack olhou para a janela onde viu vários rabos pendurados saindo da cortina.

— Tudo bem, podem entrar.

Quando os ratos pularam um a um do peitoril da janela para a mesa, Motley os apresentou.

— Morris... Fergus... Raggs... Berry... Lester... Podge... Midge.

— Prazer em conhecê-los — disse Jack, retribuindo os cumprimentos com um aceno de cabeça.

— Podemos fazer a vigia da sua janela hoje? — pediu Motley.

— Claro que sim, mas, se vovô entrar, tratem de se esconder.

— Vou precisar acordá-lo amanhã cedo... Você vai precisar nos tirar daqui — avisou Motley. — Vamos passar o relatório completo para Nora de manhã.

Jack viu que Orin ainda tremia.

A noz de ouro

— Orin pode dormir no meu travesseiro — disse a Motley. — Ela está muito abalada para montar guarda.

— Orin não faz parte da guarda... Somos sempre oito... Normalmente formamos um círculo para cobrir todos os ângulos.

Motley e o restante dos Guardas Noturnos assumiram suas posições em torno da mesa circular, cada um com as costas para dentro e os focinhos para fora.

— Como uma bússola! — exclamou Jack.

— Garoto esperto! — comentou Motley. — Eu sempre fico voltado para o norte e o restante sabe onde parar... Por último, unimos nossos rabos.

Jack observou todos entrelaçarem os rabos no centro.

— Por precaução... ninguém pode nos apanhar sem que os outros saibam... Também é mais fácil cutucá-los se caírem dormindo — acrescentou Motley dando um puxão no rabo. Sete outros rabos se moveram e sete costas se esticaram.

— Guardas noturnos... dispersar!

Jack viu os ratos saudarem Motley e saírem correndo para o peitoril da janela. Motley lançou um olhar severo para Orin.

— Espero que isso tenha lhe servido de lição!

— Desculpe. Foi a última vez — sussurrou.

— Não autorizamos fêmeas na guarda... Muito perigoso... Têm as peles mais macias... Dão chapéus melhores.

Orin acabou parando de tremer e se acomodou no travesseiro. Quando os olhos de Jack se acostumaram à escuridão, ele viu oito pequeninas silhuetas no peitoril da janela. Não compreendeu o que Orin sussurrou em seu ouvido, mas a língua macia e aveludada lambeu sua bochecha várias vezes antes de a ratinha se enroscar e virar uma bolinha.

Jack passou horas acordado. Precisava dar um jeito de se ver livre do medo em seu coração, caso contrário, o ritual não daria certo.

Finalmente tomou uma decisão. No dia seguinte, à tarde, quando voltasse da Casa Ewell, em vez de passar pela fresta na cerca viva e ir direito para casa, seguiria adiante. Tentaria afastar o teixo. Precisava descobrir o caminho de volta para a Floresta de Glasruhen. Se existia alguém no mundo capaz de compreendê-lo e de ajudá-lo, este alguém era Arrana. Precisava vê-la novamente antes de Nora realizar o ritual.

PREPARATIVOS

Quando Jack entrou na cozinha, Elan disse animada: — Motley nos contou do seu ato de bravura ontem à noite.
— Só estava ajudando.
— Você salvou Orin. Não acho que isso seja apenas ajudar — comentou Nora. — Motley viu como se comportou na cozinha e ficou um bocado impressionado e agradecido. A pobre Orin não teria sobrevivido se não fosse você.
As bochechas de Jack ardiam. Apesar de se encher de orgulho, também ficou constrangido.
— Eu deveria ter mandado uma mensagem para você? Já era muito tarde.
— Você não deixou de mandar nada para nós — disse Nora rindo. — Além do mais, as árvores me mantiveram informada, e o relatório da Guarda Noturna chega aqui todas as manhãs.
Elan riu.
— Nora serve café da manhã para todos, mas não conte a Camelin. Ele morreria de ciúmes.
— Não conto — prometeu Jack. Podia imaginar exatamente o que Camelin diria se soubesse. — Motley acha que os spriggans voltarão. Sabe do que eles estão atrás?

— De nada e de tudo — respondeu Nora. — Não temos problemas com os spriggans faz tempo. Eles vão pensar duas vezes antes de voltar para a sua casa depois do ocorrido ontem à noite. Não gostam de magia.

— Mas gostam de se esgueirar procurando por qualquer objeto de valor — explicou Elan. — Eles preferem pedras preciosas, prata e ouro, mas também são capazes de revirar seu lixo. É claro que não consideram isso roubo, mas apenas pegar o que acham que lhes pertence. Como os duendes, eles têm reinos subterrâneos. Consideram deles tudo o que vem da terra — continuou Nora —, mas parece que ontem à noite caçavam ratos e não ficaram satisfeitos por terem perdido um tão valioso.

Jack ficou aliviado por eles não estarem atrás da noz de ouro.

— Os spriggans estavam discutindo por causa de Orin. Um deles disse que ela era para *Ele*, e Motley me contou que Ele é o chefe. Sabe quem é ele?

— Deve ser o chefe Knuckle. É o mais velho, mas provavelmente não o mais esperto dos spriggans. Dizem que ele tem um manto feito de pelo de coelhos brancos. Imagino que ele adoraria um chapéu branco para combinar. As peles de ratos produzem suportes de velas muito úteis para um spriggan.

— Motley me explicou ontem à noite. Eles estavam presos por uma corda. É por isso que não se perdem nos túneis?

— Nossa, não! — exclamou Nora. — Usam as cordas por medida de segurança; um spriggan deixado sozinho vira um gigante, e isso pode ser perigoso para quem estiver por perto. Um spriggan gigante poderia esmagar tudo o que encontrasse pelo caminho, sem nem saber o que fez. Eles não são criaturas das mais inteligentes.

— Criaturinhas detestáveis se estão se referindo aos bogies — disse Camelin entrando na cozinha arrastando os pés.

— Estávamos falando dos spriggans — informou Nora.

— Eca! Eles são ainda piores. Dá para reconhecer um de longe, pois eles estão sempre cobertos de sujeira e rindo com aquela boca grande

A noz de ouro

e larga. Do que riem não faço a menor ideia. Normalmente a gente os reconhece pelo cheiro. Juro que eles nunca tomam banho.

— Jack viu três ontem à noite na cozinha de casa — continuou Nora.

— Ele foi o máximo — interrompeu Elan. — Salvou a irmãzinha de Motley e mandou os spriggans de volta para o buraco de onde tinham saído.

— Por que ninguém me disse? Por que eu sempre perco o melhor da festa?

— Provavelmente porque você passa muito tempo naquela sua cestinha no sótão. — Nora riu.

— Você devia ter me mandado um sinal — disse Camelin a Jack. — Sabe imitar a voz da coruja?

Camelin jogou a cabeça para trás e piou bem alto.

— Esse é o chamado do *corvo*; à noite, é sinal de problema. Vamos praticar um dia desses. Qualquer outra confusão, basta me chamar, e eu resolvo o assunto.

— Obrigado. Eu não estava sozinho ontem à noite. Os Guardas Noturnos estavam comigo.

— Grande ajuda quando se trata de spriggans. Aposto que as perninhas deles tremiam como gelatina.

Camelin começou a rir e a balançar as pernas finas até ver a cara de Nora.

— Mais uma gracinha e volta para o sótão — disse ela zangada.

Jack achou melhor mudar de assunto.

— Vim perguntar a que horas devo chegar amanhã à noite. Não dizia no convite. Vovô mandou perguntar se preciso usar minha roupa de festa.

— A roupa não faz diferença — respondeu Nora.

Camelin abafou o riso; todos o fitaram.

— Ele não vai precisar de roupas na Bacia do Corvo.

— Você não está ajudando em nada — disse Nora lançando-lhe outro olhar carrancudo. Voltou-se para Jack. — O mais importante é estar preparado para o ritual.

— Não se esqueça de trazer a noz de ouro — acrescentou Elan.
— Amanhã é seu aniversário? — perguntou Jack.
— Não. — Ela riu. — Só precisávamos de uma boa desculpa para convidá-lo a passar a noite aqui.
— Agora podemos ir? — perguntou Camelin.
— Ir aonde? — inquiriu Nora.
— Lá para cima. Eu preciso resolver um negócio com Jack antes de amanhã.

Nora e Elan demonstraram surpresa, entretanto Camelin não deu mais explicações. Jack sacudiu os ombros. Tampouco fazia ideia do que Camelin queria.

— Está bem — concordou Nora. — Nós nos vemos mais tarde.

Tão logo chegaram ao sótão, Camelin arrastou os pés até o canto mais afastado e trouxe a parte de baixo da caixa de pizza velha para Jack, separada cuidadosamente da tampa com pedaços de tomate amassados e o que devia ter sido um cogumelo. Camelin a virou ao contrário e fitou Jack.

— Quero que prepare uma placa com a afirmação "Fora!". Não quero Nora nem Elan subindo. Preciso treinar as letras e não quero que elas descubram.

Camelin voltou para pegar a tampa e mostrar a Jack o que escrevera: três desenhos rabiscados: uma jujuba, um amendoim e uma vareta comprida.

— O que é isso?
— É o seu nome: J de jujuba, A de amendoim e K de kebab.
— Mas você desenhou uma vareta.
— Eu copiei desta aqui — retrucou Camelin, remexendo nas coisas e triunfantemente retirando um gosmento espeto de bambu do kebab.
— Só guardei isso. O resto eu comi.

A noz de ouro

Jack teve vontade de rir, mas Camelin falava sério.
— Você precisa de um chocolate aí também, como esse.
Jack desenhou um chocolate entre o amendoim e o espeto de kebab e escreveu as letras do seu nome embaixo.
— Você vai preparar a placa para mim?
— Sem problema, mas precisamos de dois buracos em cima com um barbante para pendurar o cartaz.
Camelin levantou sem demora a tampa e, usando a ponta do bico, fez dois buracos, um bem maior do que o outro. Foi novamente até um canto procurar um barbante, enquanto Jack pegou o lápis que Camelin lhe entregara e escreveu em letras maiúsculas bem grandes...
FORA!
— Maneiro. Por favor, pode pendurar quando for embora? Vejo você amanhã. Tenho mais o que fazer.
— O quê?
— Preciso estar em forma para a festa. Tenho que limpar as penas e aparar as garras. Não tenho tempo para bate-papo.
— Então vejo você amanhã — disse Jack pendurando o cartaz no alto da escada onde ninguém poderia deixar de notá-lo.
Nora e Elan pareceram surpresas ao vê-lo voltar sozinho para a cozinha.
— Camelin está ocupado — explicou. — Enfeitando-se, eu acho.
— Ele é muito vaidoso — comentou Elan. — Vive se olhando no espelho.
— Ontem ele me contou de onde veio a cicatriz.
— Que bom! — disse Nora meneando a cabeça. — Isso quer dizer que ele confia em você.
— Se importa se eu for embora agora? Também tenho umas coisas que preciso fazer antes de amanhã.
— De jeito nenhum. Até amanhã por volta das seis da tarde.
— Vovô disse que preciso entrar pela porta da frente.
— Aposto que Camelin vai ficar de olho em você. Até amanhã. Acho que nós todos temos muito a fazer — despediu-se Nora com um sorriso.

Jack desceu até os fundos do jardim. Virou-se para ver se tinha alguém olhando. Em vez de entrar pela fresta na cerca viva, parou na frente dos teixos. Tirou a varinha da mochila e a empunhou com mão firme. Logo que a vara áspera se tornou lisa, ele ficou imóvel e concentrado. Ordenou aos teixos que se separassem. Nada. Suspendeu um pouco mais a varinha e respirou fundo.

— Abram — ordenou.

Os teixos continuaram fechados. Talvez devesse erguer as duas mãos como Nora fizera. Estava prestes a tentar novamente quando alguns dos galhos se separaram. Uma carinha castanha balançou a cabeça.

— Você não pode entrar sem permissão.

— Eu queria ver Arrana. Quero dizer, Arrana, a Mais Sábia, Protetora e Sagrada de Todas.

— Mesmo assim precisa de permissão e vai ter que esperar até eu obter uma resposta. O pedido já foi enviado. Favor aguardar.

A cabeça desapareceu, e Jack se deu conta de que ainda estava parado com a mão suspensa no ar. Ocupou-se pendurando a mochila nas costas, mas manteve a varinha do lado de fora caso os teixos se abrissem. Não demorou a receber o retorno da mensagem. Veio farfalhando pelas árvores e parou nos grandes teixos diante dele. A cabeça reapareceu.

— Siga-me.

Quando Jack deu um passo, as árvores rangeram, vergaram. Afastaram-se ligeiramente, o suficiente para ele passar. Uma vez dentro, elas se fecharam às suas costas. Olhou ao redor tentando descobrir de quem era o rosto que vira. Atrás da primeira árvore, estava uma mulher alta, esbelta e graciosa como um sabugueiro. Seus compridos cabelos dourados quase tocavam a barra do vestido esvoaçante. Tinha uma coroa de flores na cabeça e um cinto de heras trançado em torno da cintura. Sorriu para Jack e fez sinal para que ele seguisse adiante. Os pés dela mal tocavam o chão ao adejar de árvore em árvore. Ao chegarem ao fim do túnel de teixos, ela entrou no tronco de uma grande faia e desapareceu.

A noz de ouro

As árvores à frente farfalharam, e outra díade saiu. Era semelhante à primeira, exceto por seu cabelo, que era prateado, e usava um vestido cinza-claro.

— Por aqui — acenou.

Guiou Jack pela Floresta de Glasruhen e o deixou onde começavam os carvalhos. Os rostos das díades que vira na primeira visita o espiaram por detrás dos troncos das árvores deformadas. Elas se lançavam dentro e fora dos carvalhos e esvoaçavam pelo caminho. Jack as seguiu enquanto penetravam na floresta. Seus pensamentos retornaram a Newton Gill. Devia ter sido exatamente assim antes de a hamadríade da floresta desaparecer no vazio e se tornar uma árvore oca. Ele compreendeu por que as Gnarles eram tão solitárias e sentiam falta das díades.

Elas o conduziram à clareira: não demorou a se encontrar novamente diante de Arrana. Numa reverência, estendeu a mão com a noz de ouro na direção da hamadríade. Não falou em voz alta, mas sim com o coração, como antes.

— Arrana, a Mais Sábia, Protetora e Sagrada de Todas, necessito de sua ajuda.

Jack observou o tronco do maciço carvalho estremecer e trepidar. Ouviu as díades cochicharem. Quando o tronco se turvou, todos, incluindo Jack, prenderam a respiração até Arrana dominá-los com sua figura majestosa. Ela sorriu e acenou a cabeça.

— Você tem se comportado bem desde a última vez que o vi. Vem demonstrando compaixão e grande coragem. Usou bem o ramo que dei.

— Não quero decepcioná-la.

— Eu sei que não vai me decepcionar.

— Mas eu tenho medo. Acho que não vou conseguir voar.

— Vai mudar de ideia quando tiver sido transformado. Camelin a princípio sentiu exatamente o mesmo. Ele precisou aprender a voar sozinho, sem ninguém para ensiná-lo. Passou os primeiros meses no ombro de Nora. Tinha tanto medo que nem tentava.

— Mas Camelin não tem medo de altura.

— Nem você terá. Quando for um corvo, terá os instintos de um pássaro, e não os de um menino.

As palavras de Arrana o confortaram. Se o ritual funcionasse, ele superaria o medo. Se Camelin conseguira, ele também conseguiria.

— O ritual funcionará se você desejar de todo o coração ser um corvo.

— Eu quero. Quero salvar a senhora.

Jack se lembrou da Gnori, da árvore oca e vazia, morta. Lágrimas rolaram por seu rosto.

— Não quero que a senhora vire uma árvore oca ou que a floresta morra. Tampouco quero que Nora morra. Quero que tudo dê certo, de todo o coração.

— E assim será, Jack Brenin.

A floresta irrompeu em música. Jack voltou-se para ver as dríades. Podia ouvir suas lindas vozes, só que desta vez compreendeu a canção. A música falava sobre ele! Ao se voltar para agradecer Arrana, ela se fora. As dríades afastaram-se para Jack pegar a trilha e voltar para casa.

Fizeram-lhe companhia até ele alcançar a fresta na sebe. Passou bem rápido, evitando ser visto, mas Elan o chamou do outro lado da cerca. Jack ficou paralisado. Como pudera ser tão idiota? É claro que Nora saberia no instante em que ele passasse pelos teixos. Agora sabia como Camelin se sentia.

— Desculpe — disse ao entrar no jardim.

— Não há motivo para se desculpar. Eu estava esperando aqui para lhe entregar algo para levar para casa. Depois que você foi embora, Motley veio falar com Nora, e achamos que você não se importaria.

Perto de Elan, uma grande gaiola; dentro, Orin.

— Nora já falou com o seu avô, e ele deixou. Pode guardar Orin em seu quarto. Ele ficou muito contente por você querer um bichinho de estimação.

A noz de ouro

— Mas Orin não é um bichinho de estimação!
— Nós sabemos, mas seu avô não precisa saber.
Orin olhou suplicante para Jack.
— Eu quero ajudar, mas Motley não me deixa fazer parte da guarda. Ele disse que eu ficaria a salvo com você. Posso fazer companhia e vigiar à noite de sua janela, se você quiser ficar comigo.
— Claro que quero e prometo cuidar de você.
— Ótimo. Então está combinado — disse Elan entregando a gaiola a Jack. — Até amanhã à noite.

Depois do jantar, Jack voltou para o quarto e sentou-se com Orin; conversaram até tarde da noite. Jack ficou grato pela companhia. De qualquer modo, não conseguiria dormir direito. Mesmo depois de falar com Arrana, a preocupação com o ritual não o abandonara.

A BACIA DO CORVO

Jack passou a manhã seguinte ajudando o avô na estufa.

— Ainda sinto o cheiro daquela raposa — resmungou o avô, enquanto limpavam os potes de plantas quebrados.

Jack olhou o solo recém-tapado escondendo o túnel dos spriggans e torceu para eles nunca mais voltarem.

Depois do almoço, o avô ensinou Jack a fazer um arranjo com flores grandes e pequenas formando um lindo ramalhete.

— Aposto que Elan vai gostar — disse o avô, admirando os delicados lírios-do-vale em tons cor-de-rosa e branco.

— Hummmm — murmurou Jack.

— Vai sim, confie em mim.

O restante do dia transcorreu muito lentamente. Jack achou difícil preencher as horas até poder voltar à Casa Ewell. Passou a tarde arrumando a gaiola de Orin até ela ficar satisfeita. Sentiu-se aliviado uma vez chegada a hora de partir. Jack checou tudo pela última vez para se certificar de que não se esquecera de nada. A noz de ouro estava a salvo dentro do bolso fechado a zíper da jaqueta que levava para usar de manhã. Orin pulou e entrou no bolso lateral da mochila. Não estava

A noz de ouro

muito satisfeito em carregar as flores, mas não havia outro jeito de levá-las sem que amassassem.

Acabava de virar a última curva antes da Casa Ewell quando um menino de bicicleta passou. Ouviu o repentino guincho dos freios. O menino parou e lentamente deu meia-volta. O coração de Jack se apertou ao reconhecer o goleiro do campo de futebol.

— Ei, pirralho, está levando flores para a namoradinha?

Jack ignorou o garoto e continuou andando; faltava pouco para chegar ao portão. O outro acelerou a bicicleta. Ao passar por Jack, empurrou-lhe o braço e derrubou-lhe as flores da mão.

— Tudo bem, pirralho, eu e você ainda temos uns assuntos a resolver.

Antes que Jack pudesse tomar alguma atitude, o menino saltara da bicicleta. Empurrou Jack tirando-o do caminho e chutou o buquê de flores para o alto. Uma chuva de flores brancas e cor-de-rosa caiu no chão. O goleiro riu.

— Ups! Espero que não tenham custado caro.

Jack sentia o coração bater acelerado. Queria que o garoto fosse embora.

— Eu já não tinha avisado que não queria ver você de novo, pirralho? Então o que está fazendo aqui?

— Meu nome é Jack.

— Nossa, quanta elegância...

Rodeou Jack, imitando-o, *meu nome é Jack*, antes de empurrá-lo de encontro à cerca.

Jack ofegou quando um guincho agudo saiu da mochila. O garoto recuou surpreso. Vendo Jack imóvel, ergueu o punho. Um alto crocito fez com que ambos erguessem o olhar. Jack viu Camelin arremeter na direção deles. Os olhos do menino se arregalaram. As mãos ergueram-se na tentativa de proteger a cabeça, mas não com suficiente agilidade. Ouviu-se um esguicho quando Camelin o bombardeou lá de cima. Jack caiu na gargalhada; o rosto e o cabelo do menino estavam emplastados de caca. Camelin pousou no portão e encarou o garoto com seus olhos pequenos, redondos e brilhantes.

Uma voz profunda, vinda de trás, perguntou:

— Ei, meus jovens, o que está acontecendo?

Jack voltou-se e reconheceu Don, aquele do clube de críquete.

— Você não é o Jack? — perguntou, ajudando-o a levantar-se da cerca viva.

Antes que Jack pudesse responder, o garoto pegou a bicicleta.

— Ainda não terminamos, pirralho — gritou enquanto fugia pedalando.

— Ele estava incomodando você? — perguntou Don.

— Ele vive pegando no meu pé.

— Ele devia procurar alguém do tamanho dele. Estou indo visitar Sam. Posso fazer companhia, se quiser.

— Obrigado, mas vou entrar aqui — respondeu Jack, apontando a Casa Ewell.

— Tem certeza?

Jack fez que sim com a cabeça.

Tão logo Don sumiu na curva, Jack cuidadosamente apanhou a mochila.

— Você está bem, Orin?

Enfiou a mão no bolso e acariciou o pelo macio da ratinha.

— Não se machucou? — perguntou Camelin.

— Não, acho que ela está bem.

Jack sorriu para Camelin.

— Que tiro certeiro!

— Não conte a Nora. Não devo me comportar mal.

— Você só estava ajudando. Ele teria me batido se você não tivesse aparecido.

Camelin arrastou os pés e baixou o olhar para as flores esparramadas.

— Eram para Elan?

A noz de ouro

— Eram, mas não se preocupe.

Jack recolheu as flores e arrumou-as o melhor que pôde. Uma vez no jardim de Nora, pegou a varinha. Apoiou as flores num banco de pedra e se concentrou ao máximo para lembrar-se do arranjo que o avô arrumara mais cedo.

— Uau! — grasnou Camelin quando o buquê se refez sozinho.

— Você tem mesmo talento.

— Não está tão bonito quanto o do vovô.

— Está lindo — disse Elan batendo no ombro de Jack. — Você está bem? Vimos aquele garoto empurrar você.

— Eu já o conhecia. Não sei por que ele não gosta de mim.

— Ele não passa de um metido a valentão. Não deixe que ele o perturbe. Sorte que aquele homem chegou bem na hora.

Jack assentiu e piscou para Camelin.

— Vamos entrar — convidou Elan —, Nora preparou um banquete e tanto.

Camelin não precisou que ela repetisse o convite. Decolou e deu uma guinada na lateral da casa para ser o primeiro a entrar na cozinha.

— Espero que não se importem por eu ter trazido Orin. Não podia deixá-la sozinha. Afinal, prometi cuidar dela.

— Estávamos esperando por ela. Tem um lugar extra ao lado de Motley.

Jack ficou encantado ao entrar na cozinha. A mesa estava lotada: pãezinhos caseiros, tortas, salsichas e queijos de vários tipos, geleias e bolos. Jack percebeu os olhos de Camelin arregalados como os de uma coruja. Na extremidade da mesa, nove pratinhos estavam arrumados numa bandeja elevada. A Guarda Noturna estava sentada ao seu redor sobre as canecas emborcadas. Orin se juntou a eles. Ao lado do lugar de Jack, havia uma grande tigela. Camelin pulava de uma perna para outra, ansioso por começar.

— Esta festa na verdade é para você, Jack — disse Nora quando todos se sentaram. — Hoje é seu último dia como um menino comum. A partir de amanhã de manhã, você será *extraordinário*.

— Como eu — interrompeu Camelin. — Um menino-corvo.

Todos riram e aplaudiram.

— Agora podemos começar? — sugeriu Camelin, acrescentando: — Por favor.

— Jack, devíamos tê-lo prevenido de que os modos de Camelin à mesa não são dos melhores — sussurrou Elan.

— Não faz mal; já o vi comer antes — sussurrou Jack em resposta.

A festa durou o resto da tarde. Camelin comeu o quanto pôde antes de Nora franzir o cenho e decretar que bastava. Depois de terminarem, Jack empunhou a varinha para entender a conversa dos ratos. Motley e a Guarda Noturna divertiram todos com sua cantoria. Motley apresentou Morris, que deu início a uma cantiga entusiasta. Depois do primeiro verso, o restante da Guarda Noturna entoou o coro. Embora Jack ainda segurasse a varinha, não sabia o que os ratos cantavam.

— Não consigo entender nada — sussurrou para Camelin.

— Nem eu. Estão cantando em galês — gargalhou Camelin.

— A música fala de caçarolas borbulhando na lareira — sussurrou Orin — e de uma briga de Johnny com o gato. Motley adora essa parte.

Um rato grande, cinza e desgrenhado plantou-se no meio da mesa. Fez uma reverência para todos e se apresentou como Raggs. Contou as suas aventuras como rato de navio, antes de entrar para a Guarda Noturna. Orin cantou uma música solo em voz alta e aguda.

A noz de ouro

— Ela não tem permissão para cantar com o coro da guarda — explicou Motley.
— E você, Jack? Não quer se apresentar? — perguntou Nora.
— Eu também poderia cantar — retrucou.
— Bravo! — exclamaram os ratos em coro.
Jack entoou uma de suas músicas favoritas, que costumava cantar no coro. Ao fim, todos aplaudiram. Para terminar a noite, Camelin fez sua *break dance*. Até permitiu que Fergus e Berry, os dois ratos mais jovens, participassem.
— Acho que chegou a hora de dormir — anunciou Nora. — Alguns de nós vamos levantar bem cedinho amanhã.
Orin subiu no ombro de Jack e deu tchau para os membros da Guarda Noturna.
— Tente, se conseguir, tirar umas horas de sono antes de partirmos para a Bacia do Corvo — sugeriu Nora antes de Jack e Elan subirem as escadas.
— Você vai precisar estar de pé pelo menos uma hora antes do alvorecer — explicou Elan diante do quarto de hóspedes. — Boa noite, Jack. Tenho certeza de que tudo vai dar certo.
— Você não vem conosco?
— Minha presença é desnecessária. Vou preparar o café da manhã para quando voltarem.

Jack tirou as poucas coisas que trouxera. Adoraria ir para o sótão com Camelin, mas não tinha sido convidado. Encontrou dificuldade em dormir. Repetia sem cessar as palavras do ritual. Receava esquecê-las. Além disso, havia aquele outro detalhe que tentara afastar da mente: a parte em que teria de se despir. Nora lhe mostrara um largo manto com capuz que ele poderia usar. Ela lhe garantiu que, mesmo que tivesse mais gente no cume da Colina de Glasruhen esperando pelo nascer do sol, não poderiam vê-lo na rocha se ele a vestisse.

Orin já caíra dormindo no travesseiro de Jack. Ainda bem que não estava sozinho: aquela seria uma longa noite. Devia ter pegado no sono, pois sentiu algo duro cutucando-o para acordar. Foi necessário um grande esforço, mas afinal conseguiu abrir os olhos antes que o bico muito duro o espetasse novamente.

— Está na hora — corvejou Camelin. — Vai ser um bocado divertido!

Provavelmente seria — para Camelin. Ele não precisaria subir até o cume da Colina de Glasruhen. Jack não contara a Nora e a Elan que tinha grande dificuldade em acordar de manhã. Dessa vez tinha sido ainda pior. O estômago roncou. Camelin devia ter ouvido.

— Não podemos comer até Nora operar a transmutação, então quanto antes começarmos melhor.

— Estou bem — tranquilizou-o. — Não estou com fome, apenas um pouco nervoso.

O ar matinal estava fresco e no céu não havia uma nuvem sequer. Ao cruzarem o jardim, Jack sentiu o orvalho na grama penetrando no tênis. Deixara a varinha no quarto, mas guardara a noz de ouro no bolso da jaqueta. Nora deteve-se diante dos teixos e ergueu os braços. Tão logo se abriram, Camelin voou na direção da colina.

— Vejo vocês lá em cima — grasnou.

A subida pelos bosques não foi tão extenuante quanto Jack calculara. Nora começou a explicar o que aconteceria ou o que ela achava que aconteceria.

— Nunca precisei operar uma transmutação envolvendo alguém que depois voltasse a ser o que era.

A noz de ouro

— Estou meio assustado. Tem certeza de que não vai doer?

— Não exatamente. Cada um reage de modo diferente e faz muito tempo que não transformo ninguém. Se você tivesse nascido com o dom da transmutação, seria capaz de se metamorfosear no que quisesse sem pensar duas vezes.

Nascido com o dom da transmutação... Jack lembrou-se de ter lido as mesmas palavras em seu *Livro de Sombras*. Percebeu que, na ocasião, não havia entendido bem seu significado.

Nora continuou a explicação.

— Algumas pessoas têm a habilidade de mudar para outra coisa sem a necessidade de rituais complicados.

Jack não aguardava ansiosamente o momento em que seu corpo seria encolhido até o tamanho de um corvo, mas tinha prometido ajudar. Sabia da necessidade de enfrentar o ritual. Apesar de nervoso, sua excitação era maior do que o medo, e agora ele morria de vontade de conseguir voar feito Camelin.

— Acredito que demore um pouco até se acostumar — continuou Nora —, mas até acabar o fim de semana você vai estar bem.

Tomara!

Não demoraram a deixar a inclinação suave do final do jardim de Nora até os declives da colina. Ali o caminho era mais íngreme e de vez em quando Jack precisava parar para recuperar o fôlego. Ao se aproximarem do cume, Camelin reapareceu e avisou que a área estava limpa. Ninguém se aventurara a ver o sol raiar.

— Antigamente, todos costumavam subir aqui. Preparavam banquetes e cantavam, mas isso foi há muito tempo — disse Nora com ar tristonho.

— É muito longe para subir até o topo — grasnou Camelin —, mas quando puder voar podemos subir quando bem entendermos.

Jack pensou que seria preferível voar a andar até o topo. Resfolegava; morria de calor.

— Chegamos — anunciou Nora apontando um afloramento na rocha. — Melhor nos prepararmos. Daqui a pouco o sol vai nascer.

Jack entregou a noz de ouro a Nora. Por sua vez, ela estendeu a pena da asa para Camelin e seu manto para Jack, que seguiu Camelin até uma escavação na base do rochedo. Nora tinha razão. Do caminho principal, o local não era visível; mesmo assim ficou contente por ter levado o manto. Despiu-se rapidamente e guardou as roupas na fenda. Foi difícil escalar a rocha descalço. Uma brisa forte soprava no topo, e Jack estremeceu quando o manto agitou-se em torno de seus tornozelos. O ar estava frio. Tentou não olhar para baixo. Sentiu-se tonto e enjoado.

— Agache-se na rocha — gritou Nora. — Não temos muito tempo.

Quando Jack inclinou-se, a rocha pareceu subir e o céu girar. Entre ele e o chão, a centenas de pés abaixo, não havia nada.

— Tome cuidado — avisou Nora. — Terminada a transformação, mantenha-se paradinho, caso contrário pode ser perigoso.

Jack não tinha a menor intenção de se mover agora que estava no topo do rochedo.

— Você precisa se deitar e olhar para dentro da bacia — alertou Nora. — Quando o primeiro raio de luz atingi-la, certifique-se de estar segurando a pena da asa de Camelin. Mergulhe a testa na água e repita as palavras do ritual.

Pela primeira vez, Camelin manteve silêncio, e Jack percebeu o motivo ao se voltar. Ele ainda trazia a pena que Nora lhe dera no bico.

— Tome a pena, Jack. Camelin a colocará nas suas costas tão logo enxergue a luz. Este será meu sinal para o ritual ter início.

Nora trazia o livro da biblioteca aberto numa das mãos e a noz de ouro pousada na palma da outra.

— Está se sentindo bem? — perguntou a Jack.

— Estou — responderam Jack e Camelin juntinhos.

O céu clareou. Jack ficou parado, concentrado em seu reflexo. Quando o primeiro raio de luz atingiu a beira-d'água, o menino sentiu a pena de Camelin tocar-lhe o ombro e ouviu Nora dizer, em tom baixinho,

A noz de ouro

palavras incompreensíveis. Pelo canto do olho, Jack viu a noz de ouro emitir raios de luz. Seu corpo inteiro foi tomado de pânico: sabia que deveria dizer as palavras. A intensa claridade da noz de ouro o distraiu. A mão transpirava. Foi difícil segurar a pena. As palavras simplesmente não saíam. Tentou se concentrar. Sentia o coração batendo forte no peito. A pressão da asa de Camelin aumentou. Jack abaixou a cabeça e tocou a água com a testa. A aurora inundou a bacia-d'água e o cegou. Finalmente recitou...

Como amuleto para entrar em sua casa,
A voz tremia ao completar o verso seguinte.
Trago de um corvo uma pena da asa.
Sentiu a pressão da asa de Camelin, que não lhe abandonara o ombro, aumentar...
Quando o céu escuro a aurora iluminar,
Peço que me transforme, para que eu possa voar.

Uma dor excruciante percorreu-lhe o corpo. Tentou encolher-se, mas não conseguiu. O capuz do manto cobrira-lhe a cabeça. Tentou retirar o capuz, mas as mãos não lhe obedeceram. Quando se debateu, Camelin segurou o capuz com o bico e puxou-o de lado. Jack avistou o reflexo na água. Achou que era Camelin e só então percebeu se tratar do seu próprio reflexo. O ritual funcionara. Tinha sido transformado num corvo.

— Nora, veja! — grasnou.
— Está tudo bem?
— Sim — responderam ambos.
— Encoste a testa na de Camelin e voltará a ser o que era.

Jack não esperava mudar tão rápido. Ainda não tinha se acostumado à sensação de ter virado um corvo e já teria que voltar a ser menino. O capuz pesado o engolfava. Camelin inclinou-se e juntaram as testas. Uma luz clara, tão ofuscante quanto a aurora, flamejou do ponto onde as sobrancelhas se tocaram. Novamente Jack ficou cego. Precisava se lembrar de fechar os olhos da próxima vez.

A dor excruciante voltou por alguns segundos, entretanto soube instintivamente, sem olhar o próprio reflexo, que voltara a ser um menino. O corpo inteiro doía. Foi doloroso descer as rochas até a fenda onde escondera as roupas. Achou difícil se vestir, tamanho o tremor das mãos.

— Estou contente por não precisarmos subir até aqui toda vez que tiver que me transformar em corvo — disse a Camelin.

— Agora o ritual está completo. Daqui para a frente, basta juntarem as testas, e a transmutação ocorrerá quantas vezes queiram — explicou Nora.

Jack se sentiu muito cansado e acompanhou Nora a alguns passos de distância ao voltarem para casa. Camelin se oferecera para voar na frente e se reportar a Elan. Jack secretamente se perguntava se o motivo de tanta ansiedade em ser o primeiro a chegar não seria descobrir o que ela preparara para o café da manhã.

No momento em que Nora e Jack entraram na cozinha, Elan tinha preparado ovos mexidos, torradas e um bule de chá.

— Isso é exatamente do que preciso — disse Nora, grata.

— Sirvam-se.

— Pode deixar! — corvejou Camelin, servindo-se de bem mais do que a sua porção habitual.

Jack afundou na cadeira e caiu dormindo.

Ao acordar, seu corpo inteiro doía. Nora trabalhava na cozinha.

— Quanto tempo dormi?

— Desde que voltou. Bem umas duas horas. Como se sente?

— Como se tivesse sido pisoteado.

— Vai passar. Não vai se sentir sempre assim. Tenho certeza de que aos poucos será cada vez mais fácil.

A noz de ouro

Camelin entrou voando na cozinha e pousou graciosamente no ombro de Nora.

— Tudo bem — crocitou. — Quando tiver comido, vamos começar as aulas de voo.

— Tão rápido? — resmungou Jack.

— Não há tempo a perder. Vejo você lá em cima quando terminar.

Jack não tinha se dado conta de que voltaria a se transformar tão cedo. Tantas coisas tinham acontecido desde a sua chegada à casa do avô. Sabia que jamais seria o mesmo. Agora era um menino-corvo, exatamente como Camelin, mas se sentiria diferente quando voasse? Teria os instintos de um pássaro como Arrana dissera? Estava prestes a descobrir.

AULAS DE VOO

Jack não conseguira comer direito no café da manhã e, ao terminar, subiu para o ático. Parou no pé da escada. A placa com a palavra FORA! continuava pendurada. Gritou por Camelin.

— Posso subir?
— Está sozinho?
— Estou.
— Então suba.

Jack refletia por que Camelin andava tão cheio de segredos, mas compreendeu tão logo enfiou a cabeça pelo alçapão. O conteúdo da cesta de emergência de ração estava esparramado pelo chão. Ele começara a separá-lo em pilhas.

— Só estou contando — explicou. — Sou ótimo em contas.

Jack observou Camelin arrumar carinhosamente seu estoque, item por item, na cesta.

— Trouxe alguma coisa para pagar a aula de voo?

Jack tinha umas barras de chocolate na sacola. Lembrara-se de colocar duas no bolso ao guardar a noz de ouro no quarto.

— Espero que goste.

A noz de ouro

Camelin pegou as barras e as enfiou na cesta. Parecia bastante satisfeito.

— Vinte e nove — anunciou —, e chocolate ao leite é um de meus preferidos.

Jack suspeitou que qualquer coisa com chocolate seria a preferida de Camelin. Checou para se certificar se não havia nada gosmento em torno do alçapão antes de entrar no sótão.

— Cuidado onde põe os pés e tente não tirar nada do lugar, caso contrário, depois não consigo achar nada.

Jack esperou até Camelin abrir um espaço e rapidamente se despiu.

— Está pronto?

Jack fez que sim e curvou a cabeça na direção de Camelin. Tocaram as testas. Apesar de bem fechados, o brilho fulgurante feriu os olhos de Jack novamente. Quando os abriu, tinha se transformado num corvo.

— Uau! Fantástico! O que faço? — grasnou sacudindo as asas para cima e para baixo no pequeno espaço do sótão.

— Devagar! Devagar! Pare! Primeiro é preciso aprender a andar antes de poder voar.

Jack não acreditou que Camelin falasse sério, mas, quando parou de bater as asas e deu dois passos, descobriu que andar não era tão fácil quanto imaginara. Não era igual ao que habitualmente fazia. Os pés queriam saltar, pular, se arrastar. Andar se assemelhava a dançar.

— Nada mal — encorajou Camelin —, mas você está um lixo. O que há de errado com as suas penas?

Jack inspecionou as asas e tentou olhar as costas.

— Não, na sua cabeça. Tem umas penas espetadas.

Camelin tentou abaixar as penas, mas, quando achou tê-las arrumado, uma delas voltou a subir.

— Desisto — corvejou, erguendo as asas no ar. — Meu cabelo também nunca fica no lugar.

— Achei que era porque você não se penteava. Não posso ajudá-lo; você é que terá de ajeitá-las. Vamos. Estamos perdendo tempo. No jardim tem mais espaço para praticar.

Jack foi até a janela e olhou para baixo. As pernas finas começaram a tremer.

— É um bocado longe do jardim.

— Não vamos por aí. Siga-me. Elan preparou uma surpresa.

Jack seguiu Camelin da melhor maneira que pôde pela escada. Chegaram a uma janela aberta do outro lado do aposento. Encontraram uma grande cesta amarrada a uma grossa corda.

— Vamos, entre — disse Camelin animado.

Jack subiu apressado numa tábua encostada no parapeito da janela.

— Descendo! — gritou Camelin quando ambos se encontravam dentro da cesta.

Lá embaixo, Elan controlava a roldana. Abaixou a cesta até que pousasse na grama.

— Não esperava que os dois estivessem aí dentro. Você devia ter voado até aqui, Camelin.

— Precisava ter certeza de que Jack estava bem — disse a Elan antes de piscar para Jack.

— Você é mesmo um corvo muito preguiçoso — respondeu ela, simulando irritação.

Camelin saiu saltitante. Jack conseguiu subir na beirada e depois descer até a grama.

— Muito bem. Vamos começar pelo básico — disse Camelin, demonstrando a Jack o que queria que ele fizesse pulando num pé, depois no outro e finalmente com os dois juntos. — Sua vez.

Elan riu e bateu palmas quando Jack conseguiu seguir Camelin pelo jardim.

— Vejo vocês depois — gritou antes de desaparecer dentro da casa.

A noz de ouro

Jack prestou atenção a tudo e seguiu todas as instruções. No básico, parecia ir bem e, em pouco tempo, ele já estava saltitando, pulando e correndo pelo terreno.

— Quer fazer o que agora? — perguntou Camelin.

Jack ainda não queria pensar em voar. Estava feliz mantendo os pés no chão o máximo de tempo possível.

— Podemos jogar futebol.

— Não sei jogar futebol.

— Eu ensino, mas precisamos de uma bola.

— Vamos pedir a Nora. Ela deve ter alguma coisa que possamos usar.

Nora remexeu numa das gavetas da cozinha e acabou achando uma velha bola de tênis de mesa.

— Isso serve?

— Ótimo — respondeu Camelin.

— Posso saber o que vão fazer com essa bola?

— Jogar futebol — disseram Jack e Camelin juntos antes de voltarem saltitantes para o jardim.

— OK, vamos começar — disse Jack.

Explicou as regras e usaram dois vasos de planta vazios para servir de traves. Um pombo curioso instalou-se na casinha de passarinhos consertada para assistir ao jogo. Chutar uma bola usando garras era bem mais difícil do que Jack imaginara. Conseguiu chutar a bola entre as traves do gol duas vezes. Camelin ainda tinha que bater. Quando chegou a vez dele, Jack pulou na sua direção para interceptá-lo. Camelin se curvou, pegou a bola com o bico e correu na direção do gol.

— Ei! — berrou Jack. — Não pode fazer gol com as mãos! É contra as regras.

— Eu não tenho mãos — tentou gritar sem deixar a bola cair do bico.

— Não estamos jogando *bicobol* — disse Jack indignado. — Isso também não é permitido.

De má vontade, Camelin levou a bola de volta ao centro.

— Você não falou nada sobre *bicobol* quando começamos — reclamou.

O jogo continuou por um tempo até Elan sair e perguntar se eles queriam beber alguma coisa.

Jack começara a andar na direção do pátio quando Camelin berrou gol. Voltou-se: a bola fora parar entre os vasos de planta.

— Você roubou!

— Eu não! — retrucou Camelin.

— Não vale carregar a bola.

Como não obteve resposta, Jack aproximou-se do pombo.

— Você viu o que ele fez?

O pombo não respondeu. Camelin caiu na gargalhada.

— Não vai conseguir resposta dele. Ele não entende o que você diz.

— Achei que conseguiria falar com todos os pássaros quando virasse um corvo.

— Apenas com pássaros *inteligentes*, como os corvos. Pombos não falam.

Foi então que Jack viu a marca na lateral da bola.

— Você usou o bico. Você estragou a bola!

— Uau! Olhe só! — exclamou Camelin, mudando rapidamente de assunto. — Elan trouxe bolo.

Deixou Jack e voou até a mesa de piquenique onde Elan colocara a bandeja.

— Ande logo, Jack, é bolo de chocolate — gritou animado.

Jack deixou a bola e saltitou tentando subir no banco, mas sem êxito. Elan encostou uma vassoura contra a mesa e Jack conseguiu, a duras penas, subir de lado até o topo.

— Estou morto de fome — comentou ao ver o bolo.

— Está vendo? Eu digo a todo mundo e ninguém acredita em mim. Dá uma fome danada ser corvo.

A noz de ouro

— Jack não comeu quase nada no café da manhã, diferentemente de alguém que eu prefiro não dizer o nome — disse Elan olhando Camelin fixamente.

Ambos ganharam dois pedaços de bolo, que comeram vorazmente.

— O que vamos fazer agora? Não temos mais bola para brincar — disse Jack ao terminar.

Camelin vasculhava a mesa à procura de migalhas.

— Não seja tão pão-duro — disse Elan. — Deixe um pouco para os pardais.

— Mas são minhas migalhas! — exclamou horrorizado. — Não tenho permissão para ir à casa de passarinhos; então por que eles teriam o direito de vir à mesa de piquenique?

— Achei que só não gostasse de estorninhos — disse Jack.

— Estorninhos e pardais — confirmou Camelin. — Se deixar, eles roubam as migalhas do seu bico.

— Não lhe dê atenção, Jack — continuou Elan. — Ele tem problemas com quase todos os pássaros que vêm ao jardim.

— O que há de errado com os pardais? — perguntou Jack.

Elan suspirou, pegou a bandeja e deixou Jack sozinho para que ouvisse de Camelin tudo sobre pardais.

— Eles são idiotas — começou ele. — Ficam todos nervosinhos porque acham que um lobo pode saltar e comê-los.

— Lobo?

— Isso mesmo — confirmou. — Séculos atrás, Dagbert, o rei dos pardais, foi comido por um lobo e a história passou de pardal para pardal por gerações.

— Mas não existem mais lobos na Inglaterra.

— Tente explicar isso para um pardal — ironizou Camelin. — Eu disse que são idiotas.

Jack gostaria de saber mais sobre Dagbert e o lobo, mas Camelin decidiu ter chegado a hora de continuar a aula de Jack. Ele deslizou os pés pela vassoura e a chutou.

— Está preparado para tentar voar?

Jack se divertira um bocado jogando futebol, mas isso era outra história. Não fazia ideia de como agir. Seus instintos de pássaro — se é que os tinha — ainda não tinham despertado.

— Olhe para mim — disse Camelin abrindo as asas e pousando graciosamente no chão. — Agora é a sua vez.

As garras de Jack se contraíram. As pernas finas tremeram. Abriu as asas, respirou fundo e pulou da beira da mesa. Em vez de voar, oscilou e precisou dar uns dois pulos para não desmoronar na grama.

— Fala sério, não foi tão ruim assim, né? — perguntou.

— Ainda vai precisar melhorar muito — resmungou Camelin.

— Bem, não posso voltar ao topo para tentar de novo. Alguém chutou a vassoura.

Camelin relanceou os olhos pelo jardim.

— Eu sei. Siga-me.

Foram até as rochas perto da sebe onde ficava a caverna secreta de Camelin. Havia um monte de rochas grandes em torno do banco e, do lado oposto, uma queda vertical dava no canteiro de flores.

— Aqui está perfeito — crocitou Camelin.

Jack não teve outra opção a não ser concordar. O topo das rochas não era tão alto quanto a mesa de piquenique.

Jack sentiu-se um pouquinho mais confiante praticando o voo dali. Seria mais fácil escalar as rochas e o pouso seria mais macio caso se estatelasse.

Medir os passos não foi fácil, mas, logo que se armou de coragem para deixar a rocha mais alta, conseguiu descer com as asas estendidas. Seu pouso não foi muito gracioso, mas era apenas sua segunda tentativa. Meia hora depois, já tinha melhorado consideravelmente. Camelin ensinou Jack a usar as asas para saltar. Praticaram nos galhos mais baixos do abeto perto da mesa de piquenique. Logo Jack foi capaz de saltar da grama para o galho, depois para a mesa e finalmente voar até a grama.

A noz de ouro

— Isso é muito legal. Podemos ir um pouco mais alto? — perguntou.

— Sem problema — respondeu Camelin.

Jack estava no segundo galho quando Nora e Elan saíram para checar seu progresso.

— O que está fazendo? — gritou Nora. — Fique aí; vou pegar você.

Tarde demais. O grito de Nora assustou Jack. Ele perdeu o equilíbrio e a concentração. Corvejou bem alto ao cair do galho.

— Jack! — gritou Nora.

Em vez de mergulhar no chão, instintivamente abriu as asas, levantando-as e abaixando-as com força. Rapidamente subiu no ar.

— Veja, estou voando! — grasnou animado.

Caiu mais rápido do que subira.

Camelin tapou os olhos com as asas. Nora e Elan ficaram imóveis, as bocas abertas. Em seguida, saíram correndo na direção de Jack quando este se estabacou no canteiro de flores.

— Você precisa continuar batendo as asas se quiser voar! — corvejou Camelin.

Jack gemeu.

— Vamos, se não se levantar, estaremos metidos numa baita confusão — sussurrou Camelin ao ver Nora e Elan correndo na direção onde Jack estava estendido.

Agitada, Nora o examinou, olhando Camelin zangada.

— Pensei que o combinado fosse o treinamento básico hoje. Os exercícios preparatórios no chão. Não me lembro de qualquer menção a árvores.

— Foi minha culpa. Eu pedi para ir mais alto — admitiu Jack. — Estou bem, não quebrei nada.

— Bem, acho que por hoje chega.

Nora foi para o herbário e saiu com a capa. Enrolou-a em Jack de modo que apenas sua cabeça ficasse de fora.

— Se você se transformar aqui, vai subir as escadas sem dificuldade.

Jack e Camelin tocaram as testas. O lampejo de luz assustou vários pardais da casa de passarinhos. Jack ouviu a risada de Camelin.

— Vamos fazer um piquenique perto do lago, então, quando estiverem prontos, venham ao nosso encontro — disse Nora.

— Vamos conversar mais sobre o caldeirão — acrescentou Elan.

— Posso contar sobre os Tesouros de Annwn? — perguntou Camelin animado.

— Por que não? Mas atenha-se aos fatos — avisou Nora.

Depois de mudar de roupa, Jack estava suado e abafado. Apesar da janela aberta do sótão, o calor do sol do meio-dia era quase insuportável. Não melhorou no pátio. Ao chegar ao lago, todos descansavam sob a sombra de um dos imensos salgueiros, protegidos do sol. Nora esticara uma manta, e Elan a ajudava a tirar a comida de uma cesta grande. Perto da água batia um ar fresco, e as compridas e estreitas folhas do salgueiro balançavam suavemente de um lado para o outro proporcionando uma brisa constante.

— Trouxe isto para mostrar a você, Jack — disse Nora pegando algo do fundo da cesta de piquenique.

Jack observou Nora repousar cuidadosamente sobre a manta um pacote embrulhado em tecido e amarrado com uma corda. Em vez de desfazer o nó, pegou a varinha e tamborilou três vezes no pacote. A corda se desfez e o tecido se desmanchou revelando três objetos de metal, do mesmo formato e tamanho, um sobre o outro. Não brilharam ou cintilaram e não pareciam caros, mas o metal verde de que eram feitos dava-lhes uma aparência muito antiga. Jack já vira objetos parecidos

A noz de ouro

antes, mas não naquele formato. Pareciam as joelheiras que usava para jogar futebol, mas com buracos em cada extremidade.

— Quando atravessar a janela do tempo, vai procurar três placas como estas — explicou Nora.

— As placas do caldeirão?

— Sim. Cada uma tem uma árvore diferente gravada no bronze.

Elan apontou cada uma das placas.

— Estas são a faia, o pinheiro e o azevinho de que cuido.

— Eu sou encarregada da nogueira, da macieira e do olmo; e Arrana, do cumaí, do freixo e da bétula — explicou Nora.

— As placas que faltam são as que ficavam sob minha responsabilidade: a do espinheiro, a do carvalho e a do salgueiro — suspirou Camelin. — São as que vamos procurar.

Jack pareceu confuso.

— Mas achei que fossem treze no total.

— A última não tem este formato — explicou Elan. — É a base...

— ... É redonda e está na parede perto da porta da frente — interrompeu Jack ao se lembrar do lugar onde tinha visto uma árvore de metal verde antes.

— Essa mesma — confirmou Elan.

— O nome da casa e o sobrenome que adotei deveriam demonstrar onde eu costumava pendurá-la — acrescentou Nora.

— Ewell* — disse Jack. — A fonte do teixo!

Camelin bateu as asas e saltitou para mostrar a Jack o quanto se alegrava por ele ter sido capaz de descobrir a resposta sem ajuda.

— As árvores gravadas representam uma época específica do ano. Cada placa ficava pendurada na própria árvore, perto de uma fonte sagrada. Sempre que havia um festival na Colina de Glasruhen os guardiães das fontes traziam suas placas. Eu as unia, e usávamos o caldeirão e a noz de ouro em nossos rituais — explicou Nora.

---

* Ewell – em inglês, *yew* = teixo e *well* = fonte. (N.T.)

— A fonte deste jardim é a fonte do teixo. Gwillam cuidava da fonte do carvalho, no Bosque Sagrado, e aquela na beira da Floresta de Glasruhen, onde você viu Jennet, é a fonte do espinheiro — corvejou Camelin.

— Uma vez as placas unidas, esta é a aparência do caldeirão — disse Elan pegando um dos livros de Nora dentro da cesta de piquenique. Abrindo-o, mostrou a Jack um desenho do caldeirão. Nora tocou a página com a varinha três vezes. O desenho ganhou vida, elevando-se da página em giros. Jack ficou fascinado. À medida que o caldeirão girava lentamente, ele aproveitou para observar detidamente as placas. Não conseguia ver nenhum dos buracos agora que as placas estavam unidas. O caldeirão era maior do que imaginara.

— Onde foram parar os buracos?

— Se não usássemos um pouquinho de mágica, o caldeirão vazaria — disse Nora, rindo. Tocou suavemente numa das placas com a varinha, e os buracos foram lacrados; outra pancadinha, e os buracos reapareceram.

— O caldeirão é um dos quatro tesouros de Annwn — começou a explicar Elan.

— Você disse que eu podia contar a Jack — interrompeu Camelin lançando um olhar de súplica a Nora.

— Vá em frente — disse sorrindo —, e, quando tiver terminado, podemos comer.

— Eram quatro grandes tesouros — começou Camelin afobado. — O primeiro era a Espada do Poder, uma grande espada mágica de batalha, que tornava seu dono invencível, desde que usada para o bem.

Camelin pegou um ramo e deu um bote em Jack.

— E o segundo?

— A Lança da Justiça. Não machucava ninguém que dissesse a verdade. O terceiro tesouro era a Pedra do Destino, capaz de revelar o futuro.

A noz de ouro

— E o quarto era o caldeirão? — perguntou Jack.

— Era, mas sou eu que estou contando — resmungou Camelin, continuando rapidamente ao ver Nora franzir a testa, antes que ela pudesse dizer alguma coisa. — O caldeirão era o único meio de transportar objetos entre os dois mundos. Era conhecido como o Caldeirão da Vida. Podia-se abrir o Portal Oeste com ele e trazer as folhas da árvore Crochan para preparar o elixir ou nozes hamadríades para plantar. Esqueci alguma coisa?

Nora balançou a cabeça e sorriu para Camelin antes de se dirigir a Jack.

— Cada um dos tesouros tem o poder, quando combinado com a noz de ouro de um druida, de abrir um portal para Annwn. Os outros não estão mais na Terra, e seus portões foram lacrados. A única entrada restante é através do Portal Oeste na Colina de Glasruhen, mas é impossível abri-lo sem o caldeirão.

A recuperação das placas do caldeirão subitamente passou a fazer mais sentido. Enquanto os outros conversavam durante o almoço, Jack comeu em silêncio. Muito dependia dele.

Depois do almoço, Nora pegou o barco, e eles remaram até a ilha de Gerda. Em vez de voar, Camelin sentou-se na proa como uma carranca. Mostraram a ilha a Jack, e Gerda, contente, aproximou-se para cumprimentá-los em seu passo gingado. No caminho de volta, Jack e Elan saltaram e patinharam na água rasa, jogando água um no outro.

— Acho melhor saírem daí e vestirem roupas secas — disse Nora, rindo ao ver o jeans ensopado de Jack.

Arrumaram a cesta. Jack levou a manta para a cozinha e depois subiu para trocar de roupa. Antes de abrir a porta do quarto, teve a sensação de que algo estava errado. Um cheiro familiar penetrou em suas narinas. Ao espiar, conteve um soluço ao deparar com a cama desfeita, a colcha jogada no chão, a mesinha de cabeceira virada e o *Livro de Sombras* aberto no chão. Rastros de sujeira espalhavam-se por todo lado. Jack olhou horrorizado o quarto destruído.

— Elan! — gritou.

— O que foi?

— Alguém invadiu o meu quarto.

Elan olhou a bagunça.

— Não fui eu!

— Eu sei.

Jack começou a procurar freneticamente em meio à bagunça.

— A noz de ouro sumiu!

NO TÚNEL

Jack continuou a procurar enquanto Elan foi buscar Nora e Camelin. Não encontraram a noz de ouro em lugar algum.

Nora parou na soleira da porta e farejou o ar.

— Eu deixei a noz em cima da mesa — disse Jack. — Tenho certeza.

— Spriggans! — disse ela, ofegante.

Ele tentou conter as lágrimas.

— Quando foi a última vez que viu a noz?

— Depois do café da manhã. Você me devolveu a noz após o ritual. Coloquei-a sobre a mesa, junto com meu *Livro de Sombras* e a varinha antes de descer. Não entendo como eles sabiam onde encontrá-lo.

— Os spriggans podem sentir o cheiro de ouro a distância e ao senti-lo não desistem facilmente. Talvez não estivessem apenas caçando ratos quando escavaram o túnel na estufa e na cozinha aquela noite — disse Nora pensativa.

— Olhe isso! — grasnou Camelin, mantendo a cabeça do lado de fora da janela. — Lá embaixo na grama.

Amontoaram-se. Jack viu um buraco igualzinho ao que encontrara na cozinha.

— Bem, isso explica como entraram. Obviamente construíram um túnel debaixo da cerca viva e subiram pelas treliças. Olhe, toda a hera foi arrancada — disse Nora.

Nora começou a andar de um lado para o outro.

— Deve ter sido quando estávamos na ilha. As árvores não conseguiram mandar uma mensagem até a ilha. O fato de agirem assim, em plena luz do dia, não é bom sinal. Normalmente agem à noite e nunca aqui, onde contamos com tanta proteção. Não estou nada satisfeita.

Jack sentou na beirada da cama e mordeu o nó do dedo.

— Sinto muito. Sinto muito mesmo. Você me deu a noz para tomar conta, e agora ela sumiu.

— Não se preocupe, Jack — disse Nora gentilmente. — Não foi sua culpa. Achei que a noz estaria a salvo aqui. Enganei-me. Nunca pensei que alguém ou alguma coisa conseguisse passar por debaixo da cerca viva.

— Mas você precisa da noz para o ritual. Pode pegá-la de volta?

— Vamos precisar de ajuda — disse Elan.

— Se vamos — concordou Nora. — Elan, localize Motley. Camelin, voe ao encontro de Timmery. Vamos organizar uma reunião hoje à noite para decidir como agir.

Jack estava muito chateado para perguntar a Camelin quem era Timmery.

— Deixe conosco — disse Nora, apertando gentilmente o ombro de Jack. — Não há nada a ser feito no momento.

Jack sentiu-se péssimo, e então um pensamento ainda mais terrível o invadiu.

— Onde está Orin? Ela estava dormindo em meu travesseiro da última vez que a vi.

— Orin — chamaram.

Nora, Jack e Camelin percorreram a casa inteira procurando por ela.

A noz de ouro

— Ela sumiu — soluçou Jack. — Eles a levaram também; é tudo culpa minha.

Nora passou o braço no ombro do menino.

— Faremos tudo para pegá-la de volta — prometeu. — Agora tire essas roupas molhadas. Nós nos encontraremos na cozinha em dez minutos para bolar um plano. Não podemos esperar até o anoitecer.

Jack mudou de roupa com a maior rapidez possível. Como diria a Motley que a irmãzinha dele sumira? Lágrimas escorriam por seu rosto. Não era hora de chorar. Enxugou os olhos. Precisava ser forte e ajudar os outros a encontrar Orin. Desceu a escada pulando de dois em dois degraus e adentrou a cozinha. Motley estava em cima da mesa falando com Nora. Jack não precisava da varinha para perceber a tristeza de Motley.

— O que está acontecendo? — sussurrou para Camelin.

— Nora vai descer pelo túnel atrás dos spriggans na tentativa de resgatar Orin e pegar a noz de ouro de volta. Motley pediu para acompanhá-la, mas Nora não deixou. É muito perigoso. Ele concordou em reunir a Guarda Noturna e circundar o buraco. Vão vigiar até Nora voltar.

— Eu também quero ir — disse Jack em voz alta e vacilante.

— Você é grande demais para entrar no buraco — disse Nora.

— Se você pode encolher, eu também posso.

— Hummm — murmurou Nora pensativa. — Tem uma coisa que eu não contei. Para descer pelo túnel, vou ter que me transformar.

Jack lembrou-se das palavras no *Livro de Sombras*.

— A *Seanchai, Depositária dos Segredos e dos Rituais Antigos, Guardiã do Bosque Sagrado, Curandeira, Possuidora do Dom da Transmutação e Mulher Sábia* é você, não é?

— Sim. Você tem estudado direitinho seu livro, mas acho muito perigoso deixar você descer pelo túnel.

— No entanto, vou voar de volta ao passado e você não se importa.

Jack estava quase chorando novamente.

— Preciso fazer alguma coisa para ajudar. Camelin e eu podemos nos transformar. Posso usar meu bico e minhas garras para me defender se for preciso.

Camelin o fitou emburrado.
— Acho melhor ficarmos aqui — grasnou.
— E eu insisto que devemos ir.
Jack esticou as costas, cruzou os braços e trincou os dentes.
— Concordo com Jack — disse Elan ao chegar do jardim.
— Tem certeza? — perguntou Nora.
— Claro — disseram Jack e Elan ao mesmo tempo.
— Melhor bolarmos um plano rapidamente. Não sabemos há quanto tempo levaram Orin.
— Acho que devemos seguir a trilha deles pelo túnel e descobrir onde vai dar — disse Elan. — Concordam?
— Concordamos — responderam todos.
— Talvez tenhamos de tomar decisões rápidas, pois não sabemos o que nos espera — acrescentou Nora antes de se voltar para Jack e Camelin. — E, se houver qualquer sinal de confusão, quero que prometam voltar para casa o mais rápido possível.
— Prometido — responderam Jack e Camelin juntos.
— Ótimo. Então está combinado. Quando recuperarmos Orin e a noz de ouro, fecharei o túnel para que eles nunca mais voltem ao jardim — acrescentou Nora. — Todos prontos?

Todos acenaram. Quando Jack tocou a testa na de Camelin, a cozinha se iluminou. As roupas formaram um montinho no chão. Ele se desvencilhou delas e saiu gingando, aproximando-se de Camelin. Observou Nora erguer os dois braços. Nora girou lentamente, e a cada rotação seu corpo ficava cada vez menor, até se transformar num grande furão de lindo pelo prateado. Disparou para juntar-se a Jack e a Camelin. Para surpresa de Jack, Elan também ergueu os braços e girou lentamente. Ela também começou a encolher.

— Não sabia que Elan podia se transmutar! — cochichou.
— Elan pode fazer tudo o que Nora pode — explicou Camelin. — Olhe só!

Os olhos de Jack se arregalaram até Elan ficar cada vez menor e surgir um furão de pelo castanho. Ela sacudiu o pelo e relanceou os

A noz de ouro

olhos pela cozinha. Seus olhos verdes faiscaram quando ela se lançou com ímpeto para se unir aos outros no umbral.

— Feche o bico — disse Camelin a Jack. — Nora sempre diz que é falta de educação encarar as pessoas.

Jack estava chocado demais para responder.

— Vamos — disse Nora. — Nem um pio no túnel.

Para surpresa de Jack, o túnel era muito bem-construído. Os spriggans tinham comprimido a terra nas paredes e no piso, tornando-os macios ao toque. Nora caminhava à frente, seguida de Jack, de Camelin e de Elan por último. Jack encontrou dificuldade em manter o ritmo de Nora. Ela andava apressada, ao passo que ele tropeçava a todo instante. Ainda não tinha se acostumado aos pés novos.

À medida que se afastavam da entrada, o túnel foi ficando cada vez mais escuro. Ninguém falava. Percorriam o túnel havia uns dez minutos quando Nora estancou de repente. Jack quase esbarrou nela. Ouviu-se um farfalhar de penas quando Camelin tropeçou em Jack.

— Sshhh! — sussurrou Nora. — Estou vendo luz à frente; precisamos desacelerar.

Jack viu a luz tremeluzente ao mesmo tempo que ouviu vozes zangadas e estridentes. Tinham se detido no fim do túnel que conduzia a uma gruta circular. Mais adiante, o túnel prosseguia. Em torno de uma pequena fogueira, três spriggans estavam agachados. Uma panela de água estava pendurada num tripé acima das chamas. Cada um dos spriggans usava um chapéu de feltro velho com uma vela apagada encarapitada na aba. O mais próximo segurava uma bolsa fechada por uma tira com o pé. Jack achou ter visto algo se mover lá dentro.

— É melhor tirar a pele dela e cozinhar agora — guinchou o spriggan.

— Está doido, Grub? — perguntou o do meio. — O chefe vai esfolar a gente vivo se descobrir.

— Whiff tem razão — chiou o terceiro spriggan. — Como vamos explicar onde foram parar as tripas? Você sabe que ele sempre come a carne melhor. Quando foi a última vez que você comeu uma ratinha macia? A gente só ganha carne dura.

— Vai fundo, Grub, fala aí pra nós como você vai explicar pra ele — disse Whiff.

— Só não entendo por que pra ele é sempre a carne melhor — resmungou Grub.

— Porque ele é o chefe, ora — explicou Pinch.

— OK, então vou dizer que já estava morta quando encontramos ela e ela não estava boa pra comer, então a gente tirou a pele e jogou a carne fora.

Fez-se silêncio. Os dois spriggans acenavam para Grub. Jack sabia que precisariam agir rápido ou Orin corria o risco de ser devorada.

— Falou. Por que a sua senhoria vai ficar com a melhor carne? Somos nós que vamos caçar pra ele — concordou Whiff.

Grub e Whiff olharam Pinch. Antes que ele respondesse, Nora voltou-se e fez um sinal.

— Agora — murmurou.

Nora e Elan avançaram. Os spriggans saltaram.

— Furões! — berrou Grub, dando um pulo e se escondendo atrás de Pinch.

Nora agarrou a bolsa nos dentes fortes, e Elan foi até a fogueira. Quando Nora se virou e voltou correndo pelo túnel, Jack e Camelin encostaram as testas. Um brilho ofuscante. Antes de a luz sumir, voltaram a tocar as testas. Mais uma vez, a caverna encheu-se de luz. Os gritos agudos dos spriggans ecoaram pela caverna. Elan puxou uma das pernas do tripé com a pata e derramou a água no fogo. As chamas chiaram, apagaram-se e a caverna mergulhou na escuridão.

— Aqui — berrou Elan para Camelin e Jack.

A noz de ouro

Eles correram até o local onde Elan se detivera, na boca do túnel. Correram o máximo que puderam, fugindo pela caverna. Tinham percorrido metade do caminho quando ouviram vozes estridentes berrando e guinchando um pouco atrás. Os spriggans os perseguiam! De vez em quando, Jack via uma luz brilhar no túnel. Os spriggans cobriam a distância que os separava.

— Corram mais rápido! — berrou Elan.

Não foi fácil, porém Jack e Camelin conseguiram chegar ao jardim antes de serem alcançados pelos spriggans. A luz do sol os cegou por um instante. Pararam ofegantes à espera de Elan. Motley e a Guarda Noturna tinham fechado o círculo em torno da boca do túnel.

— Onde está Nora? — ofegou Camelin.

— Já entrou em casa — disse Motley com a voz trêmula. — Os spriggans ainda estão lá embaixo?

— Corram! — berrou Elan ao pular do buraco. — Daqui a pouco os spriggans vão chegar. Não deixem que eles peguem vocês.

Quando os ratos saíram em disparada, Nora apareceu na porta da cozinha. Já tinha se transformado e segurava a varinha no ar. Jack achou que ela selaria a entrada, mas, em vez disso, ela aguardou. Primeiro apareceu uma cabeça e, em seguida, os três saíram do túnel.

— Parem! — berrou Nora.

Os spriggans obedeceram. A luz explodiu da varinha de Nora.

— Vocês têm algo que me pertence.

— Você tem um negócio que pertence à gente e queremos ele de volta — guinchou Pınch.

Ninguém disse nada. Nora esperou pacientemente os spriggans entregarem a noz de ouro. Protegeram os olhos da luz emitida pela varinha de Nora. Ansiosos, agitavam-se, exigindo que Nora devolvesse a bolsa. De repente um cheiro de queimado penetrou nas narinas de Jack. Os outros também sentiram o cheiro e olharam um a um os spriggans para ver se as velas dos chapéus tinham se acendido.

— Não! — berrou Nora ao ver o que queimava.

A corda que prendia Grub a Whiff pegava fogo.

Tarde demais. Quando a corda queimou, Whiff e Pinch entraram correndo no túnel. Grub começou a crescer e crescer e crescer. Em pouco tempo, já ultrapassava a janela da cozinha. Não parou até ter alcançado o topo do telhado.

— Gigante! — avisou Elan.

Grub começou a mover-se desastradamente em volta do jardim. Esmagou a mesa de piquenique e amassou os bancos. Nora apontou a varinha para a base das treliças e girou-a numa espiral ascendente. A hera derrubada se reergueu e começou a enroscar suas fortes raízes nos pés, pernas e finalmente no corpo e nos braços de Grub. Em segundos, ele ficou parecendo um velho tronco de árvore com apenas uma pequena porção do rosto visível. Ao se certificar de que Grub estava imobilizado, abaixou a varinha.

— Assim estaremos seguros de que ele não pisoteará ninguém. Estão todos bem?

Whiff e Pinch tinham sumido. Motley e a Guarda Noturna saíram do esconderijo e foram ao encontro dos demais, próximos à porta da cozinha.

— E não quero ouvir nem uma palavra de você — avisou Nora.

O spriggan gigante olhou todo mundo de cara feia.

— Vocês conseguiram resgatá-la? — sussurrou Motley.

— Conseguimos — respondeu Nora.

Todos comemoraram.

— Ela está na cozinha, um pouco abalada. Pode vê-la daqui a pouquinho.

— E a noz de ouro? — perguntou Jack.

— Eu tinha esperanças de encontrá-la na bolsa, mas infelizmente me enganei.

Todos pareceram preocupados.

— O que causou o fogo? — perguntou Elan.

A noz de ouro

— Isso — grasnou Camelin caminhando na direção de Nora. Em seu bico, um pequeno lampião balançava na parte superior de um galho prateado e comprido.

Havia algo de estranho no lampião. Em vez de luz, Jack achou ter visto dentro uma figura miúda e verde.

— O que é isso? — inquiriu Nora.

— Por favor, não me machuque — suplicou uma vozinha assustada de dentro do lampião.

— Caramba! É um dragão — proclamou Nora.

— Um dragão? — exclamou Jack.

Juntaram-se para ver a pequena criatura.

— Ninguém vai machucar você — tranquilizou-o Nora. — Vamos tirar você daí e então poderá contar o que fazia na companhia dos spriggans.

Elan pegou o lampião de Camelin e procurou uma abertura. Inútil.

— Não há saída da gaiola — explicou o dragão em tom tristonho. — É feita de um metal magnético especial. Os spriggans a soldaram, então não existe abertura. Tentei derretê-la com o meu fogo. Não adiantou. Vou ficar preso aqui dentro para sempre.

— Proteja os olhos — avisou Nora ao minúsculo dragão.

Ao ver as asas envolverem o rostinho e o corpinho, Nora balançou a varinha e mirou bem no topo. A gaiola se abriu e um dragão pequenininho em lindos tons brilhantes de verde e asinhas de cor púrpura caiu da gaiola.

— Puxa, obrigado — bradou fazendo uma reverência diante de Nora. — Charkle, a seu serviço.

— Faz anos que não vejo um dragão — anunciou Nora.

— Pois eu nunca tinha visto um antes — disse Jack, ofegante, de bico aberto.

— Eles me capturaram quando eu ainda era um bebê — explicou Charkle. — Eles me queriam por causa de minhas chamas, caso as velas apagassem nos túneis, entendem? Puxavam minha cauda e usavam minhas labaredas para acender as velas. Ficaram puxando minha cauda durante todo o percurso no túnel enquanto perseguiam vocês. Desculpem quanto ao gigante, mas era minha única chance de escapar. Eles não têm permissão de me trazer para fora, mas, de tão preocupados em pegar o rato de volta, Grub deve ter esquecido que eu estava pendurado no cinto dele.

— Odeio spriggans — corvejou Camelin.

Todos os ratos balançaram a cabeça concordando.

— Bem, agora está livre para ir para casa — disse Nora gentilmente.

— Livre — repetiu Charkle. Ouviu-se um assobio de vapor quando lágrimas rolaram por seu focinho. — Livre para voltar para casa.

— Onde é a sua casa? — indagou Jack.

— Minha família mora num abrigo numa das cavernas em Westwood — respondeu Charkle.

— Por que não fica conosco alguns dias e depois nós levamos você para casa? — perguntou Nora. — Jack vai precisar de um lugar para praticar voo, e Westwood seria um lugar perfeito.

— É muita gentileza — disse Charkle enxugando a última das lágrimas.

— Então está combinado — disse Nora, sorrindo bondosamente para o dragão.

— Mas o que vamos fazer quanto à noz de ouro? — perguntou Jack.

— Desculpe — interrompeu Charkle educadamente —, você falou em noz de ouro?

Olhos esperançosos fitaram o pequenino dragão.

— Um homenzinho de nariz muito comprido disse ao chefe Knuckle onde ele poderia encontrar uma noz de ouro. Falou que um garoto a tinha achado há pouco tempo. Whiff, Pinch e Grub receberam instruções para buscá-la.

— Um bogie! — exclamou Elan. — Devíamos ter adivinhado.

A noz de ouro

— O homenzinho mostrou ao chefe Knuckle um negócio chamado lanterna. O chefe ficou muito impressionado com uma luz que ele podia acender e apagar sem usar fogo. Concordou em trocar a lanterna pela noz de ouro.

— Mas eu continuo sem entender como o bogie sabia sobre a noz — disse Jack.

— Os bogies se encarregam de saber de tudo. Fazem da informação o seu principal comércio, e eu não ficaria nada surpresa se esse bogie em particular fosse Peabody. Eu pretendo descobrir o que está acontecendo — disse Nora pensativa.

Jack ficou preocupado. Não gostara nada de Peabody ao vê-lo na Floresta de Newton Gill e assustara-se ao ver o bogie aparecer em sua janela.

— O homenzinho estava lá na caverna um pouco antes de vocês chegarem — explicou Charkle. — Ele apanhou a noz de ouro e entregou a lanterna de bolso para o chefe Knuckle.

Jack franziu a testa.

— Mas como vamos consegui-la de volta se os spriggans já não estão mais com ela?

— Não precisamos nos preocupar com isso. Em breve vou deixar bem claro para o chefe Knuckle que ele tem um problema sério nas mãos. Ele vai se dar conta de ter cometido um grande erro. Não demora e ele vai implorar para conseguir minha noz de ouro de volta — respondeu Nora.

Jack pareceu curioso.

— Mas eu não entendo.

— Os spriggans acreditam que todo o ouro pertence a eles, mas não têm direito ao ouro vindo de Annwn. Para piorar a situação, seus homens roubaram uma druidesa. Acho que o chefe Knuckle não vai ficar muito contente quando descobrir isso. Vou enviar uma mensagem e marcar um encontro com ele. Se não devolver a noz até o fim do mês, vou encolhê-lo até ele ficar do tamanho de um palito de fósforo. Deixará de ser chefe. Apenas o spriggan maior tem permissão de ser Chefe.

— Se ao menos soubéssemos onde encontrá-los — disse Elan.
— Tem quilômetros de túneis lá embaixo.

— Eu posso mostrar — disse Charkle. — Conheço todos os túneis, é claro. Faz anos que ando de um lado para outro nesse lampião.

— Não quero que volte aos túneis — disse Nora, decidida. — Enviaremos Timmery. Mais tarde, quando ele chegar, explique como encontrar o chefe Knuckle. Timmery tem um excelente senso de direção, além de ser muito corajoso.

Camelin balançava a cabeça de um lado para outro atrás de Nora enquanto ela falava, balbuciando que Timmery não era muito corajoso. Apesar de ansioso para conhecer Timmery, o mais importante para Jack era reencontrar Orin.

— Podemos entrar para ver Orin? — perguntou ele.

Deixaram o spriggan gigante no jardim e entraram na cozinha onde todos rodearam Orin. Seu pelo estava despenteado e alguns de seus bigodes amassados. Parecia cansada. Demonstraram contentamento por ela estar de volta sã e salva.

— Desculpe. Você me perdoa?

— Não há nada a perdoar — respondeu Orin. — Aqueles spriggans estavam atrás da noz de ouro. Se eu tivesse ficado paradinha, acho que não teriam me visto, mas entrei em pânico e tentei me esconder debaixo do edredom. Aquela bagunça toda no seu quarto aconteceu enquanto eles tentavam me pegar.

— Precisamos garantir que eles não voltem a sair do buraco — disse Elan.

— Concordo — disse Nora saindo para o jardim com sua varinha mágica.

Jack olhou da janela da cozinha e viu Nora fazer brotar uma moita de espinhos sobre o buraco. De repente sentiu-se exaurido.

— Posso me transformar? — perguntou enquanto entrava na pilha de roupas.

— Fechem os olhos — avisou Camelin antes de encostar a testa na de Jack.

A noz de ouro

— A que horas Timmery chega? — sussurrou
— Ao escurecer. Ele dorme durante o dia e passa a noite inteira demonstrando sua coragem.
— Camelin — ralhou Nora ao voltar à cozinha. — Não quero saber de comentários maldosos sobre Timmery.
— Timmery é um texugo? — indagou Jack.
Camelin explodiu numa gargalhada.
— Essa é boa! — balbuciou. — Timmery é mais ou menos do tamanho de uma caixa de fósforos. É um pipistrelo, sabe? Um morcego.
— Um morcego?
— Um morcego — repetiu Camelin. De vez em quando ele se excede. É muito agitado. Você não vai gostar dele.
— Chega, Camelin — avisou Nora. — Agora sugiro que descansem. Voltamos a nos encontrar no crepúsculo, quando Timmery chegar. Não se esqueça de que precisamos contar a ele sobre o encontro, está bem, Camelin?

Camelin emburrou a cara. Jack se perguntou se o amigo estaria sentindo ciúmes do pequeno morcego. Ao subir as escadas com Orin no ombro, Jack sentiu-se exausto. Deitou-se; Orin enroscou-se sobre o travesseiro. Tinha sido um dia movimentado e ainda nem chegara ao fim. Quando Timmery aparecesse, haveria uma reunião. Pensou em todos os estranhos acontecimentos desde a ida à Bacia do Corvo aquela manhã. Camelin tinha razão; era dureza ser corvo. Bocejou e, em pouco tempo, caiu no sono.

REUNIÕES

Uma batidinha na janela acordou Jack, que se sentou de um pulo. Orin correu para o seu ombro e começou a tremer.

— Não se preocupe. Deve ser Camelin — tranquilizou-a ao ver a familiar sombra preta empoleirada no peitoril.

— Hora da reunião — informou-o Camelin. — Nora pediu para levar a sua varinha para conseguir entender o que é dito.

— Você não vai?

— Preciso avisar Timmery de que já está na hora. Não demoro.

Jack apanhou a varinha e foi até a cozinha. Motley e o restante da Guarda Noturna já se encontravam sentados sobre as canecas emborcadas. Jack se instalou na cadeira vazia entre Nora e Elan. Orin desceu correndo pela camisa de Jack e foi para perto do irmão. Charkle se instalara no ombro de Elan, e Gerda tinha sentado na soleira da porta do pátio.

— Timmery já deve estar chegando — anunciou Nora —, e então começamos.

Jack ouviu o bater de asas quando Camelin arremeteu pela porta da cozinha, apostando corrida com um morcego pequenininho que entrou

A noz de ouro

pela janela e se encarapitou no ombro de Nora. Camelin voou em círculos e pousou graciosamente no outro ombro de Nora.

— Você pode se empoleirar no banco.

Camelin olhou de cara feia para o morceguinho, pulando sobre a mesa e se acomodando no banco alto, perto de Elan.

— Para aqueles que ainda não o conhecem — começou Nora —, este é Timmery.

Charkle esvoaçou por pouco tempo diante do ombro de Nora e se apresentou.

— Sou Charkle, da família Dragonete de Westwood.

— É um prazer conhecê-lo — disse Timmery, alvoroçado.

— E Jack — disse Nora quando este se levantou e sorriu para Timmery.

— Uau! Jack Brenin! Já ouvi falar muito de você. Estou muito contente em conhecê-lo também. Se precisar de alguma coisa, pode contar comigo.

Camelin suspirou, o ar entediado.

— Prazer em conhecê-lo — respondeu Jack.

— Ah, é realmente uma honra, uma honra mesmo... — continuou Timmery, mas Nora o interrompeu pondo ordem no recinto.

— Temos um assunto importante a discutir. Alguns de nós enfrentamos um dia longo e exaustivo. Quanto antes resolvermos tudo, melhor. Preciso marcar uma reunião com o chefe Knuckle. A noz de ouro precisa ser encontrada e devolvida ou não conseguiremos realizar o ritual para abrir a janela do tempo. A maioria de vocês já sabe disso. Acho que Elan explicou o nosso problema, não foi Charkle?

— Claro. O que quer que eu faça?

— Explique a Timmery como localizar o chefe Knuckle para lhe entregar a mensagem. Fiz um buraquinho na parte inferior da moita de espinhos para possibilitar a entrada de Timmery no túnel.

Charkle começou a explicar o caminho através do túnel para chegar ao quarto do chefe Knuckle. Enquanto falava, Nora chamou sua atenção para um pedaço de papel.

— Entre no túnel e siga até a primeira caverna; depois pegue o túnel oposto e continue até chegar a uma caverna grande. Lá encontrará um monte de túneis, cada um numa direção diferente. Cheire todas as entradas para achar a que procura. A do chefe Knuckle é a mais fedorenta de todas. É com ele que precisa falar. Nenhum dos outros pode fazer *nada* sem a permissão dele. O quarto do chefe é imponente, cheio de velas iluminando todo o ambiente. Apesar de viverem nos subterrâneos, os spriggans não gostam da escuridão. Ao fundo verá uma grande poltrona dourada, mais parecida com um trono. Lá encontrará o chefe Knuckle.

— Entendeu tudo? — perguntou Nora.

Timmery balançou a cabeça, voou até a mesa e apanhou o mapa desenhado por Nora.

— Entendi. Essa vai ser uma aventura e tanto. Vou ter história para contar aos meus parentes. Como devo chamá-la? *Timmery no Covil dos Spriggans*? Que tal *Timmery e o Chefão Spriggan*?

Todos riram, à exceção de Camelin. Nora bateu com a varinha na mesa exigindo silêncio e passou mais instruções.

— Agora sugiro que a Guarda Noturna permaneça junto de Motley. A união faz a força. Seria conveniente patrulharem o jardim hoje à noite. Minha maior preocupação é garantir que os spriggans não apareçam no jardim antes de eu ter falado com o chefe Knuckle.

Motley assentiu, embora bastante apreensivo.

— Não se preocupe — disse Nora gentilmente. — Se eles saírem do túnel enfrentarão dificuldades em passar pela moita de espinhos que instalei sobre o buraco. Você terá bastante tempo para acionar o alarme. Ao menor sinal de um spriggan, espalhem-se o máximo que puderem. O fato de estarem amarrados uns aos outros vai desacelerá-los.

Motley fez cara de corajoso, mas Jack percebeu sua insatisfação.

— Timmery, depois de entregar minha mensagem, volte com o máximo de rapidez para avisar que tudo correu bem. Em seguida, pode ajudar na vigilância noturna e entrar em contato caso aconteça qualquer coisa de anormal.

A noz de ouro

— Eles podem me avisar — disse Camelin, dando-se ares de importância. — Posso soar o alarme caso surja algum problema.

A cozinha foi invadida pelo alto pio do corvo.

— Se quiser — disse Nora.

— Quero sim — retrucou Camelin, parecendo satisfeito consigo mesmo.

— Então só falta você, Gerda — anunciou Nora. — Gostaria que dormisse hoje na cozinha. Sabe como agir se alguém ou algo entrar.

Gerda balançou a cabeça e encaminhou-se para uma cesta de palha que Nora instalara perto do guarda-louça. Balançou várias vezes o rabo, antes de se deitar com a cabeça enfiada debaixo da asa.

Nora pegou um pequeno envelope endereçado ao chefe Knuckle e o colocou diante de Timmery.

— Preparado para a missão?

O pequenino morcego balançou a cabeça, prendeu o envelope entre os dentes e saiu voando da cozinha.

— Enquanto Timmery está fora, vou aprontar o jantar. Comeremos quando ele voltar e depois nos prepararemos para descer pelos túneis. Gostaria que você ficasse aqui, Camelin. Qualquer problema, chame Timmery e o mande de volta ao túnel para nos procurar.

— Por que eu sempre perco a melhor parte? — reclamou Camelin, aborrecido.

— Isso não é brincadeira — repreendeu-o Nora.

— O que quer que eu faça? — perguntou Jack.

— Pode nos acompanhar. Tenho uma missão especial para você. Conseguirá permanecer sem ser visto no túnel enquanto eu me encontro com o chefe Knuckle.

— Então eu posso ficar no meu sótão enquanto vocês estiverem fora — anunciou Camelin. — Posso coordenar tudo de lá de cima e ao mesmo tempo ficar de olho.

Jack suspeitou que ele estivesse secretamente satisfeito por não ser obrigado a ir. Não mostrara muito entusiasmo em descer pelo túnel mais cedo. "Coordenar" provavelmente significava tirar uma soneca até o retorno deles.

Timmery reapareceu quando Nora acabava de pôr a mesa. Entrou voando pela janela da cozinha e grudou na frente da capa de Nora.

— O chefe não se mostrou satisfeito, mas concordou em encontrá-la.
— Excelente! Podemos comer? Sairemos ao terminar.

Depois do jantar, Jack foi até o ático onde combinara encontrar Camelin para a metamorfose. Podia ouvi-lo no sótão acima, mas o corvo, em vez de descer, enfiou a cabeça no topo da escada.

— Suba aqui primeiro. Tenho uma surpresinha para você.

Jack subiu olhou para o local onde Camelin apontava. Um saco de dormir ao lado da cesta de corvo.

— Maneiro!
— Você gosta?
— Irado. Isso quer dizer que posso dormir hoje aqui com você?
— Foi ideia de Nora, mas teria sido minha se eu tivesse pensado nela primeiro. Ela acha mais seguro você e Orin dormirem aqui. Posso proteger os dois de qualquer confusão. Sou o único capaz de emitir o chamado do corvo.

Elan chamou Jack do jardim. Aguardava para descê-lo na cesta. Jack e Camelin tocaram as testas e, uma vez realizada a transmutação, Jack, vacilante, desceu a escada, subiu no peitoril da janela e entrou na cesta. Ao chegar lá embaixo, na grama, Nora apareceu.

— Prontos?
— Pronto — responderam os dois.

Nora apontou a varinha na direção da moita cheia de espinhos, e um buraco grande o suficiente para que todos passassem apareceu. Tanto ela quanto Elan o contornaram devagar e rodopiaram. Ao encolherem,

A noz de ouro

seus corpos se transformaram nos furões prateado e castanho que Jack vira antes.

— Jack, quero que carregue isso para mim. Vou precisar dela quando entrarmos na caverna — disse Nora, entregando-lhe a varinha com a pata.

Jack prendeu a varinha no bico e seguiu as duas pelo túnel. Não pararam até que alcançassem a entrada da caverna onde haviam resgatado Orin.

— Vocês dois ficam aqui. Vou esperar no quarto pelo chefe Knuckle — sussurrou Nora.

Ela entrou na escuridão da caverna vazia e após voltar à sua antiga forma retirou a varinha do bico de Jack, que se mostrou surpreso ao ver como Nora parecia pequena sentada e encurvada no chão. Jack e Elan se agacharam na entrada da caverna para não serem vistos. Não precisaram esperar muito até uma criatura de aparência estranha sair do túnel ao fundo. Era mais alto do que os outros spriggans que Jack encontrara. Os olhos, de tão juntos, quase se encostavam e um era ligeiramente mais alto do que o outro. A boca larga era torta e cheia de dentes em formato de agulha. O nariz era quase tão largo quanto a boca.

— Esse é outro motivo para ele ser o chefe — sussurrou Elan, apontando para o nariz. — Ele tem o olfato mais apurado.

Alguns dos spriggans tinham narizes compridos; outros, pequenos; mas o do chefe Knuckle era o mais largo e arredondado de todos.

— Os spriggans precisam ter bom olfato. Quanto mais largas as narinas, mais importantes são — continuou Elan.

O chefe Knuckle caminhou com afetação na direção de Nora. O manto totalmente branco de pelo de coelho arrastava-se no chão. Na cabeça trazia um chapéu de pelo cinza de rato, o rabo endurecido para formar um castiçal. Apesar da vela apagada, a cera escorrera do chapéu de pele de rato por seu cabelo e barba. Na mão carregava a lanterna. Seu guarda-costas apressou-se atrás dele carregando uma coleção de picaretas curvas, brocas aguçadas e pés de cabra compridos.

— Todo mundo de bico calado! — berrou o chefe com voz esganiçada para o restante dos spriggans, que haviam escalado atrás dele e entrado no aposento.

— Chefe Knuckle — começou Nora, mas antes que pudesse pronunciar outra palavra ele a interrompeu.

— Não gosto de visitas, principalmente visita que me obriga a sair do meu aposento e andar muito. — Parando de falar, fungou devagar na direção da boca do túnel onde Jack e Elan se escondiam. — Não gosto nada do cheiro que estou sentindo.

— Ambos temos um problema. Vim propor uma solução...

— Problema! Problema! — guinchou, fitando Nora. — Os únicos problemas que tenho são visitantes indesejados querendo me ver. Amarrem ela — sibilou entre os dentes afiados.

Jack observou o grupo de três spriggans trazendo um comprido rolo de corda o mais perto que ousaram.

— Não seja ridículo — disse Nora calmamente. — Quero conversar com você sobre uma noz de ouro.

— Não vim pra conversar. Vim pra amarrar você e lhe dar de comer pros meus ratos... não que tenha muita carne numa bruxa velha que nem você.

— Chega! — disse Nora, erguendo-se.

Um gemido irrompeu pela caverna quando ela se agigantou sobre o chefe, a cabeça quase tocando o teto. Os spriggans munidos de armas as apontaram em sua direção.

— Já disse que chega! — anunciou com firmeza apontando a varinha. — Podia transformar todos vocês em pepinos em conserva se quisesse, mas vocês roubaram algo que me pertence e exijo a devolução. Não apenas isso, mas tenho algo que lhes pertence. Não há espaço no meu jardim para um spriggan gigante. Depois que devolverem a noz de ouro, podem buscá-lo.

Os spriggans tinham fugido de Nora e tentavam se esconder atrás do chefe. Suas pernas curtas tremiam tanto que o aposento inteiro

A noz de ouro

foi invadido pelo som de chocalhos. Só o chefe Knuckle mantinha-se firme.

— Spriggans nunca roubam. A gente só pega o que é nosso — informou com o máximo de coragem que podia reunir.

— Entretanto, roubaram a minha noz de ouro. Sou Eleanor, Seanchai e Guardiã do Bosque Sagrado. Presumo que já tenham ouvido falar de mim.

Os spriggans no aposento ficaram pasmos, exceto o chefe.

— Todo o ouro da Terra é nosso — pronunciou desafiante.

— Mas este ouro não é da Terra. Veio de Annwn. É ouro dos druidas e me pertence.

A revelação final fez com que o chefe Knuckle capitulasse.

— Perdoa a gente, Seanchai, a gente não sabia. O bogie disse que era dele.

— O que exatamente o bogie contou?

— Disse que um garoto tinha achado a noz que ele tinha perdido e não queria devolver. Disse que o garoto estava hospedado na casa grande com uma velha. Me deu isso em troca pelo ouro dele.

Chefe Knuckle estendeu a lanterna com mão vacilante para Nora examinar o seu prêmio.

— O bogie mentiu. A noz de ouro me pertence e, se eu não recuperá-la até o fim do mês, vou encolher você até ficar do tamanho de um palito de fósforo.

Chefe Knuckle ofegou e empalideceu.

— Prometo que vamos devolver pra senhora, grande Seanchai.

— Quando a trouxer de volta, pode subir, encolher seu amigo para o tamanho normal e levá-lo embora. Espero não voltar a ver vocês novamente em meu jardim. E nada de caçar ratos em minhas terras, entendido?

O chefe meneou a cabeça e com uma reverência afastou-se. Quando ela se virou para partir, estendeu a varinha e lançou faíscas voadoras pela caverna. Os spriggans se agacharam, protegendo o corpo. Ouviu-se um horrível guincho enquanto tentavam falar ao mesmo tempo. Nora rodopiou devagar e transformou-se num furão. Jack carregou a varinha no bico.

— Hora de ir embora — sussurrou ela. — Acho que causamos uma ótima impressão, concorda?

De volta ao jardim, Nora tapou o buraco na moita novamente. Chegando à cozinha, Jack não conseguia parar de bocejar.

— Acho que está na hora de dormir. Pode contar tudo a Camelin se ele estiver acordado e amanhã continuamos as aulas de voo.

Jack entrou na cesta e Elan o subiu até a janela do ático. Ele balançou a asa em sinal de despedida ao entrar, subiu as escadas do sótão e, gingando, foi ao encontro de Camelin.

— Nenhuma novidade por aqui. Tudo calmo — disse, depois de ter transformado Jack em menino outra vez.

— Pois eu tenho um monte de novidades.

— Não quero conversa hoje — anunciou Camelin abruptamente. — Preciso dormir.

— Então conto amanhã de manhã.

Jack não ficou ofendido. Ao deitar no saco de dormir, Orin se aproximou e se aconchegou na dobra de seu braço. Jack contemplou as estrelas pela janela redonda. A luz da lua penetrou no aposento e banhou a cesta do corvo com uma luz pálida, fantasmagórica. O silêncio reinava no sótão e seus pensamentos desviaram-se do chefe Knuckle e dos spriggans para Peabody, Orin e Camelin. Jack ouviu os guinchos em tom alto de Motley e da Guarda Noturna patrulhando o jardim. O ronco irritante de Camelin transformou-se em respiração calma e rítmica. Já pegava quase no sono quando um bater de asas o despertou. Timmery tinha entrado no sótão. Jack procurou a varinha para poder entender o motivo de tê-los acordado. Conseguiu pegar o fim da conversa.

A noz de ouro

— ... se afastaram do muro; estão debaixo da árvore agora...
— Spriggans? — perguntou Jack preparando-se para sair do saco de dormir.
— Não, vacas — resmungou Camelin. — Ele me acordou para me contar que as vacas no pasto se afastaram do muro e estão debaixo de uma árvore.
— ... e eu vi um carro na estrada principal — continuou Timmery.
— Nora já disse que só precisa reportar coisas *estranhas*, não vacas e carros.
— Mas normalmente vacas só vão para debaixo das árvores ao amanhecer — explicou.
— Isso não é importante. Agora desapareça e me deixe em paz — grasnou Camelin bem alto.
— Só estou cumprindo o meu dever — farfalhou Timmery, voando pela janela.

Pela manhã tanto Jack quanto Camelin estavam exaustos. Não tinham visto Motley, mas Timmery os incomodara outras três vezes.
— Ele está levando sua responsabilidade muito a sério — resmungou Camelin —, e não importa o que eu tenha dito, ele tomou a decisão de relatar qualquer movimento.
Jack balançou a cabeça concordando, embora ocupado demais em bocejar para responder. Camelin também começou a bocejar.
— Vou ter que falar com Nora. Não podemos passar outra noite dessas.
Quando Nora entrou na cozinha, Jack e Camelin já esperavam havia quase meia hora. Camelin cochilava no peitoril da janela e Jack penteava Orin.
— Dormiram bem? — perguntou animada.
— Não — grasnou Camelin em meio a um bocejo abafado. — Nenhum de nós. Precisamos ter uma conversinha a respeito de Timmery.

Ele não entende que só precisa reportar algo suspeito; nos acordou para falar de carros, de vacas e às três da madrugada avisou que vinte e três estorninhos se acomodaram no pombal. Acho difícil que representem uma ameaça, mesmo assim vou afugentá-los; realmente não deviam estar lá.

— Daqui a pouco ele vai chegar e vou voltar a explicar tudo direitinho para ele — argumentou Nora. — Quanto a você, pode deixar os estorninhos onde estão. Por acaso estão causando mal a alguém? Se os pombos estão felizes em compartilhar seu alojamento, não sou eu que vou interferir, e muito menos você.

Camelin não expressou sua opinião sobre os estorninhos. Era óbvio para Jack que Nora nutria um carinho especial por eles.

— Ela nunca repreende os modos deles — cochichou. — São muito piores que os meus. Na verdade, são uns comilões nojentos e bagunceiros.

— Chega, Camelin — cortou Nora.

— Está bem, mas promete falar com Timmery? — implorou.

— Prometo. Já tomaram o café da manhã?

Jack tinha visto Camelin pegar um aperitivo na casa de passarinhos a caminho da cozinha, mas nada mencionou.

— Estou morto de fome! — grasnou.

— Não diga! — Nora riu. — Não se preocupe, daqui a pouco vamos comer.

Não demorou e Elan, Charkle e Gerda se reuniram a eles.

— Peabody deve ter ficado de olho em Jack a semana inteira — disse Elan —, mas estou surpresa por ninguém tê-lo visto e nos avisado.

— Tinha alguém no campanário debaixo de meu abrigo a semana passada — disse Timmery entrando pela janela.

Todos fitaram o morceguinho.

— E isso você não avisou — grasnou Camelin bem alto. — Nas últimas horas você veio me falar de vacas, de carros e de estorninhos, mas nunca mencionou ter visto alguém espiando a casa.

A noz de ouro

— Ele ficou lá durante o dia e você disse para avisar se visse alguma coisa de noite. Ele não perturbou meu sono; ficou bem quietinho lá em cima.

— Bem, estou feliz por você não ter perdido o sono — resmungou Camelin. — Alguns aqui mal dormiram.

— Hora de eu voltar para o campanário. Espero que tenham um dia maravilhoso. Vejo vocês de novo ao anoitecer.

— Fora! — grasnou Camelin o mais alto que conseguiu.

— Só estou sendo sociável — respondeu Timmery, sobrevoando a cozinha.

— Fique sabendo que corvos não são sociáveis a esta hora da manhã, então, a não ser que aconteça alguma coisa realmente importante, não apareça por aqui.

Camelin fechou a cara, arqueou os ombros e fechou os olhos. Cochilou no peitoril da janela até o café da manhã ficar pronto.

— Está preparado para tentar voar hoje? — perguntou Nora a Jack.

— Hum, hum... Acho que sim.

— Vai dar tudo certo, você é dotado de um talento natural como nunca vi antes — disse Camelin em tom sarcástico.

— Não se preocupe — interveio Elan com um sorriso encorajador. — Você *vai* conseguir. Camelin pode ser mal-humorado, mas é excelente professor.

Apesar de apreensivo, Jack também se mostrava animado. Seria fantástico tentar voar de verdade. Ansiava por conseguir decolar, arremeter e mergulhar. Camelin fazia tudo parecer um bocado divertido. Ele estava prestes a descobrir se era mesmo.

O VOO

— Por que o chefe Knuckle não perguntou a respeito de Charkle? — indagou Jack a Nora enquanto tiravam os pratos da mesa.
— Talvez não tenha certeza de que ele está aqui. Estará a salvo desde que não desça por nenhum túnel.
— Foi assim que eu fui pego — disse o dragãozinho flutuando diante de Jack. — Eu explorava uma caverna com meus dois irmãos, Norris e Snook. Já tínhamos nos aventurado antes sem problemas até encontrarmos um buraco escuro e aquelas criaturinhas detestáveis nos agarrarem.
— Eles capturaram Norris e Snook também? — indagou Jack.
— Não! Eles são mais velhos do que eu e já soltavam fogo. Eu era um bebê e não podia me defender. Norris incendiou dois chapéus de feltro dos spriggans e Snook arranhou o outro com as garras, mas não conseguiram me salvar. Fui levado à oficina e trancado naquele lampião. Passaram a me usar de acendedor de velas quando comecei a cuspir fogo.
— Deve ter sido horrível — disse Jack. — Não entendo muito de dragões, mas achei que fossem todos grandes.
Charkle riu.

A noz de ouro

— É fácil entender de dragões. Os dragonares são vermelhos; os dragonores, azuis; e os dragonetes, verdes. Melhor não se meter com os vermelhos. São grandes, valentes e, em geral, mal-humorados. Tanto os machos quanto as fêmeas cospem fogo. Os azuis são mais ou menos do seu tamanho. Em geral são simpáticos e não cospem fogo, mas têm os dentes mais afiados, então é sempre bom se manter fora do alcance deles, caso ainda não tenham tomado café da manhã.

— E todos os dragões verdes são pequenos? — perguntou Jack.

— Claro, nós somos dragonetes... pequenos, amigáveis e muito bem-humorados. Só os machos soltam fogo.

Charkle parou de bater as asas e prostrou-se sobre a mesa.

— Faz um tempão que não encontro a minha família. Sinto uma saudade danada deles.

— Posso levar você hoje para Westwood se preferir não esperar até o próximo fim de semana — ofereceu Nora.

— Não, obrigado. Se não se importarem, prefiro passar uns dias com vocês. Há muito não tenho companhia. Estou adorando.

Nora sorriu para Charkle antes de se voltar para Jack.

— Agora entende por que eu não quis que você descesse pelo túnel? Spriggans adoram pássaros e ratos assados, quando conseguem agarrá-los. Por isso Camelin não gosta de ir aos subterrâneos.

— E quem pode me culpar? — resmungou Camelin. — Pelo menos não tenho medo de altura.

— Quem aqui tem medo de altura? — perguntou Elan.

Jack olhou zangado para Camelin, que mudou de um pé para o outro e encolheu o pescoço o máximo que pôde.

— Desculpe, Jack — murmurou.

— Posso saber por que não me contou? — indagou Nora. — Muito legal manter segredo!

De tão encabulado Jack não disse nada. Achava que seu segredo estaria bem-guardado com Camelin e esperava se sentir diferente uma vez transformado em corvo.

— Direto para o herbário. Tenho a solução para o seu problema. Nunca mais terá medo de altura.

Ao entrarem no herbário, Nora procurou um frasco nas gavetas. Jack se sentiu muito grato.

— Depois de beber isso pode se transformar aqui mesmo, para se poupar de subir. Daqui a pouquinho vai voar com Camelin.

Jack bebeu o líquido amargo que queimou sua garganta, deixando um gosto horrível na boca.

— Desculpe, Jack — repetiu Camelin. — Deixei escapar. Não pretendia contar.

— Não tem problema, e, se isso funcionar, logo vou poder voar.

Camelin ficou rondando até Nora deixá-los a sós.

— Trouxe alguma coisa para me dar? Sabe, para a aula de voo?

— Trouxe, mas só vou dar metade. Preciso comer alguma coisa para me livrar desse gosto horrível.

Jack desembrulhou o bolinho que trouxera do quarto. Dividiu-o em dois. Em uma dentada, a parte de Camelin sumiu.

— Vamos lá! — Ele grasnou e encostou a testa na de Jack. — Podemos começar com um pouco de voo planado, só um pouquinho mais alto desta vez.

Dirigiram-se à faia no fundo do jardim e pularam de galho em galho até Jack alcançar um galho mais alto que da última vez. Seria uma longa descida até a grama, mas se sentiu confiante.

— Lá vamos nós! — grasnou Jack, abrindo as asas e abandonando o galho.

Pela primeira vez na vida não se sentiu mal ao olhar para baixo. O chão não rodava embaixo dele. Em vez de descer, como combinado, o instinto se sobrepôs. As asas pareciam saber exatamente o que fazer. Desceu e subiu as asas com força, uma, duas, repetidas vezes. De repente ganhava altura.

— Estou voando! — grasnou animado. — Desta vez estou voando de verdade.

Ao passar pelo professor, Jack o viu de bico aberto.

A noz de ouro

— Feche o bico. Se bem me recordo, foi você quem disse que encarar os outros era falta de educação.

Jack ganhou mais e mais altura. Não sentiu medo. Voar era a melhor sensação do mundo.

— Olhe para mim! — berrou.

— Desça agora mesmo antes que me meta em confusão — gritou Camelin.

— Isso é o máximo. Não sei o que Nora me deu, mas funciona que é uma beleza.

— Pouse na grama.

Tarde demais. Jack começara a aproximação do galho onde Camelin se instalara. O pouso não funcionou como planejado. Jack errou o alvo e foi a toda velocidade na direção da árvore ao lado.

— Precisamos treinar sua habilidade de pousar! — gargalhou Camelin.

— Uau! — exclamou Jack. — Preciso repetir essa.

Jack passou o restante da manhã praticando sua nova habilidade. Camelin o ajudou a aprimorar a técnica e o ensinou a calcular onde pôr o pé para pousar.

— Acho que preciso descansar — disse ofegante. — Não tinha me dado conta de que voar podia ser tão cansativo.

— Vamos comer alguma coisa — sugeriu Camelin. — Siga-me.

Jack presumiu que iriam para casa, mas em vez disso o corvo sobrevoou a cerca, atravessou a estrada principal e rondou os fundos das lojas localizadas perto da igreja. Aterrissaram num telhado reto atrás de um restaurante especializado em peixe e batata frita.

— Deixe comigo — sussurrou.

Arremeteu, pousando no peitoril, e bateu no vidro da janela. Estufou o peito e caminhou orgulhoso para lá e para cá quando as duas mulheres que fritavam as batatas o notaram.

— Olhe! — exclamou a mais jovem. — Aquela gralha voltou.

— Veja só, ele trouxe a namorada também! — comentou a outra, apontando na direção de Jack.

As duas inclinaram a cabeça e sorriram para Jack. Ele não estava gostando nada de ser confundido com uma gralha fêmea.

— Lá vai ele! — exclamou a mais velha cutucando a outra.

Camelin arrastou os pés pelo peitoril da janela numa espécie de *break dancing*. Balançou a cabeça; abriu e fechou as asas. Depois de algum gingado levantou uma perna e depois a outra. Finalmente voou ao encontro de Jack no telhado.

— Missão cumprida. A qualquer minuto ganharemos comida — disse animado. — Mas tome cuidado porque em geral as batatas fritas vêm fervendo.

Não precisaram esperar muito até a porta dos fundos se abrir e a mais jovem, carregando uma bandeja de poliestireno repleta de batatas fritas, estendê-la em direção ao telhado.

— Pronto — disse, suavemente. — Trouxe sua namorada para almoçar com você?

Camelin pavoneou-se e, demonstrando gratidão, rodopiou com uma perna só; depois, recolheu seu prêmio. Jack estava esfomeado. Conseguiu abocanhar poucas batatas antes de Camelin devorar tudo.

— Elas sempre lhe dão comida? — perguntou, a bandeja já vazia.

— Sempre, e também sempre me chamam de gralha. Agora você entende o tipo de humilhação que sou obrigado a passar.

— Bem, pelo menos não acham que você é fêmea. — Jack riu. — Mas valeu a pena. As batatas estavam deliciosas.

— Não conte nada ao voltarmos — avisou Camelin. — Se desconfiarem que já comemos, não vão deixar a gente almoçar, e hoje tem carne assada e torta de maçã de sobremesa.

A noz de ouro

— Não abro o bico — prometeu.
— Hora de ir embora. Precisamos visitar alguém.
Camelin alçou voo e Jack o seguiu. Sobrevoaram o topo da torre da igreja antes de pousarem num parapeito que circundava a base do campanário. Uma vez tendo pousado e olhado ao redor, Jack suspirou; a vista era deslumbrante. Conseguia ver toda a cidade. A Colina de Glasruhen agigantava-se bem acima deles. Conseguia ver a floresta onde conhecera Arrana e, mais adiante, a de Newton Gill. Embaixo, a Casa Ewell. Não foi difícil entender por que Peabody tinha subido na torre para espioná-lo.

— Elas não vão ficar preocupadas conosco? Já saímos faz um tempão.

— Por isso trouxe você aqui em cima, para termos uma desculpa ao voltar. Viemos fazer uma visita.

Jack olhou à sua volta, mas não viu ninguém.

Camelin inclinou a cabeça para trás.

— Timmery! — berrou o mais alto possível.

Um movimento no teto do campanário. Um rosto sonolento os espiou do canto. Tão logo o morceguinho se deu conta de quem o tinha chamado, ficou superanimado e desceu.

— Oi, oi, oi, que prazer inesperado. Tão bom vocês terem passado por aqui.

— Só estou sendo sociável — comentou Camelin sarcástico. — Trago um recado de Nora.

Camelin pareceu desapontado por não ter despertado a irritação do morceguinho, que não parecia chateado por ter sido acordado à luz do dia e demonstrava sincera satisfação em receber visitas.

— Isso significa que agora pode voar, Jack Brenin? — alvoroçou-se.

— Logo vai voar tão bem quanto Camelin, quer apostar?

Camelin tossiu alto e encarou Timmery de cara feia.

— Jack vai voltar para casa hoje à tarde e Nora disse para você vigiar a casa dele à noite. Orin também vai com ele... E, o mais importante, não preciso que venha me contar nada, a não ser que seja um problemão... entendeu?

Timmery acenou vigorosamente até Camelin parecer convencido de que ele havia entendido.

— Bem, não queremos perturbar o seu sono. Já está na hora de irmos embora.

— Puxa, não podem ficar mais um pouquinho?

— Não. Foi só uma visitinha rápida.

— Voltem sempre — disse Timmery entusiasmado. — Adoro visitas a qualquer hora do dia ou da noite.

— Bem, eu só recebo visitas durante o dia — resmungou Camelin —, então não precisa me acordar de madrugada.

Camelin alçou voo antes de dar a Timmery tempo de responder.

— Tchau! — despediu-se Jack educadamente. — Preciso voar!

Quando Jack passou por cima da cerca da Casa Ewell, viu Nora no pátio com os braços cruzados encarando Camelin zangada e chamando a atenção dele. Pousou na grama e saltitou na direção deles.

— Você não devia ter se afastado da casa. O que teria feito se surgisse um problema?

— Eu só levei Jack para ver Timmery e dar o seu recado. Não o teria levado se ele já não estivesse voando muito bem — disse com o máximo de inocência que pôde simular. — Além do mais, a vista é tão deslumbrante do cume do campanário que achei que isso o ajudaria a ter uma noção melhor da localização.

— Suponho que nada de errado tenha acontecido, mas da próxima vez precisa me avisar quando quiser sair. Ficamos muito preocupadas. É a primeira vez que Jack sai. Não posso acreditar que você tenha acordado Timmery em pleno dia. Era para dar o recado depois do jantar.

Camelin piscou para Jack enquanto abaixava a cabeça ao máximo.

— Timmery ficou supercontente em nos ver — acrescentou Jack

— Não pareceu se importar por ter sido acordado.

— Desculpe — disse Camelin. — Prometo não fazer mais isso.

A noz de ouro

Lançou um olhar patético e desamparado que conquistou o perdão de Nora.

— A caminho do Clube de Críquete, seu avô avisou que passa para buscar você depois do jantar. Eu o convidei para comer conosco, mas ele disse que vai almoçar com uns amigos do clube de jardinagem.

Jack e Camelin bambolearam rumo ao herbário. Uma vez transformado, o menino deitou no chão. Seus braços e pernas doíam muito, bem mais do que antes.

— Leve isso com você — disse Nora, colocando um pote marrom sobre a mesa. — Esfregue os braços e as pernas hoje à noite antes de ir para a cama. Alivia a dor muscular.

— Obrigado. Vale a pena sentir dor. Voar é a melhor coisa do mundo.

O resto do dia passou num piscar de olhos. Como fazia calor, os animais tiraram um cochilo. Elan, Nora e Jack pegaram as varinhas depois do almoço e dirigiram-se ao jardim. Nora queria que Grub ficasse mais parecido com uma árvore e transformou-lhe as roupas em casca de árvore; Elan transformou-lhe o cabelo em galhos e Jack acrescentou as folhas.

— Bem melhor — disse Nora, recuando para se certificar de que o rosto de Grub ficara visível. — Quanto antes tivermos notícias do chefe Knuckle, melhor. Levei quase vinte minutos para alimentar esse gigante hoje de manhã.

— Acha que ele vai demorar a recuperar a noz? — perguntou Jack.

— Depende de onde esteja Peabody. Se tivermos sorte, ele ainda está no Gnori em Newton Gill. Nesse caso, vamos recuperá-la sem demora.

— Está pronto para amanhã? — perguntou Elan a Jack enquanto observavam Nora consertar a mesa de piquenique.

— Amanhã?

— É o primeiro dia de aula, não é?

— Sim. — Jack suspirou. — Não quero ir. Gostaria que você fosse comigo.

— Eu não preciso ir à escola. Posso aprender tudo de que preciso na biblioteca de Nora.

— Estou preocupado com aqueles garotos que encontrei no campo de futebol a semana passada.

— Posso encontrar você na saída, se quiser. Nora já perguntou a seu avô se ele deixa você fazer seus deveres de casa aqui, depois da escola. Só não contou qual o tipo de dever de casa.

Os dois riram.

— O dia vai demorar a passar. Agora que posso voar, mal consigo esperar para voar de novo.

— Quer que eu vá encontrar você na saída?

Jack não sabia o que dizer. Seria bom voltar para casa com alguém, mas, se os meninos o vissem acompanhado de uma menina, provavelmente pegariam no pé dele. Então descobriu uma solução.

— Se não se importar, vou pedir ao meu avô para me buscar nos primeiros dias. Se quiser, pode ir com ele.

— Ótima ideia! — concordou ela.

A ideia de ir para a escola se tornou mais suportável, pois ele sabia que, a partir de então, de lá iria para a Casa Ewell.

— Devo ter outros deveres e vou ter que fazê-los antes de voltar para a minha casa.

— Isso não é problema. Nora e eu podemos ajudá-lo se encontrar dificuldade, e cuidaremos para que Camelin não perturbe você até terminar.

— Obrigado. — Mal podia acreditar que chegara à casa do avô havia pouco mais de uma semana. Tanta coisa acontecera no período...

A noz de ouro

Antes de o avô chegar, Jack foi encontrar Camelin e buscar Orin.
— Vejo você amanhã à noite.
— Nada disso. — Camelin riu. — Por que esperar tanto? Eu apareço hoje mais tarde. Quando acender a luz do seu quarto, eu baterei na sua janela.
— Maneiro! Vou poder continuar a dar aula para você. Vovô não vai ouvir nada, porque ele liga a televisão num volume bem alto e a sala de estar fica na outra extremidade da casa.
— Você não pode voar melhor do que eu posso ler, certo?
A gargalhada foi tão alta que acordou Orin.
Ouviu-se uma batida forte na porta da frente.
— Hora de ir embora — disse Jack, saudoso.
— Até mais tarde. Não se esqueça de que vou estar faminto. É dureza aprender a ler.
Foi a vez de Jack rir. Orin pulou na mão de Jack e se instalou em seu bolso. Jack pegou a mochila no quarto de hóspedes. Ao descer, encontrou todos na cozinha.
— Estava pegando as minhas coisas, vovô.
— Nora disse que vocês passaram um ótimo fim de semana.
— Não podia ter sido melhor — comentou Jack. — Obrigado.
— Se quiser, pode vir no próximo fim de semana também — disse Nora. — Sei que Elan ficará feliz em ter companhia. Quanto a você, tenho certeza de que já fez planos com Sam.
O avô meneou a cabeça.
— Essa é uma época agitada do ano. Ando muito ocupado com a jardinagem e o críquete, mas não quero que ele seja um incômodo, que atrapalhe você.
— Jack será sempre bem-vindo — disse Nora piscando disfarçadamente para Jack.
— Tchau! — disse Elan, acenando do portão. — Até amanhã!

Jack sorriu enquanto caminhava com o avô para casa. Estava feliz. Havia muito tempo não se sentia daquele jeito. A princípio, não quisera morar com o avô, mas, naquele momento, não podia pensar em outro lugar do mundo onde desejasse estar. Sua vida mudara para sempre. Era um menino-corvo feito Camelin e podia voar. Olhou na direção da Floresta de Glasruhen. Arrana passaria bem? Ele sabia que ela havia sido informada sobre suas aulas de voo. Também devia saber que não era culpado pelo desaparecimento da noz de ouro. Teria que pedir a Nora para voar com Camelin até a Floresta de Glasruhen no fim de semana para visitar Arrana. Voar realmente trazia muitas vantagens. Esperava que seus músculos se acostumassem rápido; ainda estava todo doído. Camelin contara que tinham muito a praticar antes de estarem preparados para atravessar a janela do tempo, mas Jack não se importava. Mal podia esperar para voar novamente.

MÁS NOTÍCIAS

O primeiro dia de aula de Jack passou mais rápido e melhor do que ele esperara. Andara preocupado imaginando como seriam seus colegas de classe e se ele se entrosaria, mas não tinha sido tão ruim quanto pensara. Nenhum dos garotos que encontrara no campo de futebol estudava em sua sala e todos os professores se mostraram simpáticos. Na saída, o avô e Elan o esperavam no portão dos fundos que dava para a alameda.

— Como foi o seu dia? — perguntou o avô.

— Tudo bem. Eu me inscrevi para participar do coral. Vão apresentar um concerto no fim do semestre.

— Muito bem — disse o avô, dando-lhe um tapinha nas costas. — Tem muito dever de casa?

— Tenho umas tarefas — respondeu. Não queria mentir para o avô, mas não podia lhe contar sobre as aulas de voo.

— Nora disse que Jack pode usar a biblioteca para fazer os deveres de casa — disse Elan.

— Quanta gentileza! Eu só tenho poucos livros e a maioria sobre jardinagem — comentou o avô.

— Nos vemos mais tarde — disse ao chegarem diante do portão da casa do avô.

— O jantar será servido às seis. Não se atrase.

— Pode deixar. Prometo.

— Que tal seu primeiro dia de aula? — perguntou Elan, uma vez a sós.

— Foi legal, tirando a dor nos músculos e a falta de concentração.

Jack olhou ao redor.

— Onde está Camelin?

— De plantão — Elan riu —, caso você se metesse em confusão. Disse que queria estar pronto para aqueles garotos se eles aparecessem e provocassem você.

Camelin devia ter ouvido o seu nome. Apareceu e desceu num mergulho em espiral. Parou no último instante, graças a um rápido arremesso para trás.

— Uau! — exclamou Jack.

— Não o encoraje! — Elan riu. — Ele vai ficar convencido.

Camelin pousou cuidadosamente no ombro de Jack.

— Pronto para a sua aula? — grasnou e cochichou em seguida no ouvido de Jack: — Encontro você mais tarde para a minha.

Jack tinha só dois deveres de casa e Elan sabia exatamente onde encontrar o material de pesquisa na biblioteca de Nora. Em pouco tempo ele pôde se transformar. Treinou pouso e decolagem e conseguiu entrar e sair voando do sótão de Camelin. O tempo correu e ele teve que se apressar para passar pela fresta na cerca viva, correr até a casa do avô e chegar na hora marcada para o jantar.

A noz de ouro

Mais tarde, já em seu quarto, Camelin bateu na janela. Trazia um pedaço de papel no bico. Jack achou ser uma carta de Nora até ver o desenho: um círculo menor dentro de um maior, um rocambole, um iogurte e vários quadradinhos que Jack identificou como nhoque.

— Pode escrever as letras? — perguntou Camelin. — É para Orin.

Jack voltou a olhar os desenhos e percebeu que o primeiro só podia ser um ovo frito. Escreveu O R I N em letras grandes maiúsculas e o pregou na gaiola.

— Nada mal — disse. — Aposto que ela vai adorar.

— É claro que ela não vai saber ler as letras, mas conseguirá entender os meus desenhos — grasnou Camelin, obviamente satisfeito consigo mesmo.

Na quinta-feira à noite, Jack já se adaptara à nova rotina. A escola era diferente da antiga, mas o professor era legal e ninguém o incomodara. Elan costumava encontrá-lo no portão e conversavam sobre suas atividades durante o dia. Tão logo chegava à Casa Ewell, ia para a biblioteca e preparava o dever de casa; em seguida se concentrava em voar. À noite, Camelin chegava para a sua aula e, depois de sua partida, Jack brincava com Orin até ela aninhar-se na cama. Então, ele pegava o *Livro de Sombras* e fazia um monte de perguntas. Aprendeu mais sobre as hamadríades, o Supremo Sacerdote Druida e os bosques sagrados. Descobriu as quatro festas mais importantes que costumavam ocorrer no topo da Colina de Glasruhen. Tentara discutir o que lera com Camelin, mas o corvo não tinha demonstrado o menor interesse, então passou a contar tudo a Orin.

Naquele dia, Jack fez uma descoberta preocupante. Precisava conversar com Elan e não podia esperar até o dia seguinte. Abriu o livro na primeira página e escreveu o nome da amiga na parte superior. Olhou o relógio; já era tarde. Teve esperanças de que ela ainda estivesse acordada. Hesitou. Era difícil começar a escrever o que queria dizer.

O livro diz que para abrir a janela do tempo tudo deve ser equivalente. Diz que os que estão realizando o ritual devem possuir os mesmos poderes. É verdade?

Jack viu as palavras sumirem na página. Andou de um lado para outro. Isso seria um problemão. Nora tinha dito ser a última druidesa na Terra. Sem alguém com os mesmos poderes, jamais conseguiriam realizar o ritual. O que fariam? Onde poderiam encontrar outro druida para ajudá-los? Impaciente, bateu a varinha na mão.

— Olhe! — guinchou Orin. — Você recebeu uma escrita.

Jack rapidamente leu a resposta de Elan.

Sim, é verdade.

A ansiedade aumentou.

Quem vai ajudá-la?

A resposta o surpreendeu.

Eu.
Conversamos sobre isso amanhã.

Jack teria de esperar. Tentou fazer outras perguntas a respeito do ritual, mas não conseguiu obter mais respostas. Finalmente o livro se fechou, recusando-se a abrir de novo. Não tinha outra escolha senão dormir e esperar o término das aulas para descobrir mais a respeito de Elan. Dormiu mal.

— O que houve? — perguntou Elan enquanto caminhavam na direção da Casa Ewell.

A noz de ouro

— Não entendo como você vai ajudar Nora. Você precisa ter exatamente os mesmos poderes; como pode ser?
— Nem tudo é o que parece.
— Você não respondeu à minha pergunta.
Elan suspirou fundo.
— Tem umas coisinhas que ainda não contamos a você.
— O quê, por exemplo?
— Bem, você sabe que eu posso me transformar...
— Num furão.
— ... Não apenas num furão. Sou como Nora.
Jack ficou boquiaberto. Parou de andar e a encarou.
— Você quer dizer que não é uma menina?
— Isso mesmo: não sou uma menina.
— Então, o que você é? Achei que fosse minha amiga e que Nora fosse sua tia.
— Sou sua amiga, mas Nora não é minha tia.
— Você é uma druidesa?
— Não; sou uma ninfa.
— Não me diga que é igual a Jennet.
— Não, sou uma ninfa do Povo Feérico de Annwn.
— Você se transformou em menina com o objetivo de me enganar?
— Não, jamais faria uma coisa dessas. Quando as placas do caldeirão sumiram, fiquei aprisionada aqui com Nora. Formávamos um grupo para a última jornada a Annwn, mas, como você sabe, não pudemos partir. Enquanto aguardávamos alguém que nos ajudasse, Nora escolheu ser velha e eu ser jovem.

Incrédulo, Jack balançou a cabeça. Isso significava que Elan devia ter a mesma idade de Nora.

— Então, como você é?
— Apenas quando encontrar as placas do caldeirão e reabrirmos o Portal Oeste para Annwn você poderá me ver como realmente sou.

Jack não soube o que dizer. Não tinha sequer considerado que Elan pudesse ser diferente. Achava que, assim como ele, ela tivesse aprendido a manejar a varinha com Nora.

— Eu vou voltar a vê-la se tudo der certo?

— Preciso retornar a Annwn para renovar minhas energias. Como Nora e Arrana, não sobreviverei para sempre na Terra, mas isso não quer dizer que não vou vê-lo de novo.

Jack engoliu em seco. Os olhos ficaram úmidos; lutava para conter as lágrimas. Dizer adeus a Nora, Elan e Camelin não seria uma tarefa fácil. Provavelmente o esqueceriam ao atravessar o portal. Não importava o que Elan dissesse, ele poderia nunca mais voltar a vê-los. Engoliu em seco e se endireitou. Prometera ajudar e cumpriria a promessa. Andava se divertindo e esquecera que se tratava de uma questão de vida ou morte para Nora e Arrana, e agora, ao que tudo indicava, para Elan também. Eram amigos e não as decepcionaria.

— Você está bem? — perguntou Elan, apoiando a mão em seu braço.

— Agora estou — respondeu, conseguindo sorrir. — Fiquei meio chocado.

— Por isso não contamos tudo de uma só vez. Não queríamos que você se assustasse e fugisse.

— Provavelmente eu teria agido assim. Sou ótimo em corrida.

— Duvido que corra tão rápido quanto eu — disse ela, rindo. — Quer apostar? Até o relógio de sol!

Correram e riram todo o caminho até o jardim de Nora. Ao passarem correndo pela casa de passarinhos, um bando de estorninhos levantou voo.

— Eu avisei que ia ganhar!

Sem fôlego, Jack não conseguia responder. Tentando respirar, notou Camelin balançando no telhado e gritando alguma coisa para os passarinhos assustados enquanto eles passavam por ele. Apesar de muito afastado para ouvir, fazia ideia do que o amigo dissera.

A noz de ouro

— Da próxima vez você carrega a mochila e aí vamos ver quem ganha — disse Jack, finalmente recuperando o fôlego. — Você levou vantagem.

— Amanhã será um grande dia — disse Nora, caminhando ao encontro deles. — Um voo mais demorado para você, Jack, e uma visita a Westwood para Charkle encontrar a família.

Jack não queria se despedir de Charkle; gostava de verdade do pequenino dragão.

— Ele vai voltar para nos visitar?

— Espero que sim — respondeu Nora. — Provavelmente trará Norris e Snook. Ainda bem que eles são pequenos ou então não caberiam na cozinha.

— Ouvi alguém dizer cozinha? Já é hora do chá? — perguntou Camelin pousando no ombro de Nora.

— Você sabe muito bem que não, mas, agora que estamos juntos, vou aproveitar para contar as novidades. Tenho um encontro com Peabody hoje ao anoitecer.

— Onde? — perguntou Camelin.

— Aqui. Ele vem pelo túnel. Deixaremos sua aula de voo para mais tarde, se não se importar, e tomaremos o chá mais cedo. Precisamos nos preparar para receber o nosso visitante. Quando ele devolver minha noz de ouro, nós a guardaremos em algum lugar bem seguro até o ritual.

Quando o sol se escondeu atrás da Colina de Glasruhen, deixaram a cozinha e foram até o buraco no jardim. Nora ergueu a varinha e removeu a moita espinhenta. Não demorou muito e ouviram passos aumentando de volume ao se aproximarem da entrada do túnel. À meia-luz, Jack viu a ponta de um nariz muito comprido aparecer antes de o resto de Peabody pisar na grama.

— Oh, grande Seanchai — começou Peabody, tirando o capuz e fazendo uma reverência diante de Nora. — Vim falar com a senhora.

— Fale! Pensei que viesse devolver minha noz de ouro.

— É sobre ela que quero falar, mais sábia e gentil guardiã do Bosque Sagrado — continuou Peabody numa nova reverência.

— Onde está a noz de ouro? Você sabe que é ouro druida, não sabe?

— Agora eu sei, mas ela não está mais comigo.

— Explique-se antes que eu o transforme num brownie.

Peabody se esticou e colocou o chapéu.

— Vim explicar. Meu irmão Pycroft está com ela e não consigo encontrá-lo em lugar nenhum. Ele me obrigou a mentir para os spriggans. Foi ele quem me deu a lanterna para oferecer ao chefe Knuckle. É com ele que devia estar falando. Não foi minha culpa.

Como Nora não respondeu, Peabody começou a arrastar os pés e deu um passo para trás, na direção do túnel. Gerda se instalou diante do buraco, olhando Peabody desconfiada. Ele se afastou dela.

— Agora posso ir? — perguntou baixinho.

— Não até eu ajustar o seu nariz — respondeu Nora.

— Não, meu nariz não — choramingou.

Nora ergueu a varinha e mirou bem no centro do rosto de Peabody. Uma luz verde e um grito de surpresa. Durante alguns minutos, a luz cegou a todos. Quando os olhos se acostumaram novamente ao crepúsculo, Jack viu os óculos de Peabody caídos na grama. Inclinou-se e recolheu-os.

— Meu nariz, meu nariz! — soluçou.

Todos olharam para descobrir o que acontecera. Um pequenino nariz de botão, tão pequeno que não havia espaço para pousar os óculos, substituía o nariz comprido e pontudo do qual Peabody tanto se orgulhava.

— Agora nós dois temos um problema — proferiu Nora com severidade. — Restauro seu nariz assim que você devolver minha noz de

A noz de ouro

ouro. Sugiro achar rapidinho seu irmão. Tem dez dias. Agora vá e não retorne sem ela.

Peabody arrancou os óculos da mão de Jack e os guardou no bolso. Recuou aos tropeções em direção ao buraco. Gerda afastou-se e ele entrou. Ouviram os passos se afastando. Ninguém disse nada.

— Nada aconteceu como o esperado — acabou dizendo Nora.

— Ele vai devolver a noz? — perguntou Jack.

— Acabo de mostrar que a tarefa mais importante de sua vida é encontrá-la. Espero que ele consiga recuperá-la a tempo.

— Só faltam catorze dias para o solstício — explicou Elan.

— Até o ritual? — perguntou Jack.

— Até o ritual — confirmou Nora.

Foram deitar desanimados. Jack não subiu ao sótão. Estava cansado e precisava de uma noite de sono repousante. Cedo foi acordado por um som alto e irritante vindo do jardim. Piscou ao abrir a janela, tentando descobrir de onde vinha o barulho. Finalmente o localizou. Vinha da árvore nova perto do galpão. Grub roncava.

— Ele ronca toda noite? — perguntou a Camelin no café da manhã.

— A noite inteira e grande parte do dia. Dorme mais do que eu.

— Só não ronca quando come — acrescentou Charkle.

— Isso é outra coisa que ele faz mais do que eu. Precisa ver a quantidade de comida que ganha.

Nora insistiu que deveriam se alimentar bem no café da manhã.

— É um longo voo até Westwood. Se cansarem e quiserem parar, vamos estar logo atrás de vocês no carro — explicou. — Agora faça o favor de se transformar enquanto eu e Elan guardamos tudo no porta-malas. Vamos levar suas roupas caso se canse e queira uma carona na volta.

Jack já se acostumara à transmutação. A cada dia ficava mais fácil e, quanto mais voava, menos dor sentia. Provavelmente, após o voo de longa distância, sofreria ainda alguns dias. Seria seu primeiro teste importante como corvo.

Ao chegarem voando ao carro, encontraram Charkle sentado no ombro de Elan.

— Todo mundo pronto? — indagou Nora.

Todos menearam a cabeça.

Jack e Camelin saíram voando pelos campos. Por um tempo, Jack podia ver o carro de Nora, um Morris Traveller, serpenteando pelas estradas, mas logo depois o perdeu de vista. O plano era voar em linha reta na direção do rio e depois seguir seu curso. De repente, o rio surgiu num ângulo de uma pequena colina que sobrevoaram, ziguezagueando em seguida suavemente sobre a paisagem. Passaram por granjas e pelo que parecia uma infindável colcha de retalhos verdes, amarelos e marrons. Viram um mosteiro em ruínas, destroços de um antigo forte romano e várias extensas colinas. Jack começava a se cansar.

— Sabe alguma coisa sobre Westwood?

— É parecida com a Colina de Glasruhen, porém menor. Lá havia um portal, mas foi fechado quando os romanos chegaram. Falta pouco. Está vendo aquelas árvores ali? Quer apostar uma corrida?

Não foi uma corrida para valer. Jack estava sem fôlego ao finalmente pousar perto de Camelin, que parecia satisfeito por ter chegado primeiro.

— Nora não pode subir de carro até aqui, então vamos descer e encontrá-las no estacionamento — explicou Camelin.

Voaram e pousaram no galho de um alto carvalho.

— Antigamente esta árvore era uma hamadríade como Arrana — explicou Camelin. — Nora costumava visitá-la, mas agora ela não passa de um tronco oco.

A noz de ouro

A árvore vazia deixou Jack triste. Pensou na complicada situação de Arrana.

De sua posição podiam ver o Morris Traveller serpenteando pelas estradas do campo até estacionar próximo a uma área densamente arborizada. Nora e Elan, com Charkle no ombro, saltaram e desapareceram entre as árvores.

— Westwood fica ali — explicou Camelin —, mas não faz sentido voarmos até lá. Estarão de volta antes de chegarmos.

Fazia uma linda manhã. O sol radiante incomodou os olhos de Jack. Fechou-os e quase caiu dormindo.

— Lá vem eles — crocitou Camelin, cutucando a asa de Jack. — Vamos dar um tempo para Charkle reencontrar a família e depois nos despedimos.

Pouco depois, Nora entrou no estacionamento deserto. Jack ouviu um som estranho ao saltarem do carro. Era Charkle. No ombro de Elan, envolto em fumaça, ele chorava de se acabar.

— O que houve? — grasnaram Jack e Camelin ao mesmo tempo.

Charkle não conseguia falar.

— Eles se foram — explicou Nora. — A família inteira desapareceu sem deixar rastro.

O ABRIGO DE WESTWOOD

Jack e Camelin rodearam Charkle.

— O que houve? — perguntaram em coro.

— Sumiram! — foi tudo que Charkle conseguiu dizer antes de cair novamente no choro.

— Encontramos sem dificuldade o abrigo, mas tão logo entramos na caverna soubemos que a família de Charkle não estava lá — explicou Nora.

— O cheiro lá dentro fez o seu nariz franzir — interrompeu Elan.

— Que tipo de cheiro? — perguntou Camelin.

— Cheiro de bruxa — respondeu Elan.

— Ark! — grasnou Camelin, virando a cabeça para o lado e tossindo repetidas vezes.

— Bruxa? — exclamou Jack. — Como as das histórias?

— Não exatamente — continuou Nora. — Essas não gostam da luz do sol e costumam viver em lugares escuros. Não são muito grandes, são mais ou menos do seu tamanho.

— Como menino?

— Não, como corvo. Você as reconheceria se já tivesse visto uma, e seria impossível não lhes reconhecer a voz.

A noz de ouro

Camelin curvou a cabeça para trás, fez um barulho estranho, estridente, e continuou a descrevê-las com a mesma voz enquanto andava em torno de Jack.

— Elas são feias de doer, o nariz é um bico grande, garras compridas no lugar de mãos e pés, cabelo preto-arroxeado que bate no chão, e são um bocado sujas e desarrumadas.

Charkle engoliu outro soluço.

— Elas ainda estão na caverna? — indagou Jack.

— Ela — respondeu Elan. — Vivem sempre sozinhas, não se dão com ninguém. Achamos que essa deve ser Finnola Fytche. As letras FF estão entalhadas na entrada da caverna.

— Talvez ela possa nos dizer o que aconteceu e o paradeiro da sua família — disse Nora gentilmente sorrindo para Charkle antes de se voltar na direção de Jack. — Você precisa comer alguma coisa depois do longo voo.

— Maneiro! Estou faminto — disse Camelin.

— Não estava me dirigindo a você. Desde quando precisa de incentivo para comer? Vamos subir a colina mais um pouco antes do piquenique. Elan poderia tentar encontrar a bruxa. Eu vou falar com as dríades da floresta. Não é possível que ninguém conheça o paradeiro da família de Charkle.

— Posso ir com você? — perguntou Charkle a Elan.

Nora pegou-o na mão e o aproximou do rosto.

— Mais tarde. Por enquanto, fique com Jack e Camelin.

Uma vez arrumado o piquenique, Nora voltou-se novamente para Jack.

— Trate de comer alguma coisa.

Camelin já estava com o bico entupido, nem podia falar. Jack ficou pensando em como Elan voltaria a Westwood. Seria uma longa caminhada. Apenas quando ela levantou os dois braços e começou a girar lentamente, ele se deu conta de que ela mudaria de forma. A cada rotação o corpo se tornava menor e começava a se transformar. Ele esperara ver o furão castanho, mas, em vez disso, surgiu uma linda coruja. Elan abriu as asas. Jack ficou admirado com o seu tamanho, pelo menos três vezes maior do que Camelin. Além das penas em diferentes tonalidades de marrom, perto das orelhas cresciam dois tufos de penas quase rentes à cabeça. Os olhos, em vez de âmbar intenso, eram verde-escuros.

— Vejo vocês mais tarde — piou, abrindo as asas e voando graciosamente em direção ao abrigo.

Admirado, Jack observou Elan atingir alturas cada vez maiores, sem esforço. Nenhum ruído de asas se ouviu ao levantar voo.

— Venham para cá vocês dois — disse Camelin com o bico cheio de sanduíche. — Encham a pança.

— Não estou com fome — respondeu Charkle, fungando e tentando conter as lágrimas.

— Bem, acha que pode esquentar isso para mim? Solte um pouco de fogo aqui. Adoro sanduíche de queijo quente.

— Camelin! — disse Jack em tom de reprovação. — Não vê que Charkle está chateado?

— Você está começando a ficar parecido com Nora — resmungou Camelin, olhando o sanduíche com ar esperançoso. — Todo mundo sabe que queijo quente é mais gostoso.

Charkle afastou-se da manta do piquenique e voou até o galho mais baixo da árvore mais próxima. Jack o seguiu.

— Sinto muito. Sei o que é se sentir sozinho. Eu nunca mais vou ver minha mãe. Ela morreu faz pouco tempo, e meu pai mora a centenas de quilômetros de distância. Não tenho irmãos ou irmãs. Tenho apenas meu avô e fico muito triste.

Os olhos de Charkle voltaram a se encher de lágrimas.

— Durante todo o tempo que os spriggans me mantiveram preso na gaiola, eu sonhava um dia fugir e voltar para a minha família. Acha que um dia vou encontrá-los?

A noz de ouro

— Não sei, mas tente nao se preocupar. Nora vai fazer o possível para localizá-los. Você nunca mais vai ficar sozinho agora que tem a gente.

Jack sorriu para Charkle e um sorrisinho de agradecimento espalhou-se pelo focinho do pequenino dragão.

— Precisamos obedecer a Nora. Tente comer um pouquinho. Hoje talvez seja um longo dia.

Uniram-se a Camelin, que continuava resmungando para si mesmo. Jack não sentia fome, mas, se quisesse voltar voando, teria que comer. Charkle acocorou-se, parecendo desconsolado, até Nora voltar.

— Descobriu para onde eles foram? — perguntou ansioso.

Todos olharam Nora; até Camelin parou de comer.

— Não exatamente, mas, se Elan tiver conseguido expulsar a bruxa do abrigo, podemos descobrir mais alguma coisa. As dríades, em Westwood, vivem em bétulas. Não costumam ter boa memória. Tão logo perdem suas folhas no outono, dormem até novos brotos nascerem na primavera. Elas acham que a família de Charkle partiu depois que a bruxa se mudou para a caverna, mas já faz tanto tempo que nem se lembram direito.

Charkle deixou escapar um sopro de fumaça e duas lágrimas imensas.

— Vocês dois, venham me ajudar a arrumar isso tudo e vamos ao encontro de Elan.

Camelin olhou cobiçoso toda a comida que sobrara e suspirou. Tão logo tudo foi guardado na cesta, dirigiram-se para o carro.

— Jack, quer vir comigo ou prefere voar até a caverna com Camelin?

— Prefiro voar. Agora que descansei, estou me sentindo bem.

— Venha comigo, Charkle. Não seria bom verem você voando por aí.

O dragão não protestou; ainda parecia muito tristonho.

Quando Jack e Camelin sobrevoaram o abrigo, viram Elan no chão com as asas estendidas diante da entrada. As pontas das asas quase tocavam as laterais da rocha. As penas estavam eriçadas e a cabeça esticada para a frente. O olhar mantinha-se fixo em algo dentro da caverna. Tudo parecia estranhamente quieto ao pousarem. As árvores imóveis; nem um som sequer de pássaros. Camelin manteve distância e pousou no galho de uma árvore próxima. Jack pousou no chão, perto da caverna. Pouco depois, ouviram o motor do Morris Traveller.

No instante em que Nora se deteve diante da entrada, Elan abaixou as asas e ficou ereta.
— Saia daí! — ordenou Nora.
— Não! — respondeu uma voz estridente.
— Então vamos entrar.
Nora entrou na caverna. Todos a seguiram. O cheiro era de embrulhar o estômago. Jack teve vontade de vomitar e viu que o mesmo ocorrera a Camelin. Nora levantou a varinha e lançou um arco de luz num formato semelhante a um guarda-chuva por cima de suas cabeças.
— Aaaaaaahhhhhh! — guinchou a bruxa. — Está muito claro, tem muita luz, apague isso, meus olhos estão doendo!
— A claridade vai permanecer até nos dar a informação de que precisamos! — retrucou Nora em tom grave.
Jack relanceou os olhos pela caverna. Havia porcarias espalhadas por todo o chão, lembrando um pouco o sótão de Camelin. O guincho viera do fundo da caverna. Apesar da luz, Jack não conseguiu ver quem emitira barulho tão assustador. Do nicho mais escuro a voz voltou a falar.
— Não damos informações. Isso é tarefa de bogie.
Jack viu Nora franzir a testa.
— E que bogie você recomendaria?

A noz de ouro

Fez-se silêncio por um tempo, mas em seguida ela começou a guinchar novamente.

— Vá embora! Onde já se viu entrar aqui sem ser convidada, me matando de medo com aquele pássaro enorme horroroso e machucando meus olhos? Vá embora e não volte mais.

Nora não respondeu, e sim apontou a varinha na direção da voz, lançando uma torrente de faíscas. Um pequeno chumaço de cabelo roxo, garras e roupa preta esfarrapada despencaram. Nora estendeu a palma da mão horizontalmente na direção do emaranhado de braços e pernas, gerando uma abrupta imobilização.

— Aaaaaaaaaaahhhhhhhhhhh! — choramingou a bruxa protegendo os olhos.

— Finnola Fytche, presumo — começou Nora.

— Quem quer saber? — vociferou.

— Eu, a Seanchai. Exijo que responda às minhas perguntas a não ser que prefira virar almoço da minha coruja.

Elan levantou as asas, saltitando uns dois passos na direção da bruxa encolhida de medo.

— Está bem, está bem, vou falar, mas mande o pássaro embora.

Elan ficou imóvel, mas não abaixou as asas.

— Quem é você? — perguntou Nora.

— Finnola Fytche, mas para que se dar ao trabalho de perguntar se já sabe a resposta?

— A que bogie se referia e onde posso encontrá-lo?

Finnola se remexeu e cuidadosamente arrumou o manto esfarrapado. Passou as garras como se fossem mãos pela massa de cabelo roxo antes de voltar a falar.

— Pycroft. Ele costuma vir aqui; nós temos negócios.

Jack se perguntou que tipo de coisa a bruxa e um bogie podiam trocar. Havia muitos ossos espalhados pelo chão da caverna e o que se assemelhava a pele de carneiro perto da entrada.

Nora bateu a varinha, esperando que Finnola continuasse.

— Não sei onde encontrá-lo. Ele é imprevisível. Um dia aparece; no outro some. Impossível afirmar quando vai voltar. Já acabaram as perguntas?

— Faltam poucas... Quando foi a última vez que viu uma família de dragonetes?

Charkle espiou por trás do pescoço de Nora e encarou Finnola.

— Há algumas centenas de anos, diria. Não tenho nenhuma predileção por dragonetes, eles não têm muita carne. Para preparar uma refeição decente, preciso de pelo menos três.

Charkle correu a se esconder atrás de Nora, que voltou a fitar Finnola de cara feia.

— Não ficaram muito tempo por aqui depois que cheguei. Partiram no inverno, quando o grande terremoto derrubou a parte de trás da caverna. Desde então, não vi mais nenhum dragonete, pelo menos não até agora.

Jack teve vontade de sair para respirar ar puro. O cheiro embrulhava seu estômago e ele não queria nem pensar no que podia estar pisando.

— Vou ficar de olho em você — disse Nora baixinho a Finnola. — Pretendo saber tudo o que você faz a partir de agora, então, se por acaso, encontrar Pycroft antes de mim, avise que ele tem algo que me pertence e que precisa devolver tão rápido quanto suas perninhas permitirem. Entendeu?

— Não sou garota de recados — resmungou Finnola.

— Eu não aceito grosserias, portanto, se quiser se livrar da luz, trate de me obedecer.

Finnola resmungou entre os dentes em seu gemido esganiçado, estridente.

— Se eu ficar sabendo de alguma coisa que me desagrade, volto e acendo esta caverna *para sempre*. Fui clara?

Finnola meneou a cabeça.

Nora deu as costas e caminhou na direção da entrada. A cada passo, a luz dentro da caverna empalidecia até reinar apenas a escuridão. Que alívio sair! Jack respirou o ar fresco, puro.

A noz de ouro

De volta a Westwood, Elan voltou à aparência normal e todos permaneceram em silêncio até entrarem no carro.
— Acha que Pycroft está por aqui? — perguntou Elan.
— Pode estar em qualquer lugar — suspirou Nora —, mas pelo menos soubemos um pouco mais a respeito da família de Charkle.
— Você acha que ela os comeu? — sussurrou Charkle, novamente à beira das lágrimas.
— Não — tranquilizou-o Nora. — Duvido que ela tenha pegado alguém de sua família. Talvez tenham se mudado por causa do cheiro. Sinto muito, Charkle, mas acho que não vai ser fácil encontrá-los. Você será bem-vindo se quiser morar conosco, mas vou precisar transformar você em algo um pouco menos extravagante. Caso contrário, não vai conseguir voar à vontade. O que você quer ser?
— Posso ser um morcego como Timmery?
— Outro morcego como Timmery, não — grasnou Camelin.
— Acho que seria perfeito — concordou Nora, ignorando o comentário de Camelin. — Resolveremos isso ao chegarmos em casa. E quanto a vocês dois, vão voando ou aceitam uma carona?
— Vamos voando — disseram Jack e Camelin em coro.

O voo de volta pareceu durar uma eternidade. Jack estava exausto ao chegarem. Não havia sinal de Nora e ele se deu conta de que suas roupas ainda estavam no carro.
— Vou precisar ficar desse jeito até elas voltarem, mas, de tão cansado, não estou conseguindo me manter acordado.
— Eu vivo repetindo que é cansativo ser corvo, mas ninguém me dá ouvidos. Comida e sono, essas são as duas coisas mais importantes para um corvo — aliás, muita comida e muito sono.
Tudo que Jack conseguiu foi balançar a cabeça concordando.

— Tenho uma surpresa para você — disse Camelin animado. — Siga-me, mas quando alcançar a janela precisa fechar os olhos!

Jack mal conseguia levantar as asas enquanto seguia Camelin até o sótão. Ao chegar a salvo ao parapeito da janela, atendeu ao pedido de Camelin.

— Surpresa! — grasnou Camelin.

Jack sorriu ao abrir os olhos. Ali, no chão do sótão, uma segunda cesta de gato.

— É para você. Uma cesta de corvo igualzinha à minha. Sei que é do tamanho certo porque experimentei ontem à noite.

Camelin olhou Jack, à espera de sua reação.

— Você gostou?

— É linda — disse Jack, pulando para dentro da cesta.

Era do tamanho perfeito. Os dois se deitaram de costas, com as patas para o ar, e logo roncavam bem alto.

Quando acordaram, o calor no sótão era sufocante.

— Rações de emergência — anunciou Camelin, mexendo na cesta antes de atirar uma barra de chocolate para Jack.

Jack nunca tentara desembrulhar nada com o bico e as garras Não foi fácil, principalmente porque o calor no sótão derretera o chocolate. Camelin já estava na segunda barra quando Jack conseguiu tirar o papel.

— Vamos sair. Lá fora está mais fresco — disse Camelin quando Jack terminou.

— Gostaria de visitar Arrana, mas acho melhor pedirmos permissão a Nora.

— Está bem. Vamos ver quem chega primeiro à cozinha.

A noz de ouro

— Não é hora de comer — avisou Nora quando Jack e Camelin passaram por ela e pousaram nas costas das cadeiras.
— Não viemos comer — respondeu Camelin.
Nora demonstrou sincera surpresa.
— Podemos ir até a Floresta de Glasruhen visitar Arrana? — pediu Jack. — Não demoramos.
— Acho que ela adoraria uma visita, e, quando vocês voltarem, já terei transformado Charkle. Ninguém saberá que ele é um dragão a não ser que ele espirre.
Jack e Camelin deixaram Nora na cozinha. Foi um alívio aproveitarem o sol. Jack adorou voar na sombra das árvores; gostou da corrente de ar sob as asas.
— Olhe só isso! — grasnou Camelin, girando e voando de costas. — Agora é a sua vez.
— Acho que ainda não estou preparado para voos de cabeça para baixo.
— Experimente. Nunca se sabe quando vai precisar.
Jack tentou girar, mas acabou dando um círculo completo. Tentou de novo e dessa vez conseguiu agitar as asas várias vezes antes de bater com a cabeça num galho. Continuou descendo.
— Suba! — berrou Camelin.
Jack batia as asas freneticamente na queda. A asa quase tocou o chão antes de ele conseguir se elevar aos poucos.
— A lição mais importante é não perder a noção de onde está — avisou Camelin, aproximando-se de Jack. — Tente de novo.
— Talvez amanhã.
— Não se preocupe — disse Camelin, animado. — Nem todo mundo pode ser bom em tudo.

Jack não aceitou o desafio. Deixaria os voos espetaculares para Camelin e se concentraria nas habilidades de que necessitava.

Jack observou as árvores mandando mensagens para Arrana. Voaram mais rápido tentando alcançar o meio da floresta antes de a última dríade poder anunciar a chegada deles, mas as árvores eram velozes demais. Ao alcançarem o centro da floresta, um grupo de dríades cercava o carvalho antigo.

— Alguma coisa aconteceu — comentou Jack. — Parecem preocupadas.

Tão logo pousaram, foram rodeados pelas dríades, que começaram a falar ao mesmo tempo até a mais alta erguer os braços, silenciando as demais.

— O que houve? — perguntou Jack.

— Não conseguimos entregar a mensagem. Arrana não acordou. Já esteve assim antes, mas nunca tão sonolenta — explicou a dríade.

Jack retrocedeu um pouquinho e, em voz bem alta, dirigiu-se à hamadríade.

— Arrana, a Mais Sábia, Protetora, e Sagrada de Todas as Dríades.

Todos prenderam a respiração. Arrana continuou imóvel.

— Tente cantar — sugeriu a dríade —, e faremos coro. Talvez nosso canto a desperte.

Jack pensou cuidadosamente. Não sabia qual música escolher e então se lembrou de "A Árvore na Floresta". Abriu o bico para cantar, mas, em vez da sua voz adorável, saiu um terrível grasnar.

— Ooh, conheço essa — disse Camelin entusiasmado, unindo-se ao coro.

Juntos armaram uma terrível algazarra. As dríades taparam os ouvidos. Jack e Camelin, cabeças unidas, grasnaram o refrão o mais alto possível...

— "... e a grama verde cresceu por todo lado, e a grama verde cresceu por todo lado."

A noz de ouro

A música tomou conta da floresta. O barulho era medonho, mas pareceu surtir efeito em Arrana. A hamadríade estremeceu ligeiramente. Jack e Camelin grasnaram ainda mais alto até o tronco inteiro começar a vibrar e finalmente esfumaçar-se num borrão. Quando Arrana se transformou, folhas começaram a cair de seus galhos. No instante em que saiu de onde a árvore oca estivera, todos engasgaram. O cabelo cor de cobre de Arrana tingira-se de prata, o rosto empalidecera. Jack enxergava através de sua pele macia, marrom. Não soube o que dizer.

— Já começou — sussurrou. — Estou começando a murchar.

A BUSCA

A novidade já havia chegado a Nora quando Jack e Camelin regressaram, mas ela quis ouvir o que ambos tinham a dizer acerca de Arrana.

— A notícia é muito preocupante — disse ela, andando de um lado para outro. — Você disse que conseguia enxergar através dela?

Jack e Camelin assentiram.

— Ela estava meio transparente — explicou Jack. — Podemos ajudar?

— Não até abrirmos a janela do tempo e mandarmos vocês dois em busca das placas faltantes do caldeirão. Não nos sobra muito tempo e ainda nem chegamos perto da recuperação da noz de ouro.

Reinava o desânimo no ambiente. Não falavam, perdidos nos próprios pensamentos.

— Elan foi visitar os prováveis locais onde Pycroft pode estar. Não entendo como as árvores não viram nenhum dos bogies.

— Será que Pycroft está em Newton Gill com Peabody? — perguntou Jack.

— Duvido muito. Se Peabody soubesse onde o irmão está, já teria dado um jeito de trazê-lo até aqui. Ele está louco para recuperar o antigo nariz. Imagino que também esteja procurando por Pycroft.

A noz de ouro

Jack pensou na caverna secreta de Camelin no fundo do jardim e na bruxa na caverna em Westwood. Pycroft só podia estar num lugar sem árvores ou Nora conheceria o seu paradeiro.

— Então em algum lugar subterrâneo, como uma caverna — sugeriu Jack.

— Timmery e Charkle estão procurando — argumentou Nora —, mas ele não deixou rastros.

— Acho que precisamos verificar o mapa e dar início a uma busca sistemática. Temos pouquíssimo tempo e muito espaço para cobrir.

Nora foi até o armário e trouxe o mapa.

— Vamos buscar áreas onde não existam árvores.

Nora apontou vários lugares no mapa.

— O topo das colinas ao norte de Glasruhen é uma área desolada, vazia. Tem também a antiga pedreira, as minas desativadas, as cavernas e mais túneis spriggans do que sou capaz de imaginar.

Um silêncio de preocupação encheu o aposento. Ninguém falou até o bater de asas anunciar a chegada de Charkle e Timmery.

— Alguma novidade? — indagou Nora.

Os dois morceguinhos sobrevoaram a cabeça de Nora. Jack tentou descobrir qual era Charkle. Pareciam quase idênticos, mas um deles exibia um reflexo púrpura nas asas e era ligeiramente maior. Timmery sobrevoou o mapa em torno de um grupo de colinas.

— Examinamos todas as cavernas em torno da base de Ridgeway, e Elan procurou nos penhascos e nas cavernas do cume. Não há sinal de nenhum morador. Ela pediu para avisar que ainda demora, pois vai prosseguir na busca mais um pouco.

— Como podemos ajudar? — perguntou Jack. — É perda de tempo ficarmos aqui sentados à toa.

— Você tem razão — concordou Nora. — Há muito a ser feito antes do solstício, e pelo menos vocês dois podem treinar um pouco.

— Eu me referia a procurar Pycroft e a noz de ouro.

— Eu sei disso, mas Camelin precisa ensinar algo a você antes do ritual. Se não aprender direito, não conseguirá atravessar o fino véu que separa a janela do tempo entre o presente e o passado. É melhor começar.

Jack olhou Camelin estufando as penas do peito, orgulhoso e louco para começar as explicações.

— Sabe que tudo tem que ser igual?

Jack meneou a cabeça.

— Bem, precisamos ir ao cume da Colina de Glasruhen, onde ficava o antigo forte. Foi construído em torno do pico. Então temos que começar a voar um na direção do outro, partindo das extremidades opostas dos antigos portões, na mesma velocidade. Quando passarmos um pelo outro no centro, ao mesmo tempo, então atravessaremos a janela do tempo e penetraremos no passado.

— É a única maneira de a janela do tempo ser aberta — continuou Nora.

— Mas achei que fôssemos realizar um ritual para conseguir isso! — exclamou Jack.

— O ritual é a garantia de mandarmos vocês de volta ao lugar e à época certos. Já é terrível terem de voltar a tempos tão conturbados. Vocês não vão querer ficar por lá mais do que o necessário.

Não seria fácil voar na mesma velocidade que Camelin, muito mais hábil, dotado de anos de experiência.

— Vocês precisam tomar muito cuidado ao voltar ao passado, especialmente você, Jack — continuou Nora. — Uma vez transformado em menino, é necessário evitar ser visto e preso.

— M-mas... eu achei que continuaria um corvo.

— Certo, até localizarem as placas. Quando encontrá-las, precisará levá-las à fonte ou à nascente mais próxima e não conseguirá isso como corvo. As placas são muito grandes e pesadas para serem carregadas no bico. Camelin não pode mais se transformar em menino; então caberá a você transportá-las sozinho.

A noz de ouro

Jack desejou logo as placas. Andara lendo sobre a ocupação da Bretanha pelos romanos e, se fosse capturado com as placas do caldeirão druida, sua vida correria perigo. Talvez nunca mais conseguisse voltar para casa.

Praticaram voo o resto do dia. Como Jack previra, não era tarefa fácil. Ao voltar, Elan pegou uma barra com uma grande argola. Calculou a distância que ambos precisariam voar e prendeu a barra no solo para que a argola ficasse exatamente no meio.

— Isso vai ajudar vocês a praticarem — informou. — Precisa ser perfeito. Só terão uma chance ao realizar o ritual. Não se esqueçam: com o sol baixando, a luz vai diminuir.

Apesar de horas de prática, a tarefa não se tornou mais fácil. Jack sentiu-se frustrado e zangado por não obter sucesso. Camelin tentou diminuir o ritmo para compensar a falta de velocidade de Jack, mas isso também não deu certo.

— Temos ainda duas semanas para treinar — disse Camelin, animado. — Acabaremos acertando.

Os dias seguintes transcorreram rapidamente. Todos os dias, depois da aula, Jack ia sozinho para a Casa Ewell. Elan andava ocupada percorrendo o campo com Charkle e Timmery em busca de sinais do bogie. Jack continuava preparando o dever de casa na biblioteca de Nora com a maior rapidez possível para, em seguida, se transmutar e praticar com Camelin até a hora de voltar para a casa do avô.

Tornou-se uma tarefa rotineira para os dois partir das extremidades opostas do gramado e tentar se encontrarem ao voar através da argola. Jack precisou aprender como inclinar o corpo no derradeiro instante. Precisava manter as asas coladas ao corpo para não esbarrar em Camelin ao passarem um pelo outro.

Toda noite, antes de dormir, Camelin batia na janela de Jack para a aula de escrita. Antes de começarem, Jack perguntava pelas novidades. Sempre obtinha a mesma resposta: nenhuma.

— Já procuraram duas vezes em todos os lugares — contou Camelin na noite de sexta-feira.

Desde que chegara, era o primeiro fim de semana que Jack não passava na Casa Ewell. Todos estavam ocupados nas buscas. Passou a tarde de sábado lendo histórias sobre os romanos para Orin. Precisava estudar o máximo possível para se preparar para a jornada ao passado, isso se a noz pudesse ser encontrada a tempo.

Faltando apenas três dias, Jack finalmente se aperfeiçoou de modo a passar por Camelin no mesmo instante e à mesma velocidade.

— De novo! — gritou, gingando pelo gramado em estado de júbilo.

Na quinta vez, finalmente soube que tinham obtido êxito.

— Bem, pelo menos estamos prontos — disse, agradecido.

— Você é um voador de primeira — comentou Camelin. — Tem um talento natural.

— Não teria conseguido sem um professor tão brilhante.

Jack observou Camelin estufar as penas do peito, o demonstrativo de sua satisfação.

— Vamos, desafio você a uma corrida até a casa. Tenho uma coisa para você na minha bolsa.

Voaram em alta velocidade até o sótão, girando e desviando das moitas e das árvores até pousarem ao mesmo tempo no peitoril da janela. Demoraram alguns minutos para recuperar o fôlego.

— Bem, pelo menos sabemos que podemos voar rápido se precisarmos — Camelin riu. — O que você tem aí para mim?

A noz de ouro

Uma vez transformado e vestido, Jack retirou uma sacola grande da mochila e a colocou no meio de sua cestinha de corvo, o único espaço vazio no sótão.

— É um presente de agradecimento por ter me ensinado a voar.

Os olhos de Camelin se arregalaram e ele começou a saltitar de animação de um pé para o outro. Farejou o ar e depois a sacola.

— São rosquinhas?

— Dê uma olhada.

Num segundo, Camelin abriu a sacola, onde encontrou uma grande variedade de rosquinhas.

— Gostaria de ter um Sapo Oracular. São os animais mais perfeitos que existem.

— Um Sapo Oracular?

— Isso mesmo; eles sabem tudo. Bastaria dar uma olhada na sacola para me dizer exatamente quantas tem aí dentro.

— Eu posso fazer isso! — Jack riu, olhando dentro do saco. — Trinta.

— Uau! Trinta? Como conseguiu?

— Fácil, foi o número que pedi na padaria.

Camelin enfiou o bico no saco, voltou com uma rosquinha, atirou-a no ar e a engoliu.

— Hummmm, framboesa, meu sabor preferido. Não sabia que preparavam rosquinhas para corvos. Tem mais alguma coisa para corvos na padaria?

Jack riu e observou Camelin arremessar outra rosquinha no ar e engoli-la. Não tinha lugar para sentar. A caminha estava coberta de lixo.

— Você precisa de uma lixeira aqui.

— Para quê? — perguntou Camelin, sugando a geleia de framboesa da terceira rosquinha.

— Porque isso aqui está começando a parecer um aterro sanitário.

Camelin começou a falar com a boca cheia, mas Jack deixara de prestar atenção.

— O lixão! — exclamou descendo as escadas correndo. — É isso, o aterro sanitário!

Lançou-se escada abaixo o mais rápido que pôde e chegou sem fôlego à cozinha.

— O lixão! — conseguiu dizer a Nora. — O aterro sanitário!

— O que tem o aterro sanitário? — perguntou Nora.

— Pycroft pode estar escondido lá. Alguém verificou? Seria o lugar ideal para se esconder e lá não tem árvores, nada cresce lá. Ele encontraria um monte de coisas para usar nas trocas, coisas de que uma bruxa pode gostar. Ela guarda todo tipo de porcaria e objetos quebrados na caverna.

— Brilhante ideia, Jack. Isso é trabalho para Motley e a Guarda Noturna. Se existe alguém capaz de encontrar algo numa pilha de lixo, esse alguém é um rato.

Camelin desceu para o pátio.

— O que houve?

— Acho que Jack pode ter descoberto o esconderijo de Pycroft.

— No aterro sanitário — explicou Jack.

— Não sei o que pode ter levado você a essa conclusão! — comentou Camelin.

Jack piscou para Camelin, mas não contou a Nora sobre a tremenda bagunça no sótão.

— Pode ir procurar Motley para mim? — pediu Nora a Camelin.

Ele arrastou os pés por alguns segundos antes de, relutante, alçar voo.

— Começava a perder as esperanças — confessou Nora. — Acho que existe uma boa chance de Pycroft estar lá. Nesse caso, precisamos de um plano para nos certificarmos de que não escapará. Aposto que ele sabe que estamos atrás da noz e a última coisa que vai querer é devolvê-la, principalmente depois de ter enfrentado tantos problemas para obtê-la.

— Mas não pertence a ele. Ele não pode ficar com ela — afirmou Jack, aborrecido.

A noz de ouro

— Receio que, enquanto Pycroft tiver a noz, vai acreditar que é seu único dono. Os bogies são assim. Não dá para confiar na honestidade deles. Mais tarde peço a Camelin para ir até a sua casa e avisar se ele está no lixão e como pretendemos agir.

— Não posso ir com vocês?

— Não faço ideia de como explicar ao seu avô a visita a um aterro sanitário ao anoitecer. E você?

Jack não teve outra opção senão concordar. Só lhe restava aguardar.

Foi uma longa espera. Por horas, Jack buscava algum sinal de Camelin da janela do quarto. Inútil escrever para Elan em seu *Livro de Sombras*. Sabia que ela devia ter saído com os outros. Orin lhe fez companhia até bocejar e correr para o travesseiro, no qual, num minuto, pegou no sono. Era quase meia-noite quando finalmente viu a silhueta de Camelin voando entre as árvores. Escancarou a janela; ele entrou e pousou nas costas da cadeira. Parecia realmente animado e começou a contar as novidades em voz alta.

— Cercamos o depósito de lixo. Você tinha razão: ele está escondido lá. Motley o encontrou. Ele não tem como escapar.

— Jack! — chamou o avô. — Já é tarde. Seja um bom menino e desligue o rádio.

— Desculpe, vovô — gritou em resposta. Voltando-se para Camelin, sussurrou: — Fale baixo e conte tudo devagar desde o início.

— Nora mandou Motley e a Guarda Noturna para o depósito de lixo. Eles voltaram e contaram ter encontrado uma toca das grandes, feita de entulho, que servia de casa para ele. Elan está de vigia e, tão logo Pycroft volte, ela ajudará Motley e a Guarda Noturna a levá-lo para a Casa Ewell.

— Ele não vai reagir?

— Que nada. Um bogie não vai se atrever a brigar com dentes e garras. Além disso, Charkle também vai estar lá. Se o bogie criar problemas, Charkle pode persuadi-lo a se comportar dirigindo sua chama para o lugar certo. Duvido que um bogie queira o traseiro queimado.

Jack riu e lembrou-se de que o avô dormia no quarto ao lado.

— Agora você tem que ir embora.

— E a minha aula?

— Vamos ter uma aula dupla amanhã à noite no sótão. Espero estar lá na hora de Pycroft devolver a noz.

Camelin estava muito excitado quando, no dia seguinte, Jack chegou à Casa Ewell depois da escola.

— Pycroft foi capturado — crocitou bem alto, antes que Nora pudesse contar a novidade. — Motley disse que vão trazê-lo assim que escurecer.

— Precisamos estar preparados — avisou Nora. — Não podemos cometer erros. O solstício é amanhã à noite e a noz é imprescindível.

Camelin sacudiu as penas, pavoneou-se sobre a mesa e voltou a interromper Nora antes que ela pudesse continuar.

— Timmery foi dar as boas-novas ao chefe Knuckle. Assim que tivermos a noz de volta, os spriggans podem vir e reduzir Grub ao seu tamanho normal.

— Não vou sentir saudades dele — suspirou Nora. — É duro alimentar alguém daquele tamanho. Melhor reabrir o túnel. Vocês dois têm alguma tarefa antes do anoitecer?

— Sim — responderam os dois juntos.

Foram para o sótão. Ao final da aula dupla de alfabetização, Jack parabenizou Camelin.

A noz de ouro

— Mais um pouco de prática e será capaz de ler tudo. — Camelin pareceu satisfeito.

Com Jack transformado, saíram para praticar voo atravessando o aro pela última vez.

Depois do jantar, Jack e Camelin permaneceram de vigia na chaminé.

— Você está tranquilo quanto ao ritual amanhã à noite?

Jack fez que sim com a cabeça. Apesar de um pouco nervoso e ansioso, também se sentia curioso e excitado. Tentava encontrar as palavras para explicar seus sentimentos quando viram algo se mover através do vão na cerca viva.

— São eles! — grasnou Camelin animado.

Jack observou a procissão a caminho da casa. À frente, Motley marchava orgulhoso, de cabeça erguida. O resto da Guarda Noturna cercava o bogie. Era parecido com Peabody, os mesmos olhos perversos e apertados, só que esse bogie ainda tinha o nariz mais comprido, afilado e pontudo. Usava uma jaqueta verde e um chapéu vermelho com uma linda pena branca enfiada na fita. As calças de cor marrom pareciam shorts e as meias listradas de verde e vermelho batiam nos joelhos. Jack nunca vira pés tão grandes, maiores que os de Peabody; os sapatos estreitos e achatados terminavam em pontas. Um furão castanho encerrava o cortejo e um pequeno morcego com reflexo púrpura nas asas pairava acima da cabeça do bogie. Jack e Camelin desceram e sobrevoaram o grupo. Ao passarem pela abertura do túnel, Timmery se juntou a eles.

— Alto! — ordenou Motley ao chegarem à porta do pátio.

Nora saiu.

— O bogie — anunciou. Motley e os guardas fizeram uma reverência.

— Acredito que tenha algo a me devolver — disse Nora em voz alta.

O bogie demonstrava irritação. Os olhos eram frios e Jack sentiu um arrepio na espinha quando Pycroft encarou Nora. Finalmente, ele enfiou a mão no bolso do colete e tirou a noz de ouro. Entretanto, em vez de entregá-la, fechou a mão.

— Gostaria de saber o motivo de querer a noz.

O bogie afastou as pernas numa postura desafiante.

— Não tenho tempo para isso — continuou Nora e rapidamente empunhou a varinha. — Se não responder em dois segundos, vou encolher seu nariz até ele ficar igualzinho ao do seu irmão.

Ao contrário de Peabody, ele não protestou, berrou ou saltitou. Em vez disso, continuou a enfrentar Nora com o olhar.

— Queria a noz para a minha coleção.

— Você não tem o direito de possuir a minha noz de ouro.

— Por que não? Vi um desses pássaros atirá-la na cabeça de um garoto faz um tempo e imaginei que não tivesse dono.

Camelin tossiu e pareceu embaraçado quando Nora lançou-lhe um olhar atravessado, mas rapidamente ela se voltou para Pycroft a fim de ouvir o resto da explicação.

— Bem que eu podia ter sido mais rápido daquela vez e apanhado a noz antes do garoto.

— Então você pediu aos spriggans para a roubarem — continuou Nora.

— A princípio não. Segui o garoto e depois contei ao meu irmão, que o encurralou na Floresta de Newton Gill, mas o menino conseguiu escapar. Então, eu o mandei ao quarto dele, mas Peabody não achou a noz e o seguiu até aqui. Eu fiquei de tocaia, espiando a casa lá do campanário da igreja, e percebi que poderia pegar a noz sem ser visto. Foi então que mandei meu irmão procurar os spriggans. Sabia que eles conseguiriam entrar e sair daqui sem problema.

A noz de ouro

Jack se deu conta de que a sensação de estar sendo espionado naquela manhã na alameda não fora fruto de sua imaginação. Devia ter sido Pycroft atrás das árvores. Sentiu novamente um arrepio.

— Então você envolveu Peabody em sua tramoia.

— E daí? — respondeu irritado. — Sou muito ocupado. Peabody se encarrega de algumas missões para mim. Sabia que o chefe Knuckle mandaria um bando de spriggans aqui quando visse a lanterna que eu ofereci em troca. Peabody ordenou que cavassem debaixo da sebe. Ficaram contentes com a tarefa e nos pouparam um bocado de esforço. Eles não se importam em cavar e não encontraram dificuldade em achar a noz. Os spriggans podem farejar ouro sem problema.

Nora cruzou os braços. Pycroft ainda parecia zangado e rebelde.

— E isso é tudo que tem a dizer? — perguntou.

— E o que mais eu teria a dizer? Nada — respondeu Pycroft com grosseria. — A noz é minha.

— Acho que não — afirmou Nora em tom sério.

— Não sei por quê. Achou, ganhou. Se a noz fosse importante ou tivesse um dono, então por que seria atirada na cabeça de alguém?

— Isso não é da sua conta. Além do mais, você não achou a noz, mandou que a roubassem. Trate de devolvê-la agora mesmo.

Em suspense, todos mantinham a respiração presa observando Nora estender a mão.

— Ninguém o avisou de que minha noz é ouro dos druidas?

Pycroft deu de ombros.

— Então devia ter sido mais cuidadosa com ela. Aquele pássaro não a quis e o que um menino faria com ouro druida?

Jack percebeu que Nora estava ficando com raiva. Ela ergueu a varinha, apontando-a para a mão de Pycroft. Os dedos dele se abriram. Ao tentar fechá-los novamente, a palma da mão começou a tremer. A noz de ouro rolou para o chão. Ele não conseguia se mover, por mais que tentasse se curvar e recuperar a noz. Motley pegou-a com as patas, correu até os pés de Nora e a devolveu.

— Obrigada — disse gentilmente, voltando em seguida a atenção para Pycroft. — Um pedido de desculpas não seria nada mal.

Pycroft apertou os lábios e a olhou de cara feia. Nora abaixou a varinha e ele recuou um passo, mas não conseguiu enganá-la. Ela voltou a erguer a varinha e congelou-o no ato.

— Eu lhe dei uma chance, mas você escolheu ser grosseiro. Agora é a minha vez de escolher o que faço com você.

O corpo inteiro de Pycroft estava congelado, o rosto retorcido numa expressão insolente. Com um rápido toque da varinha, um feixe de luz explodiu diante do rosto de Pycroft. Ele ficou vesgo ao tentar enxergar o que acontecera. Nora substituíra seu comprido nariz afilado por um largo focinho de porco.

— Será permanente a não ser que seja bem-educado e mude o seu comportamento. Por toda boa ação, seu nariz começará a mudar de formato, mas sempre que for mau ou grosseiro encolherá de novo. Agora desapareça da minha frente e não volte a me incomodar.

Pycroft gemeu. Tão logo Nora o liberou, sua mão foi examinar o novo nariz.

— Você vai me pagar caro por isso — gritou, correndo rumo ao buraco o mais rápido que suas curtas perninhas permitiam.

Jack acreditou ainda ouvir os resmungos de Pycroft, mas não por muito tempo. Todos vibraram no jardim quando Nora ergueu a noz de ouro. Finalmente a tinham recuperado.

QUANDO TUDO FOR IGUAL, TUDO COMBINADO,

O QUE FOI PERDIDO SERÁ ENCONTRADO.

RUMO AO PASSADO

Ao terem certeza de que Pycroft se fora, todos começaram a falar ao mesmo tempo e continuaram a conversar até Elan sacudir o pelo castanho e retornar à sua forma original.

— Assim está melhor — disse, esticando as pernas e os braços. — Já é quase meia-noite. Vamos até o buraco esperar pelos spriggans?

Não foi necessário esperar Tão logo o rodearam, a primeira cabeça emergiu do buraco, seguida de outra e de mais outra até doze spriggans quase lotarem o quintal.

— O bogie devolveu seu pertence? — perguntou o chefe Knuckle numa reverência.

— Está comigo — confirmou Nora. — Gostaria de encolher Grub?

Os spriggans correram até Grub, que dormia a sono solto, e, formando um círculo ao redor, entrelaçaram as mãos. Uma vez as mãos unidas, uma série de pequenas explosões irrompeu de dentro do emaranhado de ervas. Grub soltou um grito ao acordar e tentou se libertar. Rapidamente começou a encolher. Whiff atirou a ponta da corda e ele a amarrou na cintura.

— Por favor, aceite meu sincero pedido de desculpas — disse o chefe, voltando a se curvar. — Eu espero que isso encerre o assunto.

— Encerrará quando vocês deixarem meu jardim e taparem o buraco — respondeu Nora.

— Antes de a gente ir embora, por acaso não viram um dragonete? Um dos rapazes do meu bando perdeu um e achou que pudesse estar no seu jardim.

— Só temos corvos, morcegos e um ganso no momento. Espero que seu dragonete tenha voltado para casa. Faz ideia de onde pode ser?

O chefe balançou a cabeça.

— Infelizmente não — respondeu antes de gritar para três spriggans parados perto do buraco: — Turma da escavação, mãos à obra.

Foi impressionante a rapidez com que desapareceram no buraco e com que a terra surgiu de dentro do túnel. Quando Elan colocou a relva de volta no lugar, era difícil definir onde a terra tinha sido mexida.

— Melhor irmos todos dormir agora — disse Nora. — Vocês dois têm um voo importante amanhã.

— Onde estará Peabody? — perguntou Elan a caminho da cozinha.

— Aqui — respondeu das sombras uma vozinha assustada.

— Apareça, para que eu possa ver você — ordenou Nora.

Peabody entrou na cozinha iluminada. Trazia um cachecol enrolado no rosto para esconder o vergonhoso nariz encolhido. As pernas tremiam tanto que chacoalhavam. Todos o fitaram.

— Ele não me ouviu — soluçou. — Pycroft nunca me ouve, sempre se considera o dono da verdade. Disse que ia guardar a noz para sempre e que ninguém nunca descobriria onde ia se esconder. Nem eu consegui achá-lo ou teria contado a vocês, mas agora é tarde demais.

Peabody começou a soluçar ainda mais alto ao ver Nora levantar ligeiramente a varinha.

— Sinto muito. Não consegui encontrá-lo. Vim pelo túnel, mas agora que foi fechado estou preso. Não posso sair do seu jardim.

A noz de ouro

Nora levantou a varinha e a apontou para o nariz de Peabody, cujos dentes começaram a ranger e lágrimas molharam o cachecol.

— Não fique triste; encontramos o seu irmão e recuperamos a noz de ouro. Acho que ambos fomos usados — disse educadamente. — Você merece ter de volta o seu nariz.

Uma luz verde brilhou da ponta da varinha. Um estalido e Peabody pulou animado quando o cachecol começou a esticar. Rapidamente se desfez dele.

— Meu nariz, meu nariz, meu maravilhoso e extraordinário nariz! — gritou saltitante. — Muito obrigado, grande Seanchai, obrigado. Fico devendo essa. Se precisar de algum favor, é só me pedir.

— Acho que gostaria que deixasse o meu jardim — disse Nora, apontando a varinha para os pés de Peabody e levantando-o no ar. Quando ele estava na altura de seu rosto, voltou a lhe agradecer.

— Ó grande Seanchai, ó poderosa Seanchai, obrigado, muito obrigado.

A voz ainda ressoava a distância apesar de Nora tê-lo transportado para o outro lado da sebe.

— O que acontecerá se Pycroft descobrir que Peabody recuperou seu antigo nariz? — indagou Jack.

— A não ser que Pycroft queira um focinho de porco pelo resto da vida, vai começar a tratar não só Peabody, mas todos com quem entrar em contato, melhor — respondeu Nora.

Um grunhido de porco. Todos se voltaram para o local de onde o barulho viera.

— Camelin! — repreendeu-o Nora, mas Jack percebeu que ela tentava controlar o riso.

Jack voou com Camelin para o sótão e se transformou.

— Está preocupado com a tarefa de amanhã à noite? — voltou a perguntar Camelin antes de Jack deixar o sótão.

— Um pouco, mas estou bem melhor agora que Nora conseguiu recuperar a noz de ouro.

— Ainda vamos assistir àquele jogo de críquete que queria ver amanhã à tarde? Vai ter um monte de sanduíches.

— Vamos, mas sem roubar nada. Além do mais, já estão de sobreaviso e vão estar à sua espera.

Jack ouviu Camelin resmungar baixinho ao sair do sótão. Quando finalmente foi para a cama, não conseguia dormir. No dia seguinte, àquela hora, talvez ainda estivesse preso no passado procurando as peças perdidas do caldeirão. Tinha que conseguir, mas e depois? Uma vez o caldeirão restaurado, Nora abriria o portal. Por acaso seria deixado sozinho novamente? Voltaria a ver seus amigos quando todos voltassem para Annwn? Seria triste dizer adeus. Pior ainda se fracassasse. Nunca antes assumira tamanha responsabilidade. Embora assustado, se esforçaria ao máximo para cumprir sua promessa.

Jack acordou tarde na manhã seguinte. O sol já penetrava pelas cortinas. Apurou o ouvido, mas não ouviu nenhum ruído na casa.

Encontrou todos, exceto Camelin, sentados no jardim.

— Quer tomar o café? — ofereceu Nora.

— Não estou com muita fome. Vou esperar Camelin.

— Está tudo bem? — perguntou Elan.

Jack assentiu, apesar de não se sentir muito bem. Trazia um nó no estômago.

— Eu e Camelin podemos voar até o Clube de Críquete hoje à tarde? Tem um jogo que eu adoraria ver, a não ser que precisem da gente.

A noz de ouro

— Acho que não falta mais nada. Já está tudo pronto. Só nos resta esperar até o pôr do sol.

Jack aguardou Camelin por um bom tempo. Quando o corvo finalmente apareceu, dava a impressão de também ter passado a noite em claro.

À tardinha, Jack e Camelin voaram até o pavilhão. Encontraram um lugar seguro que lhes permitia uma visão completa do campo. Jack explicou o jogo, mas Camelin parecia distraído.

— Quer conversar antes de voltarmos ao passado? — perguntou Jack.

— Não. Não estou ansioso para voltar à época em que tudo começou. Sabe, a pancada na minha cabeça. Acho que não vou conseguir assistir ao que os soldados fizeram comigo.

— Deixa que eu olho — disse Jack, demonstrando mais segurança do que na verdade sentia. — Descobrimos o que aconteceu e rapidinho recuperamos as placas.

— Obrigado — respondeu Camelin. — Sabe, a princípio achei que você não ia servir para nada, mas estou contente por ser *O Eleito*. É que você parecia não se encaixar na profecia, mas agora aprendi que não é preciso ser grande e valentão para ser forte e corajoso.

Jack sorriu. Não disse a Camelin como o achara grosseiro da primeira vez que se encontraram.

— Sabe o que diz a profecia? Tentei perguntar ao *Livro de Sombras*, mas ele não me respondeu.

— Está inscrito na parte inferior do poço de Jennet, mas agora, de tão coberto de vegetação, duvido que alguém consiga ler.

— O que diz?

Camelin tossiu e sacudiu as penas.

> *"Encontrem um menino da família Brenin*
> *Nascido no dia da celebração de Samhain.*
> *O Eleito que procuram é forte e corajoso.*
> *Não pode causar mal o seu coração valioso.*
> *A noz de ouro ele verá*
> *E o pedido da dríade ouvirá.*
> *Na Colina de Glasruhen fará*
> *uma promessa que cumprirá.*
> *Quando tudo for igual, tudo combinado,*
> *O que foi perdido será encontrado."*

— Sou eu?

— Espero que sim.

— Eu compreendo quase tudo, mas o que significa o trecho que fala de tudo ser igual e combinado?

— Que agora que fizemos tudo como manda o figurino, a profecia anuncia que vamos encontrar as placas perdidas do caldeirão. Significa que tudo vai dar certo.

Jack se deu conta de não ter sequer considerado o que aconteceria depois de terem encontrado as peças do caldeirão. Camelin, agitado, começou a pular de um pé para o outro.

— Já podemos ir? Se eu não tenho permissão de comer um sanduíche, prefiro voltar e comer um lanchinho da minha cesta. Além disso, tenho uma surpresa para você no sótão.

Jack também perdera o interesse no jogo: tinhas coisas mais importantes com que se preocupar. Apostaram uma corrida até o sótão de Camelin, onde Jack se transformou. Sentou no saco de dormir, depois de retirar o pacote vazio de rosquinhas, e esperou ansioso.

— Venho treinando — grasnou Camelin, remexendo numa pilha de porcarias. Pegou um folheto amassado e colocou-o no chão, bem no centro do sótão. Parecia estar sob holofotes quando a luz do sol, que penetrava pela janela, iluminou suas penas.

Jack viu que era o cardápio do restaurante chinês. Camelin pigarreou duas vezes antes de começar.

A noz de ouro

— Não vou ler tudo, só os meus favoritos — explicou. — *Chop Suey* especial, omelete de cogumelos, almôndegas de porco agridoce, rolinho primavera e...
— Você está me deixando faminto — berrou Jack.
— Mas que tal a leitura?
— Sensacional, você tem o dom da leitura.
Jack aplaudiu Camelin e voltou a parabenizá-lo.
— Estou impressionado.
— Acha que Nora também vai ficar?
— Claro, mas é melhor encontrarmos outra coisa para você ler. Pode ser meio difícil explicar como você passou a gostar de comida chinesa.
— Eu também fiquei com fome.
— Que novidade! Tudo deixa você faminto! — Jack riu.
Ouviram o chamado de Nora.

Camelin já estava encarapitado nas costas da cadeira, de olhos arregalados, no momento em que Jack entrou na cozinha. Na mesa, todas as comidas favoritas de Camelin, pelo menos aquelas que Nora conhecia. Era uma refeição muito especial. Todos tinham sido convidados. Motley e Orin sentavam-se no fim da mesa nas canecas emborcadas, cercados pelos membros da Guarda Noturna. Timmery estava no ombro de Nora e Charkle no de Elan. Até Gerda entrou caminhando com aquele gingado de ganso e se instalou para vê-los comer.
— Apenas hoje — disse Nora a Jack e a Camelin — vocês podem comer tudo o que quiserem. Vocês dois têm uma jornada e tanto pela frente.
Quando todos tinham comido, Elan saiu para o pátio.
— A luz está esmorecendo. Hora de partir.
Pegando a noz de ouro entre o indicador e o polegar, Nora levantou-a bem alto, para que todos pudessem vê-la.

— Graças a Jack, é chegado o momento pelo qual tanto esperamos.
Todos festejaram e lhes desejaram boa sorte. Jack acariciou Orin e prometeu não demorar — isto é, se dependesse dele. A caminho do sótão pegou a varinha e a guardou no *Livro de Sombras*. Suspirou. Estava bastante nervoso. Precisava ter êxito. Era a sua única chance.

— Pronto? — perguntou Camelin quando ele chegou ao sótão.

— Pronto — respondeu.

Realizado o ritual de transformação, foram até o topo da Colina de Glasruhen, onde aguardariam a chegada de Nora e de Elan.

— Quero que me prometam que, caso se encontrem em perigo, atravessarão a janela do tempo — alertou Nora ao se reunirem no cume.

— Vamos evitar confusão — respondeu Jack.

— Tomem cuidado — acrescentou Elan.

— Pode deixar — disseram Jack e Camelin em uníssono.

Nora acariciou as cabeças deles e Elan, as penas pretas e lustrosas. Todos observaram Nora colocar a noz de ouro, com extremo cuidado, numa rocha no centro do forte da colina, antes de acenar e respirar fundo. Cada um assumiu sua posição, de frente um para o outro, no meio de cada um dos portões. Nora e Camelin numa extremidade; Elan e Jack na outra. Observaram o sol começar a baixar devagarzinho no horizonte. Quando o sol tinha quase desaparecido, Nora e Elan deram início ao ritual. Recitaram palavras incompreensíveis para Jack; palavras que ansiavam por dizer havia muito tempo; palavras que pareciam instruir Jack e Camelin sobre o exato momento do tempo. Jack prestava atenção em Elan, embora ouvisse a voz de Nora a distância. Ambas começaram baixinho, quase sussurrando, mas aumentaram pouco a pouco o tom de voz à medida que o sol caía. A noz de ouro começou a brilhar com mais fulgor. Quando o sol sumiu, raios dourados de luz subiram do chão, espalhando-se. Jack viu uma chaminé no céu quando a luz da noz iluminou o fino véu da janela.

Hora de voar. Jack e Camelin decolaram como haviam praticado inúmeras vezes. Ganharam velocidade e subiram até finalmente se

A noz de ouro

encontrarem a igual distância do chão, bem acima do centro. Jack sentiu o ar zunindo em sua cabeça ao girar o corpo. Voaram um na direção do outro a grande velocidade. Um milésimo de segundo antes de se cruzarem fecharam as asas, colando-as ao corpo. Jack sentiu o calor emanando da luz dourada da noz. Ouviu a voz de Nora.

— Tomem cuidado. Voltem sãos e salvos.

Então tudo escureceu. Um estrondo se fez ouvir.

Jack encontrou dificuldade em reduzir a velocidade. De tão absorto em se concentrar em várias coisas ao mesmo tempo, nem pensara no que aconteceria uma vez cruzada a janela do tempo. Finalmente diminuiu o ritmo e se voltou, retornando até o centro da Colina de Glasruhen, baixando de altura enquanto procurava por Camelin no céu. Sabia que tinham conseguido, pois não avistava Nora nem Elan e o topo de Glasruhen não estava mais deserto. Ao longe, vislumbrava fogueiras acesas. O cheiro de madeira vinha de várias construções, espalhadas em torno do pico. Em vez do usual ar fresco estimulante que tanto apreciava sempre que subia ao topo da colina, um desagradável odor de curral pesava na atmosfera. O cheiro corrosivo de queimada lembrou-o da Noite de Bonfire,* só que na época errada do ano.

Viu uma árvore adequada para pousar e arremeteu. Uma vez instalado num galho, contemplou a paisagem. Casas redondas, de várias alturas e tamanhos, encontravam-se espalhadas no topo da colina. Lá embaixo, na altura do pé da colina, havia outras casas. Exceto as áreas

---

* Noite de Bonfire — no dia 5 de novembro, no Reino Unido, celebra-se a noite com fogos de artifícios, fogueira e queima do boneco simbolizando Guy Fawkers, católico que se insurgiu contra a realeza protestante. É uma comemoração ambígua: uns celebram a execução do traidor; outros, a sua coragem de enfrentar o poderio monárquico. (N.T.)

cobertas por densa floresta, conforme a luz da lua lhe permitia vislumbrar, o espaço era bem similar ao que haviam deixado pouco antes. Obviamente os habitantes eram agricultores; cercas e campos cercavam cada construção.

— Está tudo bem? — inquiriu Camelin, pousando perto de Jack.

— Acho que sim — respondeu ele, hesitante, adaptando-se aos diferentes sons, cheiros e visões. — Deu tudo certo? Atravessamos no tempo certo?

— Sim. Não vê as chamas a distância?

— É um dos bosques sagrados queimados pelos romanos?

Camelin respirou fundo. Havia tristeza em sua voz quando começou a contar tudo de que se lembrava do incêndio.

— Apenas um dos vários bosques incendiados. Eu peguei a segunda placa do caldeirão naquele bosque que você vê queimando a distância, então voltei para o bosque sagrado onde Gwillam esperava, bem ali.

Camelin apontou uma densa área de floresta onde, no futuro, ficaria a casa de Jack.

— Todos esses carvalhos vão desaparecer amanhã à noite — suspirou. — Quando o soldado romano me atacou e me deu como morto, eles também queimaram o bosque de Gwillam. Nora me resgatou das chamas. As árvores ficaram traumatizadas com o fogo. Nora nada podia fazer para salvá-las.

— O povo não tentou impedir os romanos de matarem Gwillam?

— Mais tarde descobri que Gwillam decidira permanecer na gruta e enfrentar os romanos sozinho para não colocar ninguém da cidade em perigo. A notícia de que os romanos estavam apenas atrás dos druidas se alastrou; eles não destruíram nenhuma granja. Gwillam se recusou a se esconder. Nem todos os celtas gostavam de lutar e a tribo Cornovii, aqui estabelecida, era pacífica, formada basicamente por agricultores e artesãos. Os romanos os deixaram em paz desde que não causassem confusão e pagassem as taxas. O forte, a pouca distância daqui, em Viroconium, recebia grande parte dos suprimentos dos agricultores desta área.

A noz de ouro

Era raro Camelin fornecer tanta informação; Jack queria aproveitar ao máximo sua fase extrovertida.

— Você nasceu na tribo Cornovii?

— Não, meu povo chegou aqui bem antes dos celtas. O povo original desta área era alto e de cabelos escuros, como Nora. Bem antes de os primeiros invasores chegarem, a Colina de Glasruhen era um local de adoração. Só bem depois foi transformada em forte. Todos os povos se reuniam aqui em noites especiais para celebrações como casamentos e designação de acólitos, mas isso foi há muito tempo. Eu fui com Gwillam assistir a algumas festividades; voltaremos a assisti-las quando retornarmos a Annwn. Tínhamos sorte. Naquela época, os Cornovii se interessavam pela terra. Não incomodavam nosso povo e deixavam os druidas continuarem a cuidar das fontes e das grutas sagradas. Tinham consciência do manancial de conhecimento que os druidas possuíam e aceitavam sua posição de líderes religiosos. Os dois povos praticamente se tornaram um só e os romanos chamavam todos desta área de celtas.

Camelin se interrompeu, mas o ar triste não o abandonou.

— Se eu tivesse sido mais rápido e voltado ao bosque antes de os romanos chegarem lá, Gwillam teria sido salvo. Nora poderia ter refeito o caldeirão, aberto o portal e poderíamos todos ter ido para Annwn até os problemas terminarem

— O que fazemos agora?

— Precisamos estar no limite do bosque onde fui atacado à primeira luz do sol; então poderemos ver o que aconteceu. Com sorte, passaremos pela janela do tempo na hora do café da manhã.

Jack ficou feliz por terem comido tanto. Não pensara em comida até ouvir o comentário de Camelin. Não importava o que Nora pudesse dizer, mas ser corvo realmente despertava uma fome danada; desde a primeira vez que fora transformado mostrava-se sempre disposto a comer o que quer que aparecesse, além das refeições normais.

— Por falar em comida — continuou Camelin, como se tivesse lido os pensamentos de Jack —, eu bem que podia comer alguma coisinha enquanto esperamos.

— Onde vamos conseguir comida a esta hora da manhã? Não deve ter serviço de entregas por aqui.

— Deve ter comida perto da entrada do santuário. O povo cuidava dos druidas e seus seguidores traziam comida. Por não terem permissão de entrar, deixavam a comida na entrada. Tudo o que encontrarmos foi deixado para Gwillam e para mim, então não estaremos roubando, apenas recuperando o que me pertence antes que queime. Os celtas eram muito supersticiosos, sabe? Na verdade, a maioria dos romanos também.

Voaram na direção do bosque e, como Camelin previra, ali, numa baixa plataforma de pedra, entre dois grandes carvalhos, encontraram uma pilha de comida.

— Não é tão excitante quanto comida para viagem, mas pelo menos é comestível.

— Provavelmente é bem mais saudável — disse Jack, observando as diversas frutas, as nozes e o pão integral.

— Por falar nisso — acrescentou Camelin —, os soldados romanos também viviam famintos. Eles comiam tudo o que lhes caía nas mãos e corvos faziam parte do cardápio.

— Eles comiam corvos? — engasgou-se Jack.

— Claro. Nada pessoal. Comiam corvos, gralhas, pavões, gansos e cisnes também; qualquer coisa que pegassem. Precisamos nos manter bem escondidos e fora do alcance das flechas. A princípio, quando comecei a voar nesta área, eu costumava passar por maus bocados.

Jack e Camelin comeram até se saciarem. Encontraram uma árvore perto de onde Camelin achava ter sido atacado e se instalaram para esperar pelo alvorecer. Enquanto repousava, Jack se deu conta de que Nora tinha razão. Voltar ao passado podia ser perigoso; a última coisa que desejava era acabar tostado por romanos famintos.

REVELAÇÃO

Foi a primeira noite que Jack passou ao ar livre. Ele também nunca dormira num galho. Não apenas era desconfortável, mas toda vez que cochilava, relaxava o aperto das garras, escorregava e quase desabava. Compreendeu então o motivo de Camelin gostar tanto de sua cestinha de corvo.

Jack continuava acordado quando o canto dos pássaros ao alvorecer começou. Perguntou-se como Camelin conseguia dormir com todo aquele barulho. Pessoas nas casas também se levantavam, dando início às suas atividades diárias. Viu uma mulher embrulhada numa capa de lã visitando uma das áreas isoladas. Ela se curvou e abriu a porta de uma pequena choupana; galinhas saíram correndo doidas para deixar o galinheiro. Dirigiram-se rapidamente para a frente da casa redonda e começaram a ciscar uma pilha de grãos. Jack viu a mulher recolher os ovos do galinheiro e cuidadosamente colocá-los numa cesta. Havia porcos num cercado próximo à casa e ovelhas no campo vizinho. Já vira aquelas imagens nos livros de história do colégio, mas tudo ali era real. Acontecia diante de seus olhos!

O horizonte clareou.

— Já é de manhã — disse Jack, cutucando gentilmente Camelin.

— Eu sei. Faz horas que estou acordado.

Jack achou que era mentira porque, misturado ao canto dos pássaros, acreditava ter ouvido distintamente o ronco de Camelin. Mas não ia discutir. Tinham coisas mais importantes com que se ocupar.

— E agora?

— Esperamos. Não deve demorar. Os romanos já devem estar levantando acampamento e se preparando para marchar. Estão escondidos nas árvores. Em breve você vai vê-los.

— Agora que estamos aqui, você se lembra de mais alguma coisa?

Camelin respirou fundo e suspirou.

— Eu me lembro de ter corrido. Saí da estrada e sumi de vista. Usei a grama alta e os juncos para me esconder, mas suas pontas afiadas arranharam meus braços e pernas. Eu não podia me dar ao luxo de parar e descansar. Precisava encontrar Gwillam o mais rápido possível. As duas placas do caldeirão que eu já havia recolhido estavam a salvo dentro da minha túnica. Começava a clarear quando cheguei ao limite do bosque. Logo me dei conta de que alguma coisa tinha dado errado, pois não encontrei Gwillam à minha espera. Continuei escondido e, tentando não fazer barulho, me movi de árvore em árvore até alcançar o santuário. Gwillam estava caído na nascente.

Camelin parou de falar. Lágrimas escorreram de seus olhos; engoliu em seco antes de continuar.

— Cheguei tarde demais. Sabia que ele estava morto. Achei que os romanos tinham apanhado a placa; o santuário inteiro tinha sido saqueado. E me lembro de ter caído de joelhos e mordido meu lábio para não chorar. Não sabia o que fazer. Não podia me mover nem desviar os olhos da nascente. Foi então que os primeiros raios de sol bateram na água e vislumbrei o reflexo da placa, ainda pendurada na árvore sagrada. Os romanos não a tinham levado. Apressei-me em apanhá-la. Enfiei-a dentro da minha túnica junto com as outras duas e corri o mais rápido que pude na direção da Colina de Glasruhen. Era tarde demais

A noz de ouro

para salvar Gwillam, mas sabia que, se as entregasse a Nora, ainda daria tempo de salvar os outros. Não fui longe; ao deixar o bosque, dei de cara com um dos soldados.

Camelin voltou a suspirar e inclinou a cabeça. Ficaram sentados em silêncio contemplando as árvores.

Um súbito movimento.

— Olhe! — cochichou Jack. — O que é aquilo ali?

Camelin também vira um brilho de metal e um lampejo vermelho.

— Romanos! — engasgou. — É isso. Você vai ter que olhar. Não quero ver o que fizeram comigo.

Jack tampouco queria olhar, mas, para terem sucesso na missão, ele precisava ser forte e corajoso como a profecia previra. Precisava saber o que acontecera com as placas do caldeirão.

— Espere aqui. Vou olhar de perto.

— Não deixe que o vejam — alertou Camelin.

Jack desceu da árvore e pousou com a máxima cautela próximo à entrada do bosque. Ficou abalado diante da visão de um soldado alto e musculoso surgindo entre as árvores. As tiras de couro penduradas em seu cinto estavam guarnecidas de pontas de metal que se entrechocavam ruidosamente, subindo e descendo na túnica vermelha. Outro soldado apareceu, obviamente um dos homens no comando. Em sua cabeça, um impressionante capacete com a pluma vermelha dos centuriões. Em sua mão, um comprido bastão com a ponta prateada. Cada segmento de sua armadura lustrosa faiscava sob o sol matutino enquanto ele andava de um lado para outro. O primeiro soldado o saudou. Dois outros saíram do bosque, um conduzindo um cavalo e o outro, uma mula carregada.

O centurião estava prestes a falar quando um menino saiu correndo do bosque e esbarrou no seu peito, derrubando o bastão comprido no chão. O primeiro soldado que Jack vira curvou-se e apanhou-o.

Jack arfou; a parte desconhecida da vida de Camelin estava prestes a se desenrolar diante de seus olhos.

Observou horrorizado o centurião gritar zangado e esbofetear o menino. Agarrou-o com força pelos ombros e o sacudiu violentamente. O menino se debateu, na desesperada tentativa de escapar. Mais soldados surgiram do bosque e os cercaram.

— Fique em pé — ordenou um dos soldados, batendo com força nas costas do menino.

Devia ter doído, mas o garoto não gritou, embora tivesse parado de se debater. O centurião soltou um dos ombros do menino e recebeu o longo bastão das mãos do soldado. Deve ter afrouxado o aperto no outro ombro, porque o menino se esquivou e se desvencilhou. Uma vez livre, virou-se e chutou com toda a força a canela do soldado que batera nele. Começou a correr. Ziguezagueou entre os dois primeiros soldados e desviou-se de um terceiro antes de o centurião vociferar:

— Mate-o!

O atrito de metais encheu o ar quando os soldados desembainharam as espadas. Uma delas atingiu a parte de trás da cabeça do menino. Seus joelhos dobraram; o corpo mole desabou na grama molhada. Tudo se passara tão rápido. Jack viu o sangue escorrendo da ferida. Jack agarrou-se ao galho, o corpo inteiro rígido de choque e medo. Passava mal, encontrava dificuldade para respirar. Se não soubesse, acharia que Camelin tinha morrido. O centurião cutucou o corpo com o comprido bastão.

— Revistem-no — ordenou.

Jack prendeu a respiração quando um dos soldados virou o corpo do menino e enfiou a mão dentro da túnica. Tirou as três placas do caldeirão e examinou-as.

— Só encontrei isso — disse, entregando-as ao centurião.

— Nada disso tem valor — respondeu o centurião, atirando-as na grama. — Já incendiou a construção?

— Conforme as suas ordens — anunciou o soldado. — Em breve, as árvores estarão ardendo.

— Marchemos para Viroconium — ordenou o centurião, montando em seu cavalo.

A noz de ouro

Os soldados começaram a pendurar as sacolas e equipamentos nos ombros, enfileirando-se. O último soldado da fila se inclinou e apanhou uma das placas do caldeirão. Examinou-a detidamente e, em seguida, recolheu as outras duas da grama. Guardou-as antes de erguer sua sacola. Era essa a informação de que Jack necessitava. Aquele era o soldado que precisavam seguir. Olhou atentamente o rosto do homem, para poder reconhecê-lo depois. Tinha uma cicatriz no queixo, mas, fora isso, seu uniforme era idêntico ao dos outros sete soldados de infantaria do grupo. Ao passarem, Jack notou que cada um deles levava diferentes ferramentas. O homem com a cicatriz seria fácil de ser seguido; pendendo da parte de trás de sua sacola estavam as panelas de cozinha da companhia.

Jack voou ao encontro de Camelin. Em silêncio, viram os soldados atravessarem o campo e finalmente chegarem à estrada. O som dos pés marchando e do chacoalhar das sacolas e dos cintos retinindo desapareceu ao longe. O cheiro de queimado chegou, trazido pelo vento. A mulher da granja também tinha sentido o cheiro e correu para dentro da construção redonda, gritando algo que Jack não conseguia ouvir.

— Eu não conseguiria ver — disse Camelin em tom de desculpas.

Jack não queria falar sobre o que acabara de testemunhar. Meneou a cabeça demonstrando compreensão.

— Quanto tempo Nora vai demorar até encontrar você?

— Não sei. Não me lembro. Nora disse que, quando eu não cheguei e viram o bosque pegando fogo, veio o mais rápido que pôde. Felizmente, eu estava deste lado do bosque. Se eu tivesse sido capturado do outro lado ou no meio, acho que ela não teria me encontrado.

— Eles estão indo para Viroconium — explicou Jack. — O último soldado da fila, um com uma cicatriz no queixo, guardou as três placas dentro da sacola.

— Hora de ir — disse Camelin.

Alçaram voo e seguiram os soldados. Jack não precisava ter se preocupado com voos de longa distância. Foi preciso parar diversas vezes e esperar para não ficarem muito à frente. Em menos de duas horas o forte surgiu.

— Conheço bem este lugar — disse Camelin. — Vamos em frente. Siga-me. Tem um bom local para nos escondermos perto do portão principal. Podemos espiar e descobrir para onde o soldado vai.

Uma vez posicionados numa grande árvore de onde se vislumbrava o portão bem reforçado, Jack teve a chance de observar ao redor. O forte era retangular e tinha um portão em cada um dos muros. Várias pequenas torres em volta do perímetro com outras maiores em cada um dos cantos arredondados; uma passagem corria em torno da parte interna do muro. As construções mais imponentes ficavam próximas ao centro e largas estradas conduziam a cada um dos quatro portões do forte. Fora do perímetro do forte, granjas e celeiros, e, além, o rio. Um homem de aparência imponente encontrava-se plantado na porta de uma das maiores construções.

— Aquele é Quintus Flavius Maximus! — sussurrou Camelin.

— Ele é o prefeito do acampamento.

— Achei que encontraríamos soldados por toda parte. Por que está tudo tão quieto?

— A décima quarta legião partiu há poucas semanas. Eu estava aqui na ocasião. Nós nos revezávamos para observar o forte. Eu ficava naquele celeiro ali; tinha uma vista incrível. Só depois descobrimos que a legião havia sido enviada para a Ilha de Mona obedecendo a ordens do imperador, que determinara a morte de todos os druidas. Centenas haviam fugido para lá acreditando que ficariam a salvo por terem uma

A noz de ouro

extensão de água a separá-los da terra firme. Deveriam ter atravessado os portais, entretanto não tinham se dado conta do tamanho do perigo que corriam. O acampamento ficou sob o comando de Maximus quando a legião marchou. Um dia de manhã, pouco depois da partida da legião, um centurião saiu a cavalo acompanhado de um destacamento. Puseram fogo num dos bosques e mataram o druida Dryfor. Foi assim que soubemos que estávamos encrencados. Nora disse que não demorariam a alcançar Glasruhen, e Gwillam começou a fazer planos para todos se mudarem para Annwn. O resto você já sabe.

— Ele parece gordo demais para ser soldado.

— E é. Ele era soldado, mas agora está velho demais para lutar, então cuida da organização do forte. Ele também verifica se algum dos centuriões encontra algo que valha a pena. Uma vez recuperado, eu vinha voando até aqui um montão de vezes. Eu o vi arrumando os objetos saqueados. Você nem imagina o que ele tem armazenado em seus aposentos: colares e broches de ouro e uma pilha de objetos de metal. Ele é ganancioso.

— O que tem naquela praça atrás dele?

— É um santuário dedicado às deusas das fontes e das nascentes.

— Como Jennet?

— Não exatamente. É uma deusa romana, chamada Apias. Eles acham que ela é uma linda donzela, mais ou menos como as estátuas do jardim de Nora. Quando o comandante partiu, deixou instruções com Maximus para honrar a deusa. Ele deve jogar ouro no santuário para que a água nunca seque. Ele não faz isso porque é muito mesquinho para abrir mão do seu ouro. Um dia eu vi Maximus pescando as oferendas jogadas por outros soldados.

— Por que o centurião que vimos hoje de manhã não está com o resto da legião?

— Não sei, mas é ele quem anda matando os druidas e incendiando os bosques desta área. Tudo que encontra de valioso nos santuários locais ele traz e entrega a Maximus; acho que ele deve receber a sua cota.

Jack viu a armadura cintilante do centurião e a pluma vermelha subindo e descendo em meio a um grupo de árvores a distância.

— Ainda vão demorar um pouco para chegar — disse Camelin.

— Está com fome?

— Toda vez que me transformo, fico faminto — confessou Jack.

— Bem, acho que sei onde podemos nos alimentar. Siga-me.

Camelin dirigiu-se ao canto mais afastado do acampamento. Usaram as árvores para permanecerem escondidos. Finalmente, detiveram-se do lado oposto à série de construções.

— Essas são as barracas. Eu voava até aqui quando estavam cozinhando. Cada barraca tem seu próprio pão recém-assado todo dia de manhã.

Camelin apontou na direção de um grupo de fornos em formato de colmeia perto do muro.

— Não vão comer muito pão hoje porque não tem muitos soldados no acampamento.

Jack sentia o cheiro, mais parecido com o de bacon do que com o de pão. Não tinha certeza se queria saber o que era, com medo de descobrir ser churrasco de corvo.

— Alguém está fritando alguma coisa — disse Camelin animado.

— Por acaso estou sentindo cheiro de bacon?

— Claro. Cada barraca tem sua própria frigideira. Não devem estar com falta de ração no momento; parece que hoje tem porco no cardápio.

— Então talvez não estejam interessados em corvos, já que têm bacon — disse Jack esperançoso.

Por poucos minutos deleitaram-se com o cheiro delicioso, então Camelin estufou as penas do peito, sempre um sinal de ter algo importante a dizer.

— Fique aqui. Vou buscar o nosso café da manhã.

Sumiu sem dar tempo a Jack de responder. Pouco depois, voltou com algo parecido com um pedaço grande de pão no bico.

A noz de ouro

— Cuidado para não se queimar; acabou de sair do forno.

Não era o tipo de pão ao qual Jack estava acostumado, mas era gostoso. Jack ficou grato a Camelin por sua habilidade de encontrar comida. Não durou muito, mas pelo menos tinham comido. Camelin mantinha o olho vivo caso fossem perturbados, mas Jack estava mais interessado no que via pela porta aberta.

— Aquilo ali é pele de lobo? — perguntou.

— É, sim — confirmou Camelin. — Pertence a um dos portadores dos estandartes. São três e marcham à frente da legião. Cada um deles carrega estandartes diferentes e veste uma pele de urso, de leão ou de lobo por cima do capacete. É um posto de honra.

— Por que não levaram essa com eles?

— Porque é velha — respondeu Camelin. — Sei tudo dessa pele. Pertence àquele lobo sobre o qual contei, lembra? Aquele que comeu Dagbert, o rei dos pardais. Ele roubou uma galinha e engasgou com um dos ossos; todo mundo achou bem feito.

Jack não tinha certeza se aquela história era invenção de Camelin, mas pareceu um fim perfeito para um lobo que gostava de devorar pardais. Seus pensamentos foram interrompidos por um barulho estridente.

— O que foi isso?

— Uma trombeta. Você acaba se acostumando. É para avisar que os soldados chegaram — explicou Camelin. — Vamos voltar para o portão.

— Olhe! — exclamou Jack, animado quando o forte ganhou vida.

Soldados apareceram e se postaram na passagem diante do portão.

— Titus Antonius Agrippa! — gritou o centurião para os guardas.

O portão começou a se abrir e soldados saudaram quando Titus Antonius penetrou no forte. Ele desmontou do cavalo e deu licença para a infantaria se dispersar. Jack e Camelin observaram o centurião caminhar pela rua principal. Os soldados da infantaria se encaminharam para as barracas. Camelin cutucou Jack. Seguiram os soldados e observaram os que carregavam os apetrechos de cozinha entrarem numa tenda do meio.

— E o que fazemos agora? — cochichou Jack.

— Espere até não ter ninguém por perto, depois você pode descer, recuperar as placas, atirá-las na fonte e aí nos mandamos. Vai ser mais fácil do que pensei.

Acomodaram-se, mas logo em seguida a porta da tenda voltou a se abrir e um soldado saiu, carregando algo.

— É ele — disse Jack —, o soldado com a cicatriz no queixo. Ele está com as placas.

Camelin suspirou.

— Acho que sei para onde ele vai.

Viram o soldado voltar para a construção de aparência imponente. Deteve-se do lado de fora da porta central e bateu com força. Uma voz gritou algo e o soldado respondeu:

— Marcus Cornelius Drusus, trago algo que pode ser importante.

A porta se abriu e Drusus entrou na sala. Jack e Camelin precisavam saber o que estava sendo dito, então se arriscaram a ser vistos e voaram até o telhado. Maximus já estava falando.

— ... e foi o garoto que você matou, e não o druida, que carregava essas placas?

— Sim, prefeito — confirmou Drusus.

— E você achou que ganharia uma recompensa por trazer para mim dois pedaços de metal inútil? — gritou o prefeito. — Só servem para derreter. Essa gente não usa ouro ou prata?

Camelin e Jack se entreolharam. Jack não se arriscava a dizer nada, mas sabia que Camelin pensava a mesma coisa. Por que Drusus não levara as três placas para mostrar ao prefeito?

— Peço desculpas por incomodá-lo — respondeu Drusus. — Achei que pudessem ter algum valor. O menino as escondera na túnica; perdeu a vida tentando escapar com elas.

A noz de ouro

— Chega, Drusus — disse o prefeito, irritado.

Jack ouviu o tinir de metal de dentro do escritório antes de a porta se abrir e Drusus sair. O coração de Jack encolheu: as mãos do soldado estavam vazias, as placas tinham sumido.

— Parece que temos um problema — suspirou Camelin no instante em que se encontravam a salvo na árvore do lado de fora do forte.

— Podíamos ter passado sem essa. Dois lugares diferentes, sendo um deles o escritório do prefeito. Vai ser duas vezes mais difícil e mais perigoso tentar recuperá-las agora.

LADRÃO

Jack estava preocupado; não queria ficar nem um segundo a mais do que o necessário naquele forte.

— Vamos esperar até escurecer? — perguntou.

— Não, eles dobram a guarda à noite. Talvez seja melhor você entrar no escritório do prefeito quando ele sair para passar as ordens aos soldados. Ele faz isso todo dia de manhã. Quando eu vinha aqui espionar para Nora, era sempre a melhor hora para conseguir os restos do café da manhã. Todos os soldados se reúnem na praça grande no centro, a que chamam de fórum. Maximus sempre os mantém ali de pé parados um tempão. Depois de ter dado as ordens diárias, ele volta para o escritório, onde fica até a hora do almoço.

Três longos toques da corneta que já tinham ouvido antes ecoaram pelo forte.

— O que é isso? — perguntou Jack.

— É para avisar que Quintus Flavius Maximus está prestes a discursar para os soldados. Agora você vai conseguir entrar. Vamos, siga-me.

Sobrevoaram as construções, evitando os grupos de soldados que se apressavam em direção ao fórum.

A noz de ouro

— Depois de recuperar essas placas, vai ter tempo de descobrir o que Drusus fez com a outra. Os soldados vão demorar a voltar para as barracas.

Jack estava nervoso. Embora as placas não pertencessem a Maximus, julgava errado mexer em seu escritório. Se o pegassem, pensariam que ele era um ladrão.

Tentara memorizar a planta do acampamento enquanto estavam na árvore. Era um bocado útil poder voar. Ter a vista aérea de um lugar tornava mais fácil entender onde cada coisa se localizava. Pensou que conseguiria voltar à fonte sem dificuldade quando de posse das placas.

— Está preparado para se transformar? — perguntou Camelin.

— Sim — respondeu.

Pousaram no chão atrás dos prédios de escritórios. A rua estava deserta. A distância, Jack ouvia a voz alta do prefeito. Encostaram as testas. Apesar de manter os olhos fechados, a luz ofuscante penetrou neles. Ao abri-los, voltara a ser menino. O único problema é que estava nu.

— Puxa! — gemeu. — Esqueci esse detalhe da transmutação.

Cautelosamente, Jack entrou pelos fundos do primeiro prédio. Ficou feliz por estarem em junho e não no inverno; mesmo assim, fazia frio à sombra. Tremia, talvez mais de medo do que de frio. Sua prioridade era encontrar uma roupa; os pés doíam por causa do cascalho na estrada, mas duvidou ser capaz de encontrar sapatos. Ainda ouvia Maximus gritando as ordens, mas agora, que se transformara, não conseguia entender o que ele dizia.

Não bolara um plano caso encontrasse a porta trancada. Por sorte, estava aberta. Entrou e olhou ao redor em busca de algo para vestir. O aposento era mais iluminado do que supusera. Todas as paredes, pintadas de branco, tinham janelas, exceto uma, decorada com uma cena de batalha. A mobília consistia numa mesa comprida com pés esculpidos no formato de patas de leão e cadeiras combinando. Nas costas do assento comprido e reclinado, próximo à parede pintada, repousava dobrada uma coberta marrom de lã. Ele a pegou e enrolou-a nos ombros.

Seus pés congelavam no piso de pedras. Jack pisou no tapete enquanto olhava tudo em volta. Perto da mesa, viu uma grande cesta cheia até a borda de objetos de metal. No topo, havia duas grandes placas de bronze. Pegou-as, olhou rapidamente para fora, para se certificar de que era seguro sair, e voltou ao lugar onde tinha se transformado.

— Camelin — sussurrou. — Consegui — disse, triunfante.

— Não são essas!

— Não? — exclamou incrédulo, ao examiná-las de perto.

Eram feitas de bronze e pareciam ter o mesmo formato e tamanho. Uma delas mostrava um homem sentado de pernas cruzadas segurando uma cobra e a outra, um animal de quatro patas. Horrorizado, deu-se conta do erro. Não eram apenas outras gravuras, mas não tinham nenhum buraco nas laterais. Nora mostrara três delas e tinha dito que todas teriam uma árvore gravada. Explicara até a construção do caldeirão. Nora dissera que usava tiras de couro para unir as placas. Ele devia ter prestado mais atenção para se certificar de que eram as certas.

— Sinto muito. Não esperava que existissem outras lá dentro. Vou voltar e dar outra olhada.

— Agora não. A qualquer minuto o prefeito do acampamento voltará, agora que a reunião terminou.

— O que faço? — perguntou pesaroso.

— Os soldados vão demorar a voltar para as barracas. Você pode entrar e recuperar a terceira placa. Não se esqueça de que ela está muito fosca e suja e tem um espinheiro, um carvalho ou um salgueiro gravado na frente.

— Prefiro voar até lá, se não se importa. Essas pedrinhas estão acabando com os meus pés; não consigo pisá-las.

— Pronto? — perguntou Camelin.

— Pronto — suspirou Jack.

Segundos mais tarde, ele afastou a manta das costas. Ela caiu e cobriu as duas placas de bronze. Em breve voavam na direção das barracas localizadas na outra extremidade do campo. Cada uma das compridas construções tinha uma varanda coberta onde, mais cedo, os soldados

A noz de ouro

tinham preparado o café da manhã. Pousaram e novamente encostaram as testas. Jack vibrava de felicidade por ter se acostumado à estranha sensação de ter seu corpo transformado. Depois do clarão ofuscante, encontrou-se novamente nu. Felizmente não havia ninguém por perto. Camelin olhou cobiçoso para a varanda.

— Enquanto você estiver lá dentro, vou dar uma espiada naquela área coberta para ver se sobrou alguma coisa para comer.

Jack não podia acreditar que Camelin estivesse disposto a correr o risco de ser visto para pegar alguns possíveis restos de bacon.

— Camelin, preciso que você fique de vigia e avise se alguém chegar!

— Posso fazer isso da varanda. Se vir alguém, soltarei o meu grito de alarme.

— Tome cuidado; não seja capturado — sussurrou Jack antes de sair correndo pela porta.

Jack entrou num aposento limpo e arrumado, com fileiras de camas idênticas. Enrolou-se num lençol. Não parecia ter muitos lugares onde pudesse procurar além do chão, que brilhava de tão limpo. Na extremidade do aposento, outra porta. Jack se encaminhou para lá e cautelosamente a abriu um pouquinho, espiando pela fresta. Equipamentos por todo lado. Capacetes, escudos, lanças, vários tipos de armaduras, espadas longas e curtas, tudo de que alguém poderia precisar se fosse soldado do exército romano. Jack gostaria de experimentar os capacetes e armaduras, mas não dispunha de tempo.

Debaixo de uma das janelas, viu as sacolas dos soldados. Era ali que devia procurar. Infelizmente, sem os equipamentos, todas pareciam iguais. As três primeiras que examinou nada continham além das rações. O lençol atrapalhava, escorregando por seus braços. Jack vira uma pilha de túnicas vermelhas sobre uma das mesas e resolveu trocar o lençol por uma delas. A túnica descia até seus tornozelos, mas, mesmo assim, era melhor que o lençol.

Na sacola seguinte, encontrou o que buscava. Quase gritou de alegria ao ver a placa do caldeirão que faltava. Era bem mais pesada e grossa do que as do escritório do prefeito. Camelin tinha razão: estava manchada e bem suja. No centro, um carvalho gravado e buracos de cada lado. Não conseguiria se transformar novamente enquanto tivesse a placa, pesada demais para ser carregada no bico.

Teria que permanecer assim e torcer para não ser visto enquanto atravessava o campo na direção do escritório do prefeito.

Camelin aguardava na porta. Jack pôde ver o bico brilhante de gordura e supôs que ele devia ter fuçado pelo menos uma das frigideiras.

— É esta?

— Esta mesmo — grasnou Camelin, saltitando ao redor de Jack, numa demonstração de alegria.

— Melhor voltarmos para o escritório do prefeito e ficarmos de olho até ele sair de novo — disse Jack impaciente. — Quanto mais cedo puder entrar lá, melhor.

— Essa túnica é um bocado chamativa.

— Eu sei, mas, se eu ficar escondido, não vai ter problema. Vou cobri-la com o manto marrom quando voltarmos ao escritório.

Camelin foi voando na frente para ver se aparecia alguém. Jack seguiu-o como pôde, mantendo-se grudado aos prédios para evitar ser visto. Ao mesmo tempo, tentou escolher um caminho em que não tivesse que pisar no cascalho. Estava quase no centro do campo quando algo pontudo espetou-lhe as costas. Deteve-se e se voltou. Um soldado com a espada desembainhada gritou com ele. Jack não entendeu uma palavra. Dois outros soldados apareceram. Nada a fazer senão ficar parado. Não demorou e Maximus surgiu correndo de um canto, acompanhado por dois guardas.

A noz de ouro

Maximus apontou e gritou em voz alta; Jack continuou imóvel. Tinha plena consciência do perigo que corria. Roubara a túnica e ainda mantinha a placa na mão. Não tivera tempo para escondê-la. Não poderia correr e fugir. Tinha uma espada apontada para o peito e soldados surgiam de todos os lados. Estava cercado. Os dois guardas perto de Maximus agarraram Jack pelos braços, segurando-o com firmeza, e o suspenderam. Ele esperneou, mas de nada adiantou. Os guardas seguiram Maximus com o prisioneiro.

Uma vez do lado de fora do escritório do prefeito do acampamento, Maximus arrancou a placa da mão de Jack e a examinou detidamente. Gritou mais ordens aos soldados antes de desaparecer no escritório.

Os soldados riram quando Jack tentou novamente se desvencilhar. Será que Camelin podia ver ou ouvir o que acontecia? Deveria pedir ajuda? Os soldados entenderiam se ele falasse? Decidiu que devia avisar Camelin e gritou o mais alto possível.

— Voe! Fui capturado!

Os soldados riram ainda mais, entretanto Jack ficou feliz ao ver Camelin passar pelo muro e desaparecer numa árvore próxima. Ouvira a advertência.

Maximus saiu do escritório e os soldados imediatamente se calaram. Zangado, começou novamente a berrar, fitando Jack com seriedade, como se esperasse uma resposta.

— Eu não entendo — disse Jack balançando a cabeça.

Maximus levantou os braços e falou rispidamente com os soldados. Jack soube que estava metido numa baita confusão. O prefeito do acampamento parecia furioso. Jack foi levado para um pátio quadrado situado nos fundos dos escritórios. Outro soldado apareceu com algemas de pernas, empurrou-o e prendeu-o a uma coluna. Seus braços e seu corpo doíam por causa do tratamento violento. Puxou as algemas. Apesar de não estarem apertadas, não havia jeito de soltar os pés. Mesmo que soltasse, seria impossível escapar, pois um dos soldados permaneceu de guarda.

O sol batia na cabeça de Jack. Não havia sombra e as pedras redondas e lisas eram quentes e desconfortáveis para se sentar. Felizmente, a túnica era grande o bastante para que ele a puxasse e cobrisse a cabeça, protegendo-se parcialmente do sol. Não fazia ideia de como agir. Podia ouvir o campo inteiro ser vasculhado. O que aconteceria quando os soldados encontrassem o que buscavam? De alguma forma, Jack achava que Maximus o soltaria. O que Nora diria a seu pai e a seu avô se ele nunca mais voltasse para casa? Tentou afastar tais pensamentos, mas não tinha muito mais no que pensar até ficar com sede. No momento, o sol estava bem acima de Jack, que só conseguia pensar num copo de água gelada. Ele vasculhou o cérebro, tentando se lembrar de alguma palavra em latim que pudesse ajudá-lo. Conseguiu: *aqua* significava água. Gritou para o guarda.

— *Aqua*, por favor.

O guarda o ignorou solenemente. Se não iam lhe dar água ou comida, teria o mesmo destino de Camelin.

Sua garganta estava seca. Era inútil voltar a gritar para o guarda; seria um desperdício de força. O calor do sol o deixava sonolento, mas o barulho no forte, enquanto os soldados continuavam sua busca, tornava o sono impossível. Um grupo de quatro soldados entrou no pátio com as espadas desembainhadas. Jack engoliu em seco. Achou que tivessem vindo buscá-lo, mas passaram por ele e iniciaram uma busca na vegetação rasteira perto dos prédios.

Jack tentava ser corajoso, mas o medo do desconhecido tomava conta dele. Refletia se Camelin atravessara a janela do tempo; não queria ser abandonado no passado. Era terrível ter chegado tão longe e fracassar diante do primeiro obstáculo. Tinha desapontado os amigos. Gostaria de dizer a Camelin o quanto lamentava ter fracassado.

A busca continuou.

A noz de ouro

Quando os outros soldados se foram, o guarda foi para a sombra e recostou-se no muro. Foi então que algo lhe atingiu a cabeça. Desta vez não com força, mas de leve, parecendo ter vindo do alto. Aos seus pés, um galho. Jack descobriu a cabeça e olhou ao redor.

— Psiu — chamou a voz familiar vinda do telhado do prédio diante de onde Jack estava sentado.

Jack ficou tão contente ao ver Camelin que quase gritou seu nome.

— O que está acontecendo? — sussurrou. — Não entendo o que dizem.

— Estão procurando as suas roupas! Maximus chamou Drusus ao escritório querendo saber por que ele levara duas, e não as três placas para ele.

— O que ele respondeu?

— Disse que o carvalho era a insígnia de sua família e, como as placas não valiam nada, pensou em guardá-la, mas a boa notícia é que agora todas as placas foram guardadas no mesmo lugar.

— O que vai me acontecer?

— Você está a salvo até amanhã. Maximus disse ao guarda para deixar você aí fora sem comida ou água até de manhã, mas não se preocupe. Nós temos um plano. Vou tirar você daqui ao anoitecer.

O guarda se moveu. Ao erguer a cabeça, Camelin sumira. Jack cobriu novamente a cabeça com a túnica. Ficou matutando o que Camelin quisera dizer com *nós temos um plano*. Não fazia ideia de quanto tempo ainda faltava para anoitecer, mas Camelin lhe infundira esperança. Só lhe restava sentar e esperar até o sol baixar. Fechou os olhos; talvez a espera fosse longa.

Dois soldados sacudiram Jack para acordá-lo. Um o levantou; o outro retirou as algemas. Mais uma vez suspenso pelos braços, foi levado rumo ao escritório do prefeito do acampamento.

Tão logo entrou no aposento, Jack viu as três placas do caldeirão sobre a mesa e Drusus, plantado diante de Maximus com o olhar fixo. Jack deduziu, pela expressão do rosto do prefeito, que ele ainda estava aborrecido. Maximus deu um soco na mesa e as placas sacudiram. Apontou-as e gritou com Jack. Cada vez que perguntava alguma coisa, batia na mesa. Maximus agarrou a placa com a gravura do carvalho e a colocou na frente do rosto de Jack. Ele desconfiou de qual era a pergunta, mas não tinha como responder. Não disse uma palavra. Seu silêncio pareceu deixar Maximus ainda mais irritado. Os dois guardas que seguravam Jack receberam novas ordens. Maximus ainda gritava quando Jack foi retirado do aposento e devolvido ao pátio, onde foi novamente acorrentado.

Quando a luz começou a esmaecer, o guarda se aproximou e checou as algemas. Dois outros guardas chegaram ao pátio. O soldado de guarda trocou algumas rápidas palavras com eles e foi embora. A guarda noturna obviamente chegara. Jack podia sentir o cheiro de comida e ouvir o som na cozinha; todos no acampamento deviam estar sentados, prontos para comer. Morto de sede, torcia para Camelin não demorar. Contemplou os telhados ao anoitecer. Os guardas riam e conversavam. Jack achou que estavam jogando, mas agora era difícil enxergar o que acontecia do outro lado do pátio.

Camelin surgiu no canto do prédio do escritório. Cobriu a distância entre Jack e o muro em poucos pulos.

— Estou todo dormente — disse Jack.

— Não temos tempo para conversa. Ande logo, vamos tirar essas algemas.

Jack se inclinou e tocou a testa de Camelin. Um brilho ofuscante iluminou todo o pátio.

A noz de ouro

— Anda, precisamos sair daqui — apressou-o Camelin. — Anda logo antes que eles cheguem.

Jack olhou os soldados. Esfregavam os olhos. Tentou voar, mas seu corpo não obedecia. Os homens tinham se levantado. Saltitou até a extremidade do prédio. Camelin o seguia com ar preocupado.

— Não consigo voar! Meus músculos estão dormentes de passar tanto tempo sentado.

Esconderam-se atrás de três grandes barris e ouviram os soldados discutindo o que poderia ter causado uma luz tão forte.

— É Fulgora, a deusa da luz. Ela está zangada. Raio sem chuva é de péssimo agouro.

— Isso foi bruxaria, não tem nada a ver com Fulgora, mas concordo que é um mau sinal. Trata-se de bruxaria, prestem atenção ao que digo.

De tão entretidos na discussão, nem se deram conta de que Jack sumira.

— Preciso de água — grasnou Jack. Mal conseguia falar, tamanha a secura na garganta.

— Acha que já pode voar?

— Acho que sim.

— Siga-me. Tenho jantar à espera e muita água também.

Juntos, voaram acima dos telhados, para o outro lado do muro. O corpo de Jack doía. Sentia-se fraco, tonto.

— Ainda falta muito?

— Não. Já chegamos — respondeu Camelin, iniciando a descida.

Jack o seguiu. Pousaram atrás de uma das grandes casas redondas nos arredores do forte. Jack podia ouvir sons baixos de cacarejo vindos de uma gaiola e sentir o cheiro de comida saindo de dentro da casa. Seu estômago roncou.

— Aqui — grasnou Camelin.

Jack seguiu-o até um cercado com forte odor de porco. Ali perto da cerca, duas gamelas, uma cheia de água e a outra de comida. De tanta sede, Jack pulou na beirada da gamela e já ia molhando o bico na água turva.

— Aí não! — gritou Camelin. — Aqui.

Para alívio de Jack viu um balde de água fresca. Tomou um gole e mais outro e outros mais.

— Achei que ia morrer de sede — disse, ofegante.

— Depois que tivermos comido, conto tudo sobre o nosso plano.

— Estou morto de fome — disse Jack quando o estômago voltou a roncar.

Desta vez, Camelin conduziu-o de volta à gamela.

— Comida para porcos! — exclamou Jack.

— É tudo que temos, a não ser que queira cavar e procurar vermes!

O QUE FOI PERDIDO

Jack fechou os olhos antes de enfiar o bico na gamela com lavagem. Sabia que tinha que comer.

— Não é tão ruim assim — disse Camelin ao ver Jack fazendo careta.
— Bom também não é.
— Quando terminar, eu conto o que nós decidimos.
— Nós quem?
— Eu e Medric.
— Medric?
— Não contei? Conseguimos ajuda aqui.
— Não.
— Bem, você se lembra do parceiro de Gerda que tinha sumido?
— Sim, e daí? O que tem isso a ver com recuperar as placas do caldeirão?
— O companheiro de Gerda está aqui.
— Aqui?
— Os soldados o capturaram e o trouxeram para Maximus umas semanas depois de terem começado a incendiar os bosques. Já o teriam comido, mas Maximus quis que ele tomasse conta do santuário.

— Não entendo. Por que Maximus precisa de um ganso num forte cheio de soldados?

— Gansos são especiais: eles grasnam bem alto se forem perturbados. Uma vez, Nora me contou que um bando de gansos salvou Roma de um ataque. Medric era o ganso de guarda de Nora antes de os soldados o capturarem. Por isso Gerda ocupou o seu lugar.

— Ainda não entendo como ele pode nos ajudar.

— Maximus tem lá os seus motivos para não usar os soldados como guardas do santuário; é lá que ele esconde o fruto de seus saques. Medric é o único a saber onde fica o esconderijo e não vai dar o alarme quando entrarmos no santuário.

— Puxa, muito legal, mas a gente precisa é das placas do caldeirão, não de um estoque de ouro.

— Já chego lá se você parar de me interromper. Durante o período em que você ficou no pátio, voltei ao telhado do escritório para descobrir o que estava acontecendo. Foi então que ouvi o que Drusus tinha a dizer. Maximus não ficou nada satisfeito com a explicação; como castigo por ter mantido a placa, Drusus vai ter que dobrar a guarda. Quando ele saiu, tudo ficou em silêncio e eu precisei descer até um dos barris para espiar pela janela. Maximus pegou a cesta com todas as coisas de metal dentro e a virou. Depois, separou tudo em pilhas: broches, adagas e placas. Colocou todas as placas sobre a mesa, separou as nossas três e guardou o resto de volta na cesta.

— Foi nessa hora que ele mandou me chamar?

— Foi, mas eu não sabia que você falava latim.

— E quem disse que eu falo?

— Bem, o guarda contou a Maximus que você pediu água.

— Pedi mesmo. Conheço algumas palavras em latim, mas não sei falar e não consegui entender o que Maximus dizia.

— Bem, Maximus disse que uma noite sem comida e água reavivaria sua memória já que você entendia as perguntas, mas preferia não responder.

A noz de ouro

— Obrigado por me tirar dali. Morro de medo só de pensar no que ele faria de manhã.
— Quando você saiu, ele voltou a falar com o centurião Titus Antonius. Perguntou sobre as placas e sobre mim. Maximus acha que elas devem ser muito importantes se alguém mandou um ladrão ao acampamento para roubá-las. Disse a Titus Antonius que as esconderia até descobrir quem você era, como conseguiu chegar ao forte sem ser visto e por que roubara a placa.
— Isso significa que jamais as conseguiremos de volta.
— Nada disso, muito pelo contrário.
— Não entendo.
— Adivinhe onde ele as escondeu.
— Sei lá.
— No santuário! Ele tem um esconderijo e Medric sabe onde é. Viu Maximus guardar umas coisas pesadas e grandes lá dentro. Agora que já sabemos onde estão, o resto vai ser moleza.

Camelin começou a saltitar. Pareceu desapontado diante da reação passiva de Jack.
— Qual é o problema?

Jack suspirou.
— Estou preocupado com o que pode acontecer se eu for apanhado de novo. Eles vão procurar por todo o acampamento ao darem por minha falta.
— Então anda logo. Se formos agora, podemos estar a caminho de casa antes de eles se darem conta do seu sumiço.

Voaram até o telhado da sala do prefeito do acampamento. Camelin observou a área do santuário. Antes de chamar Medric, ouviram o grito de um dos guardas do pátio e viram Titus Antonius correndo. Drusus encontrava-se plantado perto da coluna.

— O prisioneiro sumiu!
— Escapou? — perguntou Titus Antonius.
— Sumiu — respondeu Drusus incrédulo. — As algemas e a túnica ainda estão aqui, mas ele não.
— Bruxaria, eu disse que era bruxaria! — exclamou o outro soldado ao lado de Titus Antonius. — Precisamos avisar imediatamente o acontecido ao prefeito do acampamento.
— Deixe que eu aviso. Certifique-se de que nada seja tocado. Maximus precisa ver com seus próprios olhos, senão nós é que vamos levar a culpa — informou Titus Antonius. Entretanto, antes de terem a chance de deixar o pátio, o silêncio da noite foi quebrado. Uma trombeta soou cinco vezes do alto do portão norte.

O tumulto tomou conta do acampamento.
— Um cavaleiro se aproxima — anunciou Titus Antonius. — Preciso saber o que está acontecendo no portal antes de procurar o prefeito e relatar a fuga do prisioneiro. Vocês dois mantenham a guarda aqui até eu voltar.

Drusus manteve-se ligeiramente afastado da coluna, depois de o centurião ter deixado o pátio. Não parecia satisfeito.
— Deve ser alguma coisa importante — sussurrou Camelin.

Prestaram atenção. Logo ouviram o som de cascos de cavalo na rua principal. O cavaleiro deteve-se na porta dos escritórios, desmontou e bateu com força na porta do prefeito.
— Mensagem urgente para Quintus Flavius Maximus do comandante da Décima Quarta Legião — anunciou. Como não obteve resposta, bateu com mais força ainda na porta.

A distância, ouviam Titus Antonius berrando ordens. A comoção no forte continuou.
— Gaius Rufus Octavian — anunciou o cavaleiro, saudando Maximus quando este finalmente abriu a porta. — Trago uma mensagem para o senhor. Tomamos Mona. Os druidas foram trucidados e seus bosques, destruídos.

A noz de ouro

Camelin e Jack se entreolharam. Por conhecerem história, ambos sabiam o que acontecera, mas ouvir a notícia, dita daquele jeito, causou um choque.

— Excelente — disse Maximus satisfeito.

— Também tenho uma ordem urgente do comandante — continuou Octavian. — Fomos convocados a marchar para Londinium o mais rápido possível. Boudica, rainha dos icenos, formou um exército. Camulodunum foi destruída.

— Melhor entrar e me contar tudo o que sabe.

O soldado amarrou o cavalo à estaca mais próxima e seguiu Maximus.

— Medric não vai gostar da novidade — explicou Camelin. — Se a legião for embora, vão matá-lo e comê-lo antes de partirem.

— Melhor avisá-lo.

— Não há necessidade. Já disse a ele que o ajudaremos a fugir em retribuição à sua ajuda, sabe? Assim que estivermos no santuário e você tiver se transformado, abra o portão. Antes de ir embora, ele vai mostrar onde Maximus escondeu as placas.

— Ele não podia ter fugido antes?

— Medric é grande. Precisa de um bom espaço para correr, alçar voo e ganhar altura. Não há espaço suficiente no santuário. Ele precisa alcançar a rua principal. Vai tentar escapar quando você o soltar.

— E se os soldados virem o ganso?

— Vão atirar nele. Por sorte hoje a lua não apareceu. Vamos torcer para todo mundo estar ocupado quando a notícia sobre levantar acampamento se espalhar.

— O soldado mencionou Camulodunum. É Colchester? — perguntou Jack.

— Era. O exército de Boudica destruiu Londres e St. Albans também. Vinham nessa direção antes de eles finalmente a impedirem. Sua tribo, os icenos, deixaram os romanos de cabelo em pé, entende?

— Acha que é seguro ir até o santuário? Gostaria de terminar com isso tudo o mais rápido possível.
— Você tem razão. Medric está à nossa espera.
— Quando resgatar as placas, posso atirá-las na nascente, não posso?
— É esse o plano — grasnou Camelin. — Pronto?
Jack meneou a cabeça. Entretanto, quando iam voar do telhado ouviram uma batida forte na porta do prefeito.
— É Titus Antonius! — exclamou Camelin. — Daqui a pouco Maximus vai saber que você escapou.
— Agora não, centurião — berrou Maximus quando finalmente abriu a porta.
— Eu não teria perturbado o senhor se não fosse importante — anunciou o centurião.
— Seja breve — ordenou Maximus.
— O prisioneiro desapareceu.
— Desapareceu? Como?
— Não sei, prefeito. Encontrei a túnica vazia e as algemas ainda fechadas.
Maximus, que ainda trajava sua armadura, espada e adaga, passou por Titus Antonius e virou na direção do pátio.
— Deem uma busca pelo acampamento — bradou. — Ele tem que estar em algum lugar.
— É agora ou nunca — disse Camelin.
Voaram até o santuário. Um ganso grande e branco, maior que Gerda, bamboleou ao encontro deles.
— Cubra os olhos — aconselhou Camelin.
Medric ficou imóvel e, obedientemente, colocou a cabeça debaixo da asa. O clarão de luz momentaneamente iluminou todo o pátio. Jack foi direto para o portão alto e abriu a tranca de madeira. Abriu o portão o suficiente para permitir a fuga de Medric.
— Medric disse que, se você for atrás do santuário e olhar o chão, encontrará uma pedra solta. Debaixo tem um buraco. Maximus guarda

A noz de ouro

todas as suas preciosidades ali, embrulhadas num tecido. As placas estão guardadas junto com o ouro.

Seguindo as instruções, Jack contornou o santuário. Encontrou a pedra solta, levantou-a e enfiou a mão no buraco.

— Achei! — exclamou triunfante, retirando as placas.

Contornava o santuário para atirá-las na água quando Maximus surgiu à sua frente.

— Camelin! — chamou, esquivando-se de Maximus, que imediatamente começou a berrar. — O que ele está dizendo?

— Está dizendo que desta vez você não escapa; que ele mesmo vai acabar com você assim que o pegar — explicou Camelin. — Não deixe que ele o apanhe. Ele falou que vai matar você.

A segunda voz distraiu Maximus. Olhou ao redor na tentativa de ver quem falara. Jack voltou correndo para trás do santuário.

— O portão está aberto. Corra! — gritou Camelin. — Podemos jogar as placas no rio ao sair do forte.

Jack sabia que se abandonasse a segurança do santuário jamais conseguiria sair do acampamento. Precisava voltar à parte da frente do santuário; precisava jogar as placas na água. Maximus foi mais rápido do que Jack previra. Ao virar, sentiu a mão pesada agarrá-lo pela nuca. Ouviu o som da espada sendo desembainhada. O aperto na nuca intensificou-se. Maximus forçou Jack a se ajoelhar diante do santuário. Enfiou a cabeça dele na água. Jack se debateu. Sentiu a água penetrar em suas narinas. Voltou a se debater e conseguiu levantar a cabeça a tempo de ver Camelin precipitar-se na direção do prefeito. Novamente Maximus mergulhou a cabeça de Jack na água. Então, Jack ouviu um grito de dor; Camelin devia ter usado suas garras, entretanto Maximus não afrouxou o aperto. Ou Jack agia rápido ou seria tarde demais.

Reuniu o resto de suas forças e berrou o mais alto que pôde:

— Jennet!

Segundos depois, sentiu a água começar a borbulhar. Uma ninfa verde, magra e de braços longos apareceu e se ergueu diante dos olhos de Jack, o rosto encoberto por um emaranhado de cabelos verde-escuros. Maximus também devia tê-la visto. Soltou o pescoço de Jack e recuou. Jack tentou recuperar o fôlego. Ao limpar a água dos olhos, viu o olhar de terror no rosto de Maximus, que abriu a boca, sem emitir um único som. O corpo inteiro de Jack tremia. Tossiu e cuspiu na tentativa de expelir a água dos pulmões. Maximus parecia incapaz de se mover. Rapidamente, Jack atirou as placas na direção da mão esticada de Jennet. Por um momento, fez-se silêncio, depois a ninfa gritou bem alto e jogou as placas na água. Estendeu os braços compridos, agarrou Maximus e o puxou para a nascente. Quando as pernas dele desapareceram, a nascente inteira irrompeu num aglomerado de bolhas.

— Rápido! — avisou Camelin. — Vamos dar o fora daqui.

Medric saiu em disparada pela porta rumo ao fim da rua principal. Quando o atingisse, haveria espaço suficiente para levantar voo e pular o muro. Jack e Camelin encostaram as testas e a luz voltou a iluminar todo o santuário. Ao voarem para o telhado viram bolhas novamente subindo da nascente e outro berro quando Maximus foi lançado fora da água, aterrissando com estrondo no chão, cuspindo e tossindo, vestindo apenas a túnica. Sua magnífica armadura e as armas tinham desaparecido; fora despojado de qualquer metal brilhante em seu poder. Maximus apanhou o pacote que continha seu tesouro e balançou-o acima da nascente. Todos os colares, broches e cintos de ouro caíram com estrépito dentro da água.

— Tome! — gritou. — Fique com tudo, Apia, poderosa deusa das fontes, e me deixe em paz.

Jack percebeu o tremor que se apoderou de Maximus, apesar de não compreender se o tremor era fruto do medo ou da raiva. O prefeito finalmente deu meia-volta e saiu portão afora.

— Guardas! — gritou ao deixar o santuário. — O prisioneiro escapou. Tratem de encontrar aquele menino. Ele estava aqui agora mesmo. Não pode estar longe, e matem aquele ganso que está por aí em algum lugar, matem o garoto, matem tudo que encontrarem voando, fui atacado.

A noz de ouro

Soldados surgiram correndo de todas as direções. Quando Jack e Camelin voaram, viram as expressões chocadas dos soldados ao se deterem diante de Maximus, que trajava apenas uma túnica ensopada. Ainda ouviam Maximus ordenar aos arqueiros que atirassem quando voaram para fora do acampamento. Medric ainda se encontrava a meio caminho, correndo o máximo que podia para levantar voo.

— Rápido, rápido! — gritou Jack quando Medric começou a ganhar altura.

Os arqueiros tinham preparado seus arcos. Dispararam uma saraivada de flechas enquanto ele se esforçava por ultrapassar o muro.

— Ele conseguiu? — perguntou Jack.

— Não sei. Não consigo vê-lo — respondeu Camelin. — Vamos direto para a janela do tempo. Se ele escapou foi por pouco.

Enquanto voavam rumo a Glasruhen, tentavam vislumbrar Medric.

— Tentei fazer Maximus soltar você — explicou Camelin —, mas não consegui, apesar de eu ter enfiado minhas garras no pescoço dele e de Medric lhe ter mordido a perna.

— Tudo bem. Sério. Já passou. O que importa é que as placas estão a salvo.

— Viu só o que Jennet fez com o prefeito? — Camelin gargalhou.

— Mais do que merecido.

— O que vamos contar a Elan e Nora quando voltarmos?

— Devemos contar tudo — disse Jack.

— Até que Maximus tentou afogá-lo?

— Se não contarmos, elas podem acabar descobrindo por Jennet.

Quando a Colina de Glasruhen surgiu, Jack viu o brilho intenso dos restos esfumaçados do bosque. O cheiro de queimado pesava no ar.

— Acha que Medric está bem? — perguntou Jack.
— Não sei; espero que sim. Já estamos chegando. Pronto para atravessar a janela do tempo?
— Sim.
Sobrevoaram a colina em separado e assumiram suas posições acima dos portões nas extremidades do forte da colina.
— Pronto? — berrou Camelin.
— Vamos voar — respondeu Jack.
Como haviam praticado inúmeras vezes, começaram a subida, aumentaram a velocidade em direção à janela e, no minuto final, giraram os corpos e passaram um pelo outro. Ouviu-se o som alto de uma pancada. Jack sentiu um solavanco; algo pesado o atingira fazendo-o rodopiar. Perdeu o controle e bateu as asas bem rápido tentando recuperar o equilíbrio. Seu corpo foi arremessado. Tentou gritar, mas não tinha voz. O golpe o vencera. Jack desabou no chão com toda a força.
— Sinto muito, sinto muito — repetia Medric gingando em passos rápidos até onde Jack caíra. — Você está bem?
Jack sentiu-se abalado e muito surpreso ao ver Medric.
— Foi você! — exclamou.
— Quebrou alguma coisa? — perguntou Medric, demonstrando enorme preocupação. — Sinto muito ter esbarrado em você.
— Acho que estou bem, mas onde está Camelin? Ele conseguiu atravessar a janela?
— Não tem janela aqui — grasnou Medric. — Estamos no topo do forte da colina.
O coração de Jack ficou pesado; a colisão devia tê-los desviado do curso. Deviam ter perdido a entrada da janela do tempo. Teriam que tentar novamente.
— Camelin! — chamou.
— Jack! — respondeu uma voz familiar. — Cadê você? Está tudo bem?
— Elan! — exclamou Jack. — Estou aqui. Nossa, estamos em casa? Estamos mesmo em casa?

A noz de ouro

— Claro que está em casa — respondeu ela.

— Conseguimos, conseguimos — grasnou Camelin triunfante ao pousar no ombro de Nora. — Encontramos as placas e Jack as atirou na nascente do rio; agora basta pegá-las de volta com Jennet. Vamos poder recuperar o caldeirão, reabrir o portal e voltar a Annwn.

— Tudo a seu tempo — disse Nora, sorrindo para ambos. — Felizmente vocês chegaram sãos e salvos.

Medric pareceu confuso.

— Estavam nos esperando? — perguntou.

— Eu esperava dois corvos, mas um ganso é um bônus! Faz um bocado de tempo que não nos vemos, sabia?

Sentaram-se no topo da Colina de Glasruhen e admiraram o nascer do sol. Nora explicou a Medric quanto tempo ele passara fora e o que acontecera desde que fora capturado.

— Gerda ainda está com você? — perguntou.

— Claro.

— Será que ainda vai se lembrar de mim? — sussurrou.

— Nunca perdeu a esperança de voltar a vê-lo. Vai ser a gansa mais feliz do mundo quando acordar hoje e descobrir que você voltou.

— Estávamos tão preocupadas com vocês — disse Elan a Jack. — Achamos que ficariam fora poucos segundos, mas demoraram horas.

— Todos prontos para voltar para casa? — perguntou Nora.

— Para o café da manhã? — perguntaram Jack e Camelin em coro.

— Para o café da manhã — confirmou. — Depois, podem me contar tudo o que aconteceu.

— Correu tudo bem? — perguntou Elan. — Nada de mau aconteceu com nenhum dos dois?

Jack e Camelin riram.

— Tivemos que comer lavagem de porco — respondeu Jack. — Acho que essa foi a pior parte.

Enquanto voavam rumo à Casa Ewell, Camelin de repente deu um voo triplo e caiu na risada.

— Você conseguiu, Jack! Muito bem. Agora tudo vai dar certo. Sabia que você era *O Eleito* desde o início.

Jack também riu. Nenhum dos dois havia acreditado que ele pudesse ser *O Eleito*, mas ele estava feliz por ser. Tinham vivido a mais incrível aventura. Sorriu ao se lembrar da última frase da profecia:

O que foi perdido será encontrado.

O caldeirão poderia voltar a ser refeito agora que as placas estavam bem guardadas pelas ninfas da água. Sem dúvida Nora e Elan ficariam chateadas ao tomarem conhecimento do perigo enfrentado durante a viagem ao passado, mas nada disso importava agora que tinham chegado sãos e salvos em casa. O normal seria estar exausto, entretanto Jack sentia-se exultante. Sabia que a excitação inviabilizaria o seu sono. Mal podia esperar para encontrar todo mundo de novo, especialmente Orin.

Jack viu as árvores farfalharem suas folhas. Uma mensagem a caminho de Arrana. Uma vez desperta pelas dríades, ela tomaria conhecimento de que eles haviam obtido êxito. Jack refletiu se teria permissão de ir a Annwn recolher as nozes da hamadríade. Não dava mais tempo de ajudar Gnori na Newton Gill, mas a Floresta de Glasruhen seria salva. Uma nova hamadríade chegaria e Arrana poderia lhe transmitir todo o seu conhecimento.

De quantas folhas da árvore de Crochan Nora precisaria para preparar o elixir? Isso significava que, ao tomar o elixir, ela viveria para sempre? Elan prometera que ele poderia vê-la como realmente era assim que ela renovasse suas forças em Annwn. Será que Elan também precisaria tomar o elixir? Ela contara fazer parte do Povo Feérico. Ele

A noz de ouro

mal podia esperar para vê-la. Sabia que ela não devia ser parecida com Jennet, mas torcia para não ser tão alta quanto Arrana. Talvez fosse parecida com uma das estátuas do jardim de Nora.

Camelin passou por Jack, interrompendo-lhe os pensamentos.
— Quer apostar uma corrida? — grasnou bem alto.
Voaram juntos em alta velocidade ziguezagueando e circulando entre as árvores. Jack ficou com os olhos cheios de lágrimas. Por que seria?, pensou, voando com Camelin rumo à Casa Ewell. Por causa do vento batendo em seu rosto? De alívio por estar em casa? Ou de felicidade? Não tinha certeza. Sua vida mudara no dia em que a noz de ouro batera em sua cabeça. Sua vida nunca mais voltaria a ser a mesma. Mas quem disse que ele queria que fosse diferente?

AGRADECIMENTOS

Gostaria de agradecer
a papai, a Molly e a Geoffrey por partilharem
essa jornada comigo, por sua capacidade,
ajuda e incentivo editoriais.
A Ron, por sua sinceridade, apoio e fé em mim.
A Colin, pela supervisão e pelas críticas
construtivas.
A Tom, Jess, Judy, Lin e Joan, que gentilmente
leram o primeiro esboço, e a Bill, por ter lido o
livro inteiro para os netos, Daniel e Jack.

Não perca as novas aventuras de Jack Brenin na continuação de

A Noz de Ouro:

O Portal de Glasruhen

Quando Jack Brenin descobre que, sem dúvida, é *O Eleito* mencionado na antiga profecia, sua vida muda por completo.

Agora, em *O Portal de Glasruhen* — segundo livro da premiada Série As Aventuras de Jack Brenin —, Jack volta à Terra com Camelin e de posse da noz de ouro, de sua varinha de condão e contando com novas habilidades. Ele deve cumprir sua promessa e garantir que o portão seja aberto antes que seja tarde demais. Depois de ter recuperado as placas do caldeirão, agora ele precisará montá-lo para abrir o portão. A nova história não se passará na Terra, e sim em Annwn, o Outro Mundo da mitologia celta. É lá que eles devem encontrar as nozes da Mãe Carvalho para salvar as árvores cortadas de Annwn.

Após montarem o caldeirão, Jack e Camelin partem para tentar abrir o Portal de Glasruhen. Nora avisa que a dupla não poderá entrar, pois, como são mortais, isso só será possível no dia de Samhain, aniversário de Jack. Ela precisa do poder dos dois para abrir o portal, já que perdeu quase todas as suas forças. Mas os meninos cometem um erro, e tudo o que foi feito pode ir por água abaixo.

Seus amigos — Nora, Elan, Camelin e os morcegos Charkle e Timmery, entre outros — estão de volta, e outros personagens se juntarão a Jack na jornada. Ele não quer decepcionar ninguém, mas a tensão aumentará, e ele sabe que, para proteger a Terra, precisará reunir toda a coragem e superar os receios que talvez ainda o persigam desde antes de saber que era *O Eleito*. Ao mesmo tempo, novos e perigosos inimigos o observam, aguardando o momento ideal para atacar.

As belas e extraordinárias aventuras de Jack continuam nessa sequência mágica do bestseller *A Noz de Ouro*, ganhador do Brit Writer's Award de 2010 para autores inéditos.

Impresso no Brasil pelo
Sistema Cameron da Divisão Gráfica da
DISTRIBUIDORA RECORD DE SERVIÇOS DE IMPRENSA S.A.
Rua Argentina 171 – Rio de Janeiro, RJ – 20921-380 – Tel.: 2585-2000